Arena-Taschenbuch
Band 2643

Christa-Maria Zimmermann,
geboren in Wels/Oberösterreich, aufgewachsen in Düsseldorf,
studierte Kunstgeschichte und Geschichte in Wien
und war Redakteurin bei einer Düsseldorfer Zeitung.
Heute arbeitet sie als freie Autorin und wurde vor allem
durch ihre historischen Kriminalromane für Erwachsene
und ihre Kinder- und Jugendbücher bekannt.
Bei der Arbeit an allen Büchern sind ihre drei Töchter
und ihr Sohn Testpublikum.

»... atemberaubende Spannung«
BERLINER MORGENPOST

»Eine dramtische Handlung, geschickt mit wesentlichen
Elementen der Sozial- und Religionsgeschichte
des alten Ägyptens angereichert.«
BULLETIN JUGEND & LITERATUR

Christa Maria Zimmermann

Das Amulett des Pharaos

Arena

Für meine Zweite, Tina,
die Thoth-nofer und sogar Huj
und Tuj enttarnte

In neuer Rechtschreibung

1. Auflage als Arena-Taschenbuch 2005

Umschlagillustration: Klaus Steffens
Umschlagtypografie: knaus. büro für konzeptionelle
und visuelle identitäten, Würzburg
Gesamtherstellung: Westermann Druck Zwickau GmbH
ISSN 0518-4002
ISBN 3-401-02643-7

www.arena-verlag.de

Personen

Ägypten im Jahre 1285 v. Chr.

Mai, 17	Fischer auf einem Gut im Nildelta
Nechbet, 15	Sklavin auf einem Gut im Nildelta
Ramses, 15	Kronprinz von Ägypten
Anch-iri, 14	Hofdame
Tua, 27	Nechbets Schwester, als Kind von Ägyptern aus Syrien geraubt

Ägypten im Jahre 1272 v. Chr.

Meret, 13	Tochter von Mai und Nechbet
Antef, 13	ihr Bruder
Ipuia	Stiefmutter von Meret und Antef
Frau Irunifer	deren Mutter
Min-nacht, 14	Sohn und Enkel der beiden
Nefer-rehu	Verwalter
Hauptmann Zahotep	Freund von Nefer-rehu
Sinufer	Wanderarzt
Bata	Gehilfe von Sinufer
Thoth-nofer	Nil-Kapitän
Prinz Ineni, 13	Sohn des Pharaos
Prinzessin Shesu, 6	Schwester von Ineni
Ken, 18	Mitglied der Palastwache
Inteb	Priester des Amun in Theben, Freund von Bata
Hapuseneb	Vorsteher des Amuntempels von Assiut

Worterklärungen siehe S. 334/335

Kapitel 1

Ägypten im Jahre 1285 v. Chr.,
im zehnten Regierungsjahr von Pharao Sethos I.

Die Barke des Sonnengottes stieg immer höher. Die Hitze lag wie ein dichtes Tuch über dem Nildelta. Wie alle Fischer arbeiteten Mai und Nechbet unbekleidet. Auf ihren nackten Körpern war der Schweiß zu einer salzigen Kruste getrocknet. Sie hatten sich beide mit den stark riechenden Blättern des Lavendelstrauches eingerieben, um die Mücken zu vertreiben, aber die Fliegen ließen sich von dem scharfen Geruch nicht stören, sie umsurrten die beiden in schwarzen Schwärmen.

Mai und Nechbet warteten geduldig, warfen die Angel aus, tauchten das Netz ins Wasser und hielten angestrengt Ausschau nach Fischen, aber sie hatten kein Glück. Ein paar jämmerlich kleine Nilbarsche zogen sie ins Boot, sonst nichts. Wenn die Spitze der Sonnenbarke den Horizont berührte, war der Arbeitstag zu Ende. Der Verwalter Gebu würde einen Wutanfall kriegen, wenn er die klägliche Beute sah. Und ein Wutanfall hieß manchmal Prügel.

»Psst! Da! Siehst du?«, flüsterte Mai.

Nechbet folgte seinem Blick. Dieser Nilbarsch war womöglich noch größer als der eine, der ihnen heute früh entgangen war. Behutsam ließ sie ihre Angel sinken und griff nach dem Netz. Langsam, ganz langsam hob Mai den Speer. Träge stieg der Fisch nach oben. Gleich hab ich dich, dachte Mai. Du musst nur ein kleines bisschen näher kommen, eine Elle vielleicht, nicht mehr. Los, schwimm näher!

Von Beti kam ein unterdrückter Laut. Seit sie schwanger war, musste sie sich dauernd übergeben. Das Boot schwankte leicht. Oh nein! Nicht schon wieder!, dachte Mai. Spuck jetzt bloß nicht! Diesen Riesenburschen muss ich einfach kriegen!

Eine schmale Welle lief vom Boot aus über die Oberfläche des Wassers, aber sie schien den Fisch nicht zu beunruhigen.

»Warte, Beti, beim großen Gott Amun, warte!«, zischte Mai. »Gleich hab ich ihn!«

»Oh gnädige Isis, erbarme dich!«

Mai zuckte zusammen. Ein einziges Mal hatte er einen solchen Ton in Betis Stimme gehört. Da hatte sie in einem langsam näher treibenden Baumstamm ein Krokodil erkannt, den runzelhäutigen Menschenfresser, den alle Fischer fürchteten wie das ewige Verderben. Die beiden waren davongerudert, als ob alle bösen Geister der Unterwelt hinter ihnen her wären, und waren dem Untier entkommen. Aber jetzt zeigte Beti nicht wie damals auf ein Krokodil. Sie war auf die Knie gesunken und hatte die Hände in einer Geste der Anbetung von sich gestreckt. Ihr Gesicht wirkte grau, trotz der Sonnenbräune, ihre goldgefleckten Augen waren weit aufgerissen und starrten an Mai vorbei über das Wasser.

Mai drehte sich um. Und er vergaß den Barsch – und Gebu – und die Prügel. Er sank auch auf die Knie und hob voller Ehrfurcht die Hände. Eine Gestalt schwebte über den Nil, die kein Mensch sein konnte. Sie war hoch wie die Tore des Dorftempels, die Schultern wirkten so breit wie ein Fischerboot, die Haut schien aus schimmerndem Gold geformt, nackt bis auf ein weißes Lendentuch, das wie Silber glänzte. Die Haarflut aber, die sich über Stirn und Schläfen bauschte und über die Schultern herabfloss, loderte wie eine Flamme.
Alle Kinder Ägyptens wussten, sobald sie die Erzählungen der Mütter und Ammen verstehen konnten, dass die Götter oft aus dem Jenseits herabstiegen und unter den Lebenden wandelten. Pharao in seinem Großen Haus war ein Gott, in Memphis hatte Gott Ptah die Gestalt eines Stieres angenommen, der mächtige Amun ließ sich immer wieder aufs Neue in einem heiligen Widder nieder, die Göttin Bastet in einer heiligen Katze. Unter den tausenden und abertausenden ägyptischen Tempeln gab es viele, die die lebenden Abbilder der Götter beherbergten. Und alle Ägypter waren überzeugt, dass die Götter ihnen nicht nur im Traum erscheinen konnten, sondern auch im wirklichen Leben.
Mai merkte, dass Beti Kopf und Hände auf den Boden des Bootes legte, und tat hastig das Gleiche. Ein Gott kam auf sie zu und beide hatten an den Flammenhaaren sofort erkannt, wer er war: Seth, der Bruder des Osiris, der Krieger und Jäger, der über die Wüste herrschte und über die glutheißen Wüstenwinde, der das offene Feuer liebte und den Kampf – und der ein

Mörder war, der Mörder seines sanften Bruders Osiris, den er erschlagen und zerstückelt hatte, sodass die Welt in Trauer versank. Er war der Gott des großen Durcheinanders, des Chaos, der Zerstörung. Rot war seine Farbe, der rote Feuerplanet am Himmel war sein Stern und Rot bedeutete Unheil und Verderben.
Mai und Beti lagen reglos auf den Knien, aber nichts geschah. Ob der furchtbare Gott Seth sie nicht bemerkt hatte? Ob er davongeschwebt war über die sumpfigen Verzweigungen des Nils auf dem Weg in die Wüste, wo sein Reich war? Oder ob er heimgekehrt war in seinen Tempel in der alten, halb zerfallenen Stadt Avaris im Delta, wo die letzten Nachkommen der besiegten Hyksos ihn noch verehrten?
Mai hob vorsichtig den Kopf und schielte über den Bootsrand. Er zog zischend die Luft durch die Zähne vor Überraschung. Der Gott schwebte gar nicht über dem Wasser. Er fuhr in einem Fischerboot, das bisher vom Schilf verborgen gewesen war. Es war nicht viel größer als ihr eigenes. Er stand auch nicht still wie die Standbilder in den Tempeln, so wie Mai das beim ersten Hinsehen geglaubt hatte, sondern er hielt eine lange Stange in der Hand, mit der er das Boot schnell und geschickt vorwärts stakte. Aber er war tatsächlich so schön und so golden wie ein Götterbild, ungewöhnlich groß, mit breiten Schultern und langen Beinen. Die mit schwarzer Schminke umrahmten Augen funkelten wie die Edelsteine der Statuen in den Vorhöfen der Tempel und das wehende Haar umgab seinen Kopf mit einem Feuerschein.

Kein Mensch sah so aus. Er musste Gott Seth sein! Aber der konnte dem Chamsin-Wind befehlen ihn zu tragen. Warum sollte er ein einfaches Fischerboot über den Nil staken? Jetzt bückte er sich. Wieder zog Mai die Luft durch die Zähne. Das war doch ein Fliegenwedel! Alle Insekten, die Gott Seth zu nahe kamen, würden mit versengten Flügeln zu Boden fallen! Doch das taten sie nicht, denn jetzt schwenkte er den Wedel hin und her und schlug nach den Fliegen.
»Was hast du?«, flüsterte Nechbet.
»Er fährt in einem Boot. Und er hat einen Fliegenwedel.«
»Was? Das glaube ich nicht!«
Sie reckte den Kopf. Das Boot glitt an ihnen vorbei und näherte sich der nächsten kleinen Insel.
»Tatsächlich!«
Die beiden sahen sich an, Fassungslosigkeit und Zweifel auf den Gesichtern, und beobachteten weiter das Boot und seinen Insassen.
»Aber er sieht so – so anders aus«, flüsterte Nechbet schließlich. »Als wir, meine ich. Oder als sonst welche Leute. So . . . ja, überirdisch.«
Mai nickte. »Das finde ich auch. Aber, Beti, irgendwie – also, ich weiß es nicht mehr ganz genau, aber irgendetwas stimmt nicht mit ihm. Müsste er nicht eigentlich einen Wolfskopf haben? Einen Wolfskopf mit weißen Reißzähnen und roten, langen Haaren?«
»Hm. Meinst du? Hat er nicht einen Eselskopf mit rotem Fell?«
Mai grübelte. Es gab so unendlich viele Götter und

manche wechselten auch ihre Gestalt, die Liebesgöttin Hathor etwa, die einen Kuhkopf hatte, aber auch ein Frauengesicht mit einem Kuhgehörn als Schmuck auf dem Kopf, oder der gelehrte Thoth, der mal mit einem Vogelkopf, mal als Affe, mal in Gestalt eines Schreibers dargestellt wurde.

»Nein, ich glaube, Gott Seth hat einen Wolfskopf, der Esel ist bloß das Tier, das zu ihm gehört, das muss ihn begleiten, wenn er erscheint. Und der Wolf auch.«

»Aber erscheint er denn in Menschengestalt?«, zischelte Nechbet.

»Du siehst doch, dass er es tut.«

»Aber es ist kein Esel zu sehen und ein Wolf auch nicht. Er ist ganz allein. Vielleicht ist er doch bloß . . . Was macht er denn nun?«

Der Rothaarige hatte sein Boot zu einer kleinen Insel in ihrer Nähe gesteuert und versuchte jetzt es dort zu befestigen, indem er eine Seilschlinge um eine kräftige Papyrusstaude warf.

»Wenn er ein Gott wäre, könnte er dem Boot doch einfach befehlen da zu bleiben.« Nechbet hockte sich auf die Fersen. »Und jetzt wirft er schon zum zweiten Mal daneben. Das gibt's doch nicht!«

Auch Mai richtete sich auf. Ein Gott würde keinen Fehlwurf tun, das war ausgeschlossen. Beim dritten Mal legte sich die Schlinge endlich um den Papyrus. Der Rothaarige zog das Seil an und machte einen gewaltigen Satz ans Ufer. Doch dabei ging ein derartiger Ruck durch Boot und Seil, dass die Papyrusstaude aus dem Boden gerissen und das Boot ein Stück aufs Was-

ser hinausgestoßen wurde. Entgeistert blickte ihm der Rothaarige nach.
»Beim Unhold Seth und all seinen Teufeln! Willst du wohl hier bleiben!«, schrie er.
Das gab den Ausschlag. Ein Gott würde ja wohl nicht seinen eigenen Namen zu einem Fluch verwenden! Und er würde bestimmt das Boot mit einem Zauberspruch zurückrufen, statt Sandalen und Lendentuch abzustreifen und ins Wasser zu steigen! Mai überlegte. Manchmal kamen reiche Leute von ihren Landgütern in die Sümpfe des Deltas, um zu fischen und zu jagen. Und noch häufiger kamen junge Männer mit ihren Mädchen und feierten Feste, die bis in die Nacht hineindauerten. Er gab sich einen Ruck.
»Warte, Herr! Hier gibt es manchmal Krokodile. Wenn du willst, bringen wir dir dein Boot.«
Der Rothaarige sah überrascht in ihre Richtung, musterte die beiden einige Augenblicke lang und nickte dann.
»Danke. Das wäre sehr freundlich.« Seine Stimme klang so voll und tief wie die Tempelhörner, auf denen die Priester zu Beginn der Prozessionen bliesen. »Ein Zusammentreffen mit dem edlen Herrn Runzelgesicht wäre mir in der Tat recht unerwünscht. Ich habe nämlich bereits eine Verabredung, und zwar mit einer Dame – einer ungewöhnlich reizvollen Dame, begnadet von Hathor mit Schönheit und Anmut.«
Mai griff nach den Rudern und brachte das Boot mit wenigen Schlägen neben das andere.
»Er spricht sehr vornehm, findest du nicht?«, flüsterte

Nechbet. »Und hast du sein Shenti gesehen? Das hat bestimmt ein Vermögen gekostet, so weiß und dünn und glänzend ist das Leinen. Er ist sicher aus einer edlen Familie. Aber was nützt ihm das mit seinen roten Haaren?«

Mai, der schon nach dem Seil des anderen Bootes gegriffen hatte, ließ die Hand sinken. »Hast du Angst vor ihm, Beti? Willst du lieber nicht in seine Nähe kommen? Ich kann dem Boot einen ordentlichen Stoß geben, dann treibt es bis zur Insel und er kann es sich holen. Wenn du willst, fahren wir schnell weg.«

Nechbet schaute verstohlen über die Schulter und betrachtete den jungen Mann. »Nein, ich habe keine Angst vor ihm«, sagte sie schließlich. »Er hat rote Haare, das stimmt. Aber sein Gesicht sieht einfach nicht so aus, als ob er Unheil bringen kann.«

Mai zögerte noch. »Uns vielleicht nicht. Wir haben Amulette.« Er berührte die geknotete Schnur mit dem Lebenszeichen an seinem Handgelenk und die mit dem Horus-Auge an seinem Hals, das gegen den bösen Blick schützte. Nechbet trug die gleichen Amulette. »Aber denk an das Kind.«

Sie legte beide Hände über ihren Bauch, der so rund war wie eine Wassermelone. »Du hast Recht. Vielleicht ist es doch gefährlich. Ich sollte ihn gar nicht so lange anschauen.« Sie wandte den Kopf und musterte das Boot. »Nanu! Es ist ja bis an den Rand beladen. Was mag nur in den Körben sein? Und was hat er wohl mit den Stangen vor?«

»Das kann uns doch egal sein. Du bist wirklich neugie-

rig wie eine Nilgans, Beti. Was möchtest du nun? Soll ich wegfahren?«
Sie zauderte, und bevor sie antworten konnte, kam die dunkle Stimme über das Wasser. »Ich habe nicht viel Zeit. Beeilt euch.«
Sie klang nicht unfreundlich, aber befehlsgewohnt. Automatisch griff Mai nach dem Seil und reichte es Nechbet.
»Bitte könnte er schon sagen«, brummte er dabei.
»Aber Mai! Er ist ein Herr. Herren sagen nicht bitte.«
»Pah! Ein Herr mag er sein, aber jedenfalls nicht meiner. Er will doch etwas von mir, da kann er wenigstens höflich sein. Am liebsten würde ich dem Boot einen Tritt geben und verschwinden. Dann könnte er sehen, wie er hier wegkommt.«
Nechbet schüttelte nur den Kopf, sagte aber nichts. Mai war so aufbrausend wie eine Zwergeule und ließ sich schnell zu Handlungen hinreißen, die ihm hinterher Leid taten. Das kam sicher daher, dass er das Dienerdasein nicht von klein auf gewöhnt war, dachte Nechbet oft. Er war erst vor vier Jahren auf den Hof gekommen. Da hatte der wachsende, schwellende, schwemmende Gott Hapi, der Ernährer des Landes, der Brot bringende Nil, gezürnt und gewütet wie seit Menschengedenken nicht mehr. Seine Fluten waren über die Ufer getreten mit der Macht und Schnelligkeit eines Wüstensturms, hatten Menschen und Tiere und sogar Häuser weggerissen und verschlungen. Sie hatten Mais Eltern und Geschwister ertränkt, das Haus zerstört, das Gut verheert.
»Nein, lass das besser, das Boot ist zu schwer für dich.«

Mai nahm ihr das Seil wieder aus der Hand. Er hatte jedenfalls keine Eile, das sollte der Fremde ruhig merken. »Ich binde es lieber an unserem Heck fest.«
Er nahm das Boot ins Schlepptau und ruderte zu der Insel, wo er dem Wartenden das Seil zuwarf. Der sagte kurz: »Danke!«, schlang es sich um beide Hände und zog das Boot mit einem einzigen Ruck aufs Ufer, als ob es nicht voll beladen, sondern leer wäre. Bei Amun, der Junge hat Kraft wie ein Ochse, dachte Mai widerwillig anerkennend. Denn ein Junge war er oder jedenfalls ein sehr junger Mann, trotz seiner Größe und seiner breiten Schultern, das sah Mai jetzt aus der Nähe deutlich. Die goldene Haut war glatt und faltenlos, die Wangen rundeten sich prall wie bei einem Kind, die leicht gebogene Nase wirkte etwas zu kurz in dem großflächigen Gesicht, als ob sie noch wachsen würde.
Der Fremde sah Mai erstaunt an, als ob er es nicht gewohnt wäre, so ausgiebig gemustert zu werden, bückte sich dann und begann das Boot zu entladen, blickte aber schnell wieder auf.
»Ich fürchte, alleine werde ich nicht rechtzeitig fertig. Ich brauche Hilfe.«
Das war keine Bitte, sondern eine Feststellung und fast ein Befehl. Mai blickte trotzig zurück.
»Wir haben keine Zeit. Wir müssen fischen.«
Ein paar Augenblicke lang war der Fremde sprachlos. Er richtete sich auf und starrte Mai an, während ein gefährliches Funkeln in seine Augen trat und ein wilder Ausdruck über sein Gesicht fuhr, sodass Mai unwillkürlich die Augen senkte.

»Der Verwalter schlägt uns, wenn wir ohne Beute kommen«, sagte er leise. »Und wir haben fast noch nichts gefangen heute.«
»Oh – hm – ich verstehe. Ich – daran habe ich nicht gedacht.« Er klang fast ein bisschen verlegen. »Müsst ihr ihm Fische bringen? Oder würde er auch Wein nehmen?«
»Wein?«
»So sagte ich. Weißt du etwa nicht, was Wein ist?«
»Oh, doch, natürlich.« Mai ärgerte sich über seine Ungeschicklichkeit. Aber der Blick eben war ihm wirklich in die Knochen gefahren. »Wir handeln sogar mit Wein. Auf unserem Gut, meine ich. Er ist nicht erstklassig, sagt der Verwalter, aber er bringt viel mehr als Getreide und Fische.«
»Dann gib ihm das.« Der junge Mann bückte sich, hob einen milchweiß schimmernden, kleinen Krug aus dem Boot und hielt ihn Mai entgegen. »Ich garantiere dir, dass er mehr wert ist als alle Fische, die ihr heute hättet fangen können. Einverstanden?«
Mai kam zögernd näher und nahm den Krug. Noch nie hatte er einen gesehen, der so glänzte. Er fühlte sich steinhart an und gleichzeitig seidig. Was mochte das für ein Material sein? Die Weine des Gutes wurden in hohe stumpfrote Tonkrüge gefüllt, deren Oberfläche rau und körnig war.
»Ich danke dir, hoher Herr.« Er drehte den Krug in den Händen. Viel Wein konnte nicht darin sein. Ob Gebu so ein kleines Gefäß tatsächlich als Ausgleich annehmen würde? »Hm. Und du meinst, dass der Verwalter damit zufrieden ist?«

Die Frage schien den jungen Mann zu erheitern. »Ich wette meinen Ohrring, dass es der beste Wein ist, den euer Verwalter je in den Händen gehabt hat. Das wird er wissen, sobald er den Stöpsel sieht.«
Er bückte sich schon wieder und außer einem goldenen Blitzen vor seinen Haaren war nichts zu erkennen von einem Ohrring. Aber er musste ein teures Stück sein, wenn er der Qualität des Shenti entsprach. Mai sah auf den tönernen Verschluss im Hals des Kruges, aber die eingeritzten Zeichen sagten ihm nichts.
»Und jetzt kommt endlich, wir haben nicht mehr viel Zeit. Die Dame wird bald erscheinen. Bei Amun, ich hätte nicht gedacht, dass es so schwierig sein würde, hierher zu kommen.«
»Schwierig?«, echote Mai, während er Nechbet den Krug reichte und dann neben das fremde Boot trat.
Der andere grinste breit. Es war verblüffend, wie schnell sich sein Gesicht verändern konnte. Da war keine Spur mehr von dem hohen Herrn. Mai grinste unwillkürlich zurück. »Das kannst du mir glauben. Es sollte doch niemand merken, dass ich zu einer kleinen Kahnpartie aufbreche. Ich weiß nicht, was mein – hm –, was man sagen würde, wenn ich einfach so verschwinde und stundenlang nicht wiederkomme. Beim großen Amun, Mädchen, eine Schnecke hat Flügel gegen dich. Warum kommst du nicht und hilfst uns?«
Nechbet blieb mit abgewandtem Gesicht im Boot sitzen und schüttelte nur stumm den Kopf. Mai spürte, wie er errötete. Der junge Mann würde bestimmt wieder diesen gefährlichen Blick kriegen, wenn seine roten Haare

zur Sprache kamen. Schon jetzt sah er ihn wieder so durchdringend an, dass Mai am liebsten zurückgewichen wäre. Die Augen waren dunkel, mit einem metallischen blauen Schimmer darin und jetzt sahen sie fast grün aus, als er den Kopf zu Nechbet drehte und die Sonnenstrahlen ihn seitlich trafen.

»Ich kann für zwei arbeiten«, sagte Mai hastig. »Alle sagen, dass ich sehr flink bin. Und Beti fühlt sich nicht gut. Sie verträgt kein Brot und kein Bier und keine Zwiebeln und – ja, eigentlich gar nichts. Alles spuckt sie wieder aus.«

»Aha. Und da hat sie also Angst, dass meine Haare dem Kind Unheil bringen.«

Wieso wusste er das so schnell? Mai schluckte verlegen.

»Sieh mich an, Beti!«

Sie hob überrascht den Kopf. Nur Mai nannte sie mit diesem Namen. Der junge Mann war ans Ufer getreten und lächelte sie an.

»So heißt du doch, nicht?«

Sie nickte und erwiderte zögernd sein Lächeln. Man konnte ihm einfach nicht widerstehen, das empfand sie genauso stark wie Mai eben.

»Weißt du eigentlich, wie es mit Seth weiterging, nachdem ihm die Wüste als Reich zugeteilt worden war und der Krieg als Betätigung?«

Sie schüttelte den Kopf.

»Die Götter trugen ihm auf, Re, den Strahlenden und seine Barke gegen das Schlangenungeheuer Apophis zu verteidigen. Jede Nacht begleitet er sie in die Unterwelt und schützt sie vor den Mächten der Finsternis.

Seth, der Rote, ist der wichtigste Helfer des Sonnengottes. Und deshalb kannst du sicher sein, dass dir und deinem Kind durch meine roten Haare kein Unheil geschehen wird, sondern nur Gutes.«
Er streckte ihr, immer noch lächelnd, die Hand entgegen. Sie ließ sich ohne einen Einwand aus dem Boot ziehen und half den beiden die Stangen und die geflochtenen Deckelkörbe auszuladen. Jetzt würde sie wenigstens erfahren, was darin war.
Es dauerte nicht lange, da stand ein kleiner Pavillon auf der Insel, dessen Dach und Wände aus bunt gewirkten Stoffbahnen bestanden, die zwischen die Stangen gespannt waren. Sogar Möbel gab es darin, denn die Körbe dienten als Hocker und Tischchen. Beti hatte kandierte Datteln und Honigkuchen und gebratene Hühnerschenkel und gefüllte Weinblätter ausgepackt und noch viele andere Leckerbissen, die sie nicht einmal dem Namen nach kannte, die aber alle köstlich dufteten. Sie hatte sie auf Platten und Schalen angerichtet, die aus dem gleichen milchweiß schimmernden Material gefertigt waren wie der Weinkrug, den Mai bekommen hatte.
Beti öffnete den letzten kleinen Korb, schlug die Leintücher auseinander und hielt den Atem an. Das gab es also wirklich! Goldenes Geschirr! Das Gesinde auf dem Gut aß gemeinsam aus großen Schüsseln aus gebranntem Ton. Es gab auch Näpfe aus Holz und die Herrschaft hatte glasiertes Geschirr. Aber diese beiden Becher und Teller waren aus Gold! So blank, dass man sich darin spiegeln konnte. Der junge Mann musste sehr reich sein.

Sonderbar, dass er fast keinen Schmuck trug. Der Ohrring, von dem er eben gesprochen hatte, war von seinen langen Haaren verdeckt. Ein einziger kleiner Siegelring steckte am Zeigefinger der linken Hand, aber Nechbet konnte die Zeichen darauf nicht erkennen. Keine Armbänder umschlossen seine Handgelenke und Oberarme, keine Fußreifen seine Knöchel, keine Ketten hingen auf Brust und Rücken, nicht einmal ein golddurchwirkter Kragen lag um seinen Hals, dabei gehörte das zur Kleidung der Vornehmen ebenso wie die kostbare Perücke. Bei Amun! Eine Perücke hatte er auch nicht! Wirklich sehr sonderbar. Sogar die einfachen Leute besaßen eine Perücke, wenn auch eine schlichte. Eine Freundin von Nechbets Herrin hatte für jeden Tag in der Woche eine andere und alle Frauen beneideten sie darum.
Mit roten Haaren musste man doch eigentlich dankbar sein, dass man sie unter einer Perücke verstecken konnte. Es sah fast so aus, als ob der junge Mann sie gar nicht verstecken wollte, grübelte Nechbet, während sie das goldene Geschirr behutsam neben die Leckerbissen stellte. Dabei fürchteten sich alle Leute vor roten Haaren. Bestimmt kannten sie die Geschichte von der Wandlung des Gottes nicht oder glaubten nicht daran. Nicht mal ein Kopftuch oder einen Reif trug er, um seine Mähne zu bändigen. Ob er am Ende gar stolz darauf war? Sie drehte sich zu ihm. Mai half ihm gerade bunte Schnüre zu befestigen, mit denen man die beiden vorderen Tücher zur Seite raffen konnte.
»Hoher Herr?«
Er blickte auf.

»Warum reden die Priester nicht darüber? Über Gott Seth, meine ich. Und dass er gar nicht böse ist. Und wie er der göttlichen Sonne hilft, Re, dem Schöpfer.«
»Sie werden darüber reden, darauf kannst du dich verlassen. Vom Delta bis zu den Katarakten, in ganz Unter- und Oberägypten wird man wissen, dass Seth ein Schutzheiliger ist und kein Unhold.« Seine Stimme bebte, seine Hände ballten sich zu Fäusten. »Ich werde dafür sorgen, dass alle Menschen davon erfahren. Ich werde den eifersüchtigen Priestern, die ihn verleumden, ihre Lügen verbieten. Ich werde . . .«
Er brach plötzlich ab. Die beiden anderen sahen sich unbehaglich an. Warum auf einmal dieser Ausbruch? Hatte er nicht vorhin selbst in Seths Namen geflucht?
»Aber hoher Herr. Du hast doch selbst eben . . .«, Mai zögerte. »Ich will deine Worte nicht wiederholen, wenn sie dir missfallen, aber sie kamen aus deinem eigenen Mund.«
»Bei Ptah, dem Weisen! Du hast scharfe Ohren und ein gutes Gedächtnis. Ich fürchte, meine Zunge ist manchmal schneller als meine Gedanken.« Der Rothaarige sprach jetzt wieder gelassen. »Ich habe diese Verwünschung als Kind so oft gehört, dass sie sich in meinem Kopf verankert haben muss. Meine Amme, meine Diener, die Stallburschen, alle kannten nur den Unhold Seth und nicht den Schutzheiligen.«
Nechbet nickte. »Unser Verwalter Gebu auch. Das ist sein Lieblingsfluch. Beim Unhold Seth und all seinen Teufeln! Tua sagt, weil Gebu so geil und so dumm ist wie ein Esel.«

Der junge Herr krauste die geschwungenen Augenbrauen, die mit schwarzer Schminke bis zu den Schläfen verlängert waren. Ihm schien diese Beschreibung von Gott Seths Lieblingstier nicht zu gefallen. »Diese Tua hat offenbar eine scharfe Zunge.«

»Oh ja, die hat sie.« Mai lachte. »Aber sie ist wunderbar. Sie ist Betis große Schwester und hat Beti großgezogen, weil ihre Mutter so früh gestorben ist. Und sie hat dafür gesorgt, dass ich Beti gekriegt habe und nicht Gebu. Sie hat ihm eingeredet, er könnte als Verwalter unmöglich eine Sklavin nehmen, noch dazu eine aus dem Ausland.«

»Pah, der Dummkopf!« Nechbet rümpfte die Nase. »Dabei bin ich in Ägypten geboren, im Jahr nach dem großen Feldzug gegen die Syrer.«

»Dann sind wir ja gleich alt. Ich bin auch fünfzehn.« Er musterte sie. »Aber du siehst nicht aus wie eine Ägypterin.«

»Meine Eltern und Tua stammen aus Syrien. Der Gutsherr hat sie als Gefangene vom Feldzug mitgebracht.«

»Ich habe mir schon so etwas gedacht. Ägyptische Mädchen haben nicht so helle Haare und Augen wie du. In den großen Städten wird das sehr geschätzt, da sind ausländische Ehefrauen der letzte Schrei. Ihr könnt von Glück sagen, dass ihr hier so abgelegen wohnt, sonst wäre euer Verwalter bestimmt nicht auf Tuas Behauptung hereingefallen.«

»Willst du mit mir zum Wasser gehen?
Lieblich ist es, im Teich zu sein.
Ich lasse dich meine Schönheit sehen

in einem Hemd aus feinstem Leinen
Eng und nass klebt es an meinen Gliedern.
Komm mir nach und sieh mich an.
Wir tauchen auf und tauchen nieder,
Ich locke einen Fisch heran,
Mit meinen Fingern fang ich ihn
er schimmert rot auf meiner weißen Haut.
Komm und schau mich an.«

Die Stimme klang hell und rein wie eine Flöte. Ein Boot näherte sich, mit zwei Frauen darin. Die eine ruderte, die andere sang. Mai und Nechbet kannten das Lied. Es wurde auf jedem Fest angestimmt, am häufigsten von den jungen Leuten, die sich an den Papyrusteichen und Wasserläufen trafen.

»Da kommt sie! Wir sind gerade rechtzeitig fertig geworden. Nehmt euch noch schnell etwas von den Schüsseln, ich habe viel zu viel mitgebracht. Wie ich meine schöne Anch-iri einschätze, ist sie sehr besorgt um ihre schlanke Figur.« Er winkte zu dem sich nähernden Boot hinüber und führte dann die rechte Hand zum Gruß gegen Stirn und Schulter. »Blume der Länder! Du einzig Hübsche, die jedes Haus mit Schönheit füllt. Mein Herz hebt sich auf vor Freude bei deinem Anblick. Du erfüllst alle meine Wünsche, indem du kommst.«

Er kann wirklich sehr vornehm reden, dachte Nechbet. Und das war wohl auch nötig bei der jungen Dame, die lässig in den Kissen eines niedrigen Sessels lehnte. Sie trug eine mit Goldstaub verzierte Perücke mit kurzen, dicht gedrehten Locken, bekrönt von einem Kranz aus bunten Perlen. Die grün umrandeten Augen wirkten riesig in dem zarten Gesicht, der schmale, sehr geschwungene Mund war leuchtend rot gefärbt. Den langen Hals, die Ohren und die nackten Arme schmückten goldene Reifen, Ketten, Ringe, Anhänger. Ihre Haut schimmerte durch das schulterfreie Gewand, so hauchfein war der Stoff. In der Rechten trug sie einen Wedel aus Federn, den sie langsam hin- und herbewegte, der linke Arm lag lässig auf dem Bootsrand, sodass die Fingerspitzen das Wasser berührten.

»Sie ist so schön wie Göttin Hathor persönlich«, flüsterte Nechbet. Mai stand schon vor den Leckerbissen.

»Ach was, du bist viel schöner. Sieh mal, diese Kringel triefen richtig vor Honig. Willst du einen?«

»Ich möchte lieber etwas Herzhaftes. Die gerösteten Fleischstreifen mit den Gewürzen drauf sehen gut aus. Hm, das ist Ente, glaube ich.«

Sie kauten andächtig. Die Dienerin hatte das Boot an Land gerudert, denn die helle Stimme klang jetzt ganz nah und nicht mehr so schön wie eben beim Singen, sondern ziemlich schrill.

»Hab Dank, mein Freund, für deine höflichen Worte. Es fällt mir allerdings schwer, sie zurückzugeben, so wie ich das gerne täte. Man kann nicht gerade behaupten, dass du dich zur Feier des Tages herausgeputzt hast. Oder ist bäuerliche Schlichtheit eine Mode, die du bei Hofe einführen willst?«

Mai und Nechbet sahen sich an. Bei Hofe? Dann war der junge Herr sicher ein Adeliger. Das erklärte das goldene Geschirr.

»Oh, liebreiche Anch-iri, du zerschmetterst mich mit deinen Worten.« Aber er klang gar nicht zerschmettert, sondern belustigt. »Hattest du nicht den Wunsch geäußert, dass wir ein Picknick machen sollten wie ganz normale junge Leute?«
»Natürlich habe ich das. Aber das heißt doch nicht, dass du ohne Perücke und Schmuck erscheinen sollst und aussiehst wie ein Hungerleider.«
Er lachte nur. »Du bist sehr streng heute, Schönste der Schönen. Komm, gib mir deine Hand. Willst du behaupten, dass du meine Rippen fühlen kannst und meine Schulterknochen?«
»Oh! Nein, das will ich nicht. Ich – du weißt doch, dass ich den Hungerleider nicht wörtlich gemeint habe.« Sie sprach jetzt nicht mehr spöttisch, sondern ein wenig atemlos.
Mai und Nechbet zwinkerten sich zu. Offensichtlich wusste der junge Herr, wie er die Dame besänftigen konnte.
»Lass uns verschwinden«, flüsterte Mai. »Sie kommen jetzt bestimmt.«
Sie huschten zur Zeltöffnung, aber da standen die beiden schon davor. Mai und Nechbet drückten sich zur Seite. Anch-iri sah sie nicht, nach dem grellen Sonnenlicht mussten sich ihre Augen erst an das Dämmern gewöhnen. Sie musterte die Leckerbissen, nickte beifällig, doch dann fiel ihr Blick auf die Decke auf dem Boden und schon fing das Nörgeln wieder an.
»Warum hast du keine Liege mitgebracht? Oder wenigstens ein paar dicke Teppiche? Hast du überhaupt

eine Vorstellung davon, wie hart der Boden ist? Ich bin doch kein Soldat!«

»Das weiß ich, meine Lotosblume, das weiß ich. Der Göttin Hathor sei Dank dafür. Du bist das zarteste, anspruchsvollste Mädchen von ganz Ober- und Unterägypten, und wenn du mich morgen triffst, werde ich dir ein Ruhebett aus den Zedern des Libanon präsentieren und ich selbst werde vor Gold starren wie das Bild des großen Amun in der innersten Tempelkammer. Aber jetzt bleibt mir nichts anderes übrig, als meine Glieder unter deine kleinen Füße zu breiten und dir jedes Möbelstück zu ersetzen.«

Er hatte sich aufs rechte Knie niedergelassen und sie auf seinen linken Oberschenkel gezogen, während sein Arm ihren Rücken stützte und seine Rechte nach dem Weinkrug griff.

»Gib zu, gestrenge Dame, dass ich der weichste Sessel bin, auf dem du je gesessen hast. Und der einzige, der dir gleichzeitig den Nacken kraulen und dir Wein einschenken kann.«

Sie lehnte den Kopf an seine Schulter. »Du kannst wirklich schwätzen wie der Affe, der die löwenköpfige Sachmet überredete zu Re zurückzukehren.«

Sie beugte sich vor, um nach dem Goldbecher zu greifen, und dabei fiel ihr Blick auf Mai und Nechbet, die reglos neben dem Ausgang standen. Einen Augenblick war sie starr, dann kam ein solcher Ausdruck von Hochmut und Verachtung in ihr Gesicht, dass die beiden sich vorkamen wie geohrfeigt.

»Verschwindet!«, zischte sie.

»Aber Anch-iri!« Zum ersten Mal war Ungeduld in seiner Stimme. »Die beiden haben mir geholfen. Es gibt nicht den geringsten Grund, so unfreundlich zu sein. So wartet doch!«
Doch Mai und Nechbet waren schon hinaus und zu ihrem Boot gelaufen und ruderten schnell davon.

Kapitel 2

Am nächsten Morgen zog Mai triumphierend den Speer aus dem Wasser. »Das ist der dritte! Drei Riesenbarsche hintereinander! Das ist noch nicht da gewesen! Ich werde der Held des Deltas!«

Nechbet fing den Barsch in ihrem Netz auf und tötete ihn mit einem gezielten Schlag. »Glaubst du jetzt endlich, dass der Rote uns Glück bringt statt Unglück? So einen Fang haben wir noch nie gemacht. Und gespuckt habe ich heute auch noch nicht. Oh – oh nein! Zu früh gefreut.«

Sie hielt den Kopf über Bord und übergab sich. Mai sah voller Mitleid, wie sie stöhnte und sich krümmte.

»Weißt du, was, Beti. Wir haben genug getan für heute. Wir suchen uns jetzt ein schattiges Plätzchen und da schläfst du, solange du willst.«

»Ach ja. Das täte ich gerne!«

Mai wendete das Boot. »Und ich weiß auch schon, wohin ich dich bringe. In den kleinen Pavillon, den wir gestern gebaut haben.«

»Aber Mai! Das geht doch nicht! Sie wollen doch heute wieder kommen.«

»Das weiß ich auch.« Mai ruderte unbekümmert weiter. »Aber nicht jetzt. Es ist noch viel zu früh. Alle reichen Leute liegen bestimmt noch im Bett.«

Nechbet wiegte unschlüssig den Kopf. »Ich glaube, ich trau mich nicht. Stell dir vor, sie sind auf einmal da. Ich werde vor lauter Angst nicht schlafen können.«

»Unsinn. Ich halte Wache. Wenn ich sie kommen sehe, wecke ich dich und wir sind im Nu verschwunden.«
»Aber wenn sie jetzt schon da sind?«
»Dann steigen wir natürlich nicht aus. Wir pirschen uns ganz vorsichtig an und schauen nach. Aber sie sind nicht da, verlass dich drauf!«
Als die winzige Insel auftauchte, legte Mai den Finger auf die Lippen. Sie sprachen kein Wort. Die Ruder tauchten so behutsam ein, dass nicht einmal ein Plätschern zu hören war. Langsam umrundeten sie die Insel. Sie wirkte verlassen. Die bunten Stoffwände des Zeltes hingen unbewegt, der Eingang war geschlossen. Plötzlich hob Mai die Hand und deutete auf das Ufer. Im weichen Schlick, weit entfernt von ihrem gestrigen Landeplatz, waren deutlich frische Spuren zu sehen. Die Spuren von vier Füßen.
Nechbet hob die Schultern und ließ sie wieder fallen. Wir können nicht aussteigen, sollte das heißen. Sie sind doch da.
Aber Mai starrte mit gekrauster Stirn die Spuren an. Da stimmte etwas nicht. Der Rothaarige war der größte Mensch, den Mai je gesehen hatte. Und entsprechend groß waren auch seine Füße gewesen. Die hochmütige junge Dame hingegen war klein und zierlich und hatte winzige Sandalen aus rot gefärbtem Leder getragen, die zur Farbe ihrer mit Henna gefärbten Fußnägel gepasst hatten, daran erinnerte sich Mai genau, denn er hatte überlegt, wie gerne er Beti so kostbare Sandalen schenken würde.
Die Abdrücke im Schlamm aber stammten von vier Fü-

ßen, die bei weitem nicht groß genug für den Rothaarigen waren und viel zu groß für seine Angebetete. Mai kniff die Augen zusammen. Die Spuren gingen nur in eine Richtung, die Zehen zeigten zum Zelt und nicht zurück. Es mussten zwei Fremde auf der Insel sein. Und da sie nicht zu sehen waren, mussten sie sich im Pavillon verborgen haben. Aber wie waren sie dort hingekommen? Und warum waren sie an dieser sumpfigen Stelle an Land gegangen?

Mai ließ seine Blicke schweifen und entdeckte zwei Schneisen im dichten Uferschilf, die bei flüchtigem Hinschauen wie ein Windbruch oder der Weg eines Nilpferdes gewirkt hätten. Aber mit dem erfahrenen Auge des Fischers sah er, dass das Röhricht nicht geknickt, sondern abgeschnitten und aufgehäuft war.

Wieder legte er den Finger auf die Lippen und Nechbet nickte. Er griff nach der langen Stange und stakte das Boot zu den Schilfhaufen. Es klang, als ob der Wind in den Halmen säuselte, so behutsam bewegten sie sich vorwärts. Dann streckte Mai eine Hand aus und schob sie durch die abgeschnittenen Stängel. Darunter lag ein Boot – und noch eines –, beide so geschickt verborgen, dass selbst er sie übersehen hätte, wenn ihn die Spuren nicht misstrauisch gemacht hätten. Wer immer auf der Insel war, wollte auf keinen Fall entdeckt werden.

Mai spürte ein Frösteln zwischen den Schulterblättern, obwohl die Sonne brannte wie an jedem Tag in den letzten Wochen. Noch stärker als eben beim Anblick der Spuren empfand er, dass hier irgendetwas nicht in Ordnung war. Warum sollte man sich so verstecken, wenn man nur zu einem Picknick oder zur Entenjagd unterwegs war? Beti schien ein ähnliches Gefühl zu haben. Sie zeigte kein Zeichen von Müdigkeit mehr, suchte angespannt mit den Blicken die Insel ab und musterte die fremden Boote. Plötzlich deutete sie aufgeregt zum Pavillon. Die Tücher bewegten sich, ein kleines bisschen nur, aber da kein Windhauch ging, musste die Bewegung von innen kommen.

Mai zeigte mit dem Finger aufs Wasser. Wir fahren weg, sollte das heißen. Aber Nechbet schüttelte heftig den Kopf und reckte beide Arme gegen den Pavillon. Mai zögerte. Ein Geheimnis zog Beti an wie das Licht die Motte. Aber er musste insgeheim zugeben, dass er genauso neugierig war. Was war schließlich dabei, wenn sie sich so nahe wie möglich von hinten anpirschten?

Elle für Elle schoben sie das Boot durch die hohen Halme, ängstlich darauf bedacht, so wenig Geräusche wie möglich zu machen. Plötzlich fuhren beide zusammen. Eine Stimme tönte aus dem Pavillon, dünn und heiser wie eine schlecht gebohrte Flöte, die Stimme eines Mannes.

»Diese Einwände gelten jetzt nicht mehr. Ich sage dir, es ist höchste Zeit. Vielleicht schon morgen oder übermorgen wird er zum offiziellen Kronprinzen ernannt. Ich weiß aus zuverlässiger Quelle, dass sogar schon die beiden Großen Gemahlinnen und mehrere Nebenfrauen den Harem bezogen haben. Und dann ist es aus mit einsamen Jagden und Ausflügen in die Sümpfe. Er wird keinen Schritt mehr tun können ohne Begleitung. Heute ist vielleicht unsere letzte Gelegenheit.«

»Aber meine Vorbereitungen sind noch nicht abgeschlossen. Ich habe nur die Söhne der alten Adelsfamilien auf unserer Seite.«

Das war eine andere Stimme. Ein zweiter Mann! Er sprach gedehnt und ein bisschen näselnd.

»Ich habe die Priester und die sind wichtiger.« Die heisere Stimme wurde drängend. »Die Macht im Land gehört Amun und seinem Großen Tempel. Pharao Sethos hat bisher nicht gewagt an dieser Wahrheit zu rütteln. Aber wenn Ramses Pharao sein wird, könnte sich die Lage ändern. Er ist sehr begabt, das will ich nicht abstreiten, aber bedenkenlos und hochfahrend. Er wird sich nicht damit begnügen, der demütige Diener Amuns zu sein. Gott Seth selbst hat ihn gezeichnet mit seinen roten Haaren. Ramses ist Seths Abbild, ein Sohn des Zerstörers. Er bringt jedem Unglück, der auf seiner Seite ist, und er wird Chaos über Ägypten bringen, denn er studiert die Lehre des Ketzerkönigs, der alle Götter entmachten wollte.«

Nechbets Hand fuhr zum Mund, um einen Aufschrei zu unterdrücken. Das – das war nicht möglich. Sie blickte Mai fassungslos an und sah, dass er das Gleiche dachte wie sie und dass es keine andere Erklärung für die gerade gehörten Worte gab.

Sie hatten geglaubt einem Gespräch von zwei hohen Herren zuzuhören, die sich über Ereignisse am Hofe unterhielten. Aber jetzt wussten die beiden, dass der rothaarige junge Herr, mit dem sie gestern so unbekümmert gesprochen hatten, der Sohn Pharaos war.

»Tu nicht so, als ob das deine Entdeckung wäre«, sagte

der andere gekränkt. »Ich habe dich doch erst darauf gebracht, dass der Prinz gefährlich ist. Außerdem eitel und zügellos. Und machtgierig! Wenn ich nicht seit langem überzeugt wäre, dass er die Vorrechte des Adels noch weiter beschneiden wird, so wäre ich nicht hier. Wie hast du eigentlich dieses Versteck entdeckt? Lässt dir dein Zeit raubender Dienst im Tempel Zeit für Ausflüge in die Sümpfe?«

Ein Priester! Es waren gar nicht zwei Höflinge, sondern der eine Mann war ein Priester. Jetzt lachte er meckernd.

»Wir können froh sein, dass die kleine Anch-iri mit ihrer Eroberung geprahlt hat und dass ihre Dienerin eine Schwäche für Schmuck hat, sonst hätten wir lange suchen können.«

»Hat dir ein Kheft den Verstand geraubt? Sie wird dich wieder erkennen!«

»Traust du mir so viel Dummheit zu?« Das war wieder der Priester. »Sie wird sich an einen dicken Soldaten mit einer Zwiebelnase und einem schwarzen Bart erinnern. Und mit einer sehr aufwändigen Perücke natürlich. Kissen unter der Rüstung, falsche Haare und etwas Wachs im Gesicht können einen anderen Menschen aus dir machen, wenn du in einem dämmerigen Raum bleibst.«

Der andere stieß einen Pfiff aus. »Du bist wirklich gerissen wie ein Schakal. Gott Anubis würde seine Freude an dir haben. Und du bist sicher, dass diese Anch-iri nicht kommt?«

»Völlig sicher. Sie hat heute Morgen eine gefüllte Feige

auf ihrem Frühstückstablett gehabt, die wird ihr jede Lust auf einen Ausflug vertreiben. Sie liebt gefüllte Feigen. Keine Angst! Es ist ein völlig harmloses Abführmittel. Wir wollen schließlich kein liebestolles Mädchen umbringen, sondern Ramses.«

Mai und Nechbet hielten den Atem an und fassten sich unwillkürlich bei den Händen. Umbringen? Die beiden wollten den Prinzen umbringen? Dass sie nicht viel von ihm hielten, ihn vielleicht sogar fürchteten, das hatte man an ihrer Unterhaltung gemerkt. Aber deshalb brachte man doch keinen Menschen um! Und den Sohn Pharaos schon gar nicht! Er würde der nächste Pharao sein. Und Pharao war der wichtigste Mensch von ganz Ägypten. Er regierte das Schwarze Land mit Hilfe der Götter und eigentlich war er gar kein Mensch, sondern auch ein Gott, den die anderen Götter auf den Thron des Horus gesetzt hatten, damit er die Ma'at, die Gerechtigkeit der göttlichen Gesetze, im Lande aufrechthielt. Ohne ihn würde der Nil nicht über die Ufer treten, die Sonne würde nicht regelmäßig aus der Unterwelt zurückkehren, das Land würde untergehen.

»Du hast Recht.« Die näselnde Stimme des Höflings hatte sich belebt und klang fast energisch. »Es ist wirklich eine einmalige Gelegenheit. Wenn Anch-iri morgen kommt, wird sie sein Shenti finden und seine Sandalen. Jeder wird glauben, dass er sich die Wartezeit mit Schwimmen vertrieben hat und einem hungrigen Nilbewohner zum Opfer gefallen ist.«

Der Priester kicherte leise und Mai fühlte wieder das Frösteln zwischen den Schulterblättern. »Ich habe Gott

Sobek, dem Herrn der Krokodile, schon ein besonderes Opfer gebracht. Aber wir können nicht sicher sein, dass die Bestien Ramses finden. Deshalb darf keine Verletzung an ihm zu sehen sein. Wir müssen ihn fesseln und unter Wasser drücken, damit es aussieht wie ein Unfall.«

»Ihn fesseln? Wie stellst du dir das vor? Hast du ihn einmal mit den Soldaten auf dem Kasernenhof gesehen, wenn sie Nahkampf üben? Keiner ist stärker und schneller als er. Er war erst sieben, als ihn sein Vater auf den Feldzug gegen die Fenchu mitgenommen hat, und da hat er schon mitgekämpft.«

»Ich habe nicht vor mit ihm zu kämpfen. Ich will dich schließlich noch als Pharao auf dem Thron sehen und erleben, wie du mich zu Amuns Ersten Propheten in Theben machst.« Wieder kicherte der Priester und Nechbet hielt sich unwillkürlich die Ohren zu. »Weißt du, was das ist? Ein Nilpferdnetz. Man nimmt es auch beim Löwenfang. Das werfen wir ihm über, sobald er hereinkommt, stoßen ihn mit diesen Knüppeln von den Füßen und ziehen das Netz zu. Niemand kann sich daraus befreien.«

»Das beruhigt mich, wenn auch nicht ganz.« Der Höfling sprach wieder so schleppend und widerstrebend wie zuvor. »Hm. Es gibt da ein Problem. Bist du sicher, dass wir uns nicht alle Schutzgötter des Thrones zu Feinden machen? Und den Rest unseres Lebens von ihnen gestraft werden? Und wenn wir uns im Jenseits für unsere Taten verantworten müssen, werden wir dann das Totengericht überstehen? Wenn wir in die Halle der beiden Wahrheiten geführt werden mit den 42 Göttern, die von den Übeltätern leben und ihr Blut trinken am Tage der Abrechnung, werden die uns nicht ergreifen?«

»Aber auf gar keinen Fall, da kann ich dich beruhigen. Ramses ist ein ganz gewöhnlicher Mensch, lange nicht so edel wie du, denn er hat keinen Tropfen königliches Blut in sich. Er war schon geboren, als sein Großvater Paramessu Pharao wurde. Ein einfacher Wagenlenker, der sich zum Kommandanten emporgearbeitet hatte. Erst durch die heiligen Weihen wird er zum Gottkönig. Und so weit darf es nicht kommen, denn er will Amuns Reichtum beschneiden und dadurch ist er eine Bedrohung für das Wohlergehen Ägyptens. Wir müssen Ramses vernichten.« Er hatte immer eindringlicher gesprochen und verfiel jetzt in einen hymnischen Singsang, der an Tempelgebete erinnerte. »Und du, mein Freund, wirst die heiligen Weihen erhalten und als Pharao den Göttern gleichgestellt werden und unangreifbar für sie sein. Du wirst Herrscher sein über Unter- und Oberägypten und die Doppelkrone tragen, die rote und die weiße, die deiner Familie gebührt. Du wirst . . .«

Mai konnte auf einmal nicht mehr zuhören. Das Zischen einer Schlange hätte ihn in keine größere Angst versetzen können als die heisere Stimme des Priesters. Mit zitternden Händen setzte er die Stange ein und stakte das Boot durch die schmale Rinne, die sich eben beim Durchfahren gebildet hatte. Am liebsten hätte er es mit ein paar wilden Stößen von der Insel weggebracht, immer weiter weg von den beiden grässlichen

Menschen, von denen er nichts kannte als die Stimmen und den mörderischen Plan, den sie besprochen hatten. Aber sie durften jetzt kein Geräusch machen! Die in den letzten Jahren mühsam erworbene Geduld des Fischers half ihm sich zu beherrschen. Da endlich, da war das offene Wasser.

»Wo willst du hin«, flüsterte Nechbet, als er die Ruder einlegte und mit aller Kraft durchzog. Mai ruderte, als ob ein Krokodil hinter ihm her wäre.

»Wir müssen ihn warnen«, keuchte er. »Hoffentlich kommt er denselben Weg wie gestern.«

»Warnen? Ja, natürlich!« In Nechbets blutleeres Gesicht kam wieder etwas Farbe. Ihr war schwindelig vor Entsetzen. Den Prinzen ermorden? Ob dann nicht der Himmel einstürzen würde? Sie fühlte sich so schwach, als ob sie den ganzen Tag Wasserkrüge geschleppt hätte. Aber Mai hatte Recht. Sie konnten das Verhängnis aufhalten. Sie würden es abwenden. Das Boot schoss über das Wasser, an der Insel vorbei, wo ihnen gestern der Nilbarsch entwischt war.

»Oh Re, Allerhöchster, der du für Gerechtigkeit sorgst, halte deine Hand über ihn. Oh Hathor, du Göttliche, die du die Liebenden schützt, lass uns den Prinzen finden«, betete Nechbet. Ihre Augen suchten den Nil ab. Warum nur gab es hier so viel Binsengestrüpp und Papyrusdickichte, die einem die Sicht versperrten?

»Ich lasse dich meine Schönheit sehn
in einem Hemd aus feinstem Leinen«,

trällerte eine Stimme.

»Amun sei Dank, das ist er!« Nechbet zitterte vor Erleichterung. Das Boot bog in einen schmalen Wasserlauf – und die beiden schlossen geblendet die Augen. Einen Augenblick lang glaubten sie, dass Gott Re mit seiner Barke vom Himmel herab auf den Nil gesteuert wäre. Dann sahen sie, dass es nur der Widerschein der Sonnenstrahlen war, die sich in den zahllosen goldenen Schmuckstücken des Prinzen brachen. Sogar der Stoff seiner Kleidung und seine Perücke waren mit goldenen Fäden durchzogen.

»Komm mir nach und sieh mich an!
Wir tauchen auf und ...«

Er brach ab und winkte den beiden fröhlich zu. »Da seid ihr ja wieder. Habt ihr heute mehr Glück beim Fischen?«
»Oh ja. Viel mehr. Aber wir müssen . . .«, begann Mai, doch dann verschlug es ihm die Sprache.
Die Boote waren jetzt dicht beieinander. Der Prinz stand tatsächlich zwischen den Gurten einer Liege aus poliertem dunklem Holz, die auf beiden Seiten über den Rand hinausragte und das Boot fast unter Wasser drückte. Ihre vergoldeten wie Adlerklauen geformten Füße ragten in die Höhe.
»Bin ich nicht ein vorbildlicher Verehrer?«, fragte Ramses vergnügt. »Der Wunsch meiner Dame ist mir Befehl. Hier kommt ein Ruhelager. Hm. Ein Blick auf eure Gesichter zeigt mir, dass ihr mir etwas Wichtiges sagen wollt. Und es scheint nichts Erfreuliches zu sein.«

Mai holte tief Luft. »Es warten zwei Mörder auf dich im Pavillon.«
Ramses fuhr weder zusammen, noch erstarrte er. Er zeigte überhaupt kein Anzeichen von Erschrecken. Er presste die Lippen zusammen und schaute einige Augenblicke über das Wasser, dann nickte er und sagte bloß: »Also doch. Ich habe es nicht glauben wollen. Und jetzt erzählt mir alles ganz genau. Jedes Wort, an das ihr euch erinnert.«
Als die zwei mit ihrem Bericht fertig waren, nickte er wieder. »Scharfe Ohren und ein gutes Gedächtnis – mein Lob von gestern gilt auch für dich, Beti. Ich glaube, ich weiß, wer der eine ist. Den Priester kenne ich nicht. Noch nicht. Ich werde mir die beiden einmal anschauen.«
»Aber – das kannst du nicht!«, riefen Mai und Nechbet wie aus einem Mund. »Sie werden dich töten.«
»Oh nein, das werden sie nicht. Gewarnt ist gewappnet, das wisst ihr doch. Mein Goldschmuck sitzt so dicht auf mir wie ein Panzer. Nun schaut nicht so entsetzt! Ich habe nicht die Absicht, ihnen mit bloßen Händen entgegenzutreten. Borgst du mir deinen Fischspeer?«
Mai reichte ihm den Speer und Ramses prüfte mit dem Daumen die Spitze und nickte zufrieden. Dann schloss er die Augen und hob beide Arme zum Himmel. »Oh Gott Amun, mein Vater im Himmel, hilf mir in deiner Allmacht und Güte.«
Er setzte die Stange ein und trieb das Boot mit kräftigen Bewegungen aus dem engen Wasserlauf auf den Nil hinaus. Die beiden sahen ihm nach, aber er war schon

nach kurzer Zeit in einem anderen Kanal verschwunden.
»Bitte, Mai, lass uns hinterherfahren. Wir können ihn nicht allein lassen.«
»Was heißt hier wir? Ich kann ihn nicht allein lassen«, verbesserte Mai. »Das ist Männersache, Beti. Du hältst dich da heraus, versprichst du mir das?«
»Ja, ja, natürlich. Nun fahr schon, sonst holen wir ihn nicht mehr ein.«
»Ach was, er hat doch das schwere Bett. Und wir müssen außer Sichtweite bleiben, er will bestimmt nicht, dass wir ihm folgen.«
Das Boot des Prinzen lag schon am Ufer, als sie, vom Schilf verborgen, auf den winzigen Landeplatz spähten.

»Ich locke einen Fisch heran,
Mit meinen Fingern fang ich ihn,
Er schimmert rot auf meiner weißen Haut.«

Ramses sang lauthals, während er das Bett auf die Böschung schleppte und dicht vor dem Zelteingang aufstellte. Die beiden hinter den Vorhängen mussten glauben, dass er keine Ahnung hatte. Ob sie ihn durch die Spalten der Tücher beobachteten? Ramses schien das zu befürchten, denn erst als er sich aufrichtete, sahen Mai und Nechbet den Speer in seiner Hand, den er hinter den Längsseiten des Bettes verborgen hatte. Mit zwei, drei Sprüngen war er vor dem Pavillon. Noch während des Laufens holte er aus, sein Arm streckte sich weit zurück, sein Oberkörper bog sich nach hinten,

und dann warf Ramses sich mit aller Kraft nach vorn und stieß den Speer durch das Tuch neben dem Eingang. Ein Schrei gellte aus dem Pavillon.
»Schlau! Sehr schlau!« Mai zitterte vor Aufregung. »Sie stehen ja mit dem Netz am Eingang.«
Ramses hatte den Speer schon zurückgerissen, holte wieder aus und trieb ihn durch das Tuch auf der anderen Seite. Doch er fand keinen Widerstand und wurde vom Schwung des Stoßes in den Pavillon hineingetragen. Der andere Mann musste zur Seite gesprungen sein. Die Zeltstangen schwankten, brachen aber nicht zusammen, die Tücher wogten hin und her, gaben jedoch den Blick in das Innere nicht frei. Einige Augenblicke lang war nur das Stöhnen des Verwundeten, das Keuchen der Kämpfenden zu hören, dann ein Schrei, der in einem Ächzen endete: »Aaahh – du Schwein!«
Das war Ramses.
»Oh nein!«, jammerte Nechbet. »Mai! Ist er ...?«
Mai gab keine Antwort, brachte das Boot mit zwei peitschenden Schlägen ans Ufer, griff nach seinem gebogenen Wurfholz und rannte zum Pavillon. Dort wälzten sich drei Gestalten am Boden. Mai versuchte verzweifelt in dem dämmrigen Licht den Stand des Kampfes zu erkennen. Ramses, sofort kenntlich an seiner goldenen Kleidung, lag zuunterst, bedeckt von einem Netz, das ein seitlich Liegender festhielt, während ein Dritter auf dem Gefangenen kniete. In seiner erhobenen Hand blitzte ein Dolch.
Der Prinz knurrte wie ein wildes Tier und bäumte sich auf. Der Dolchträger geriet ins Schwanken, die Waffe ver-

hergerannt. Und jetzt lag er da, reglos, und der andere kam schwankend auf die Füße und humpelte auf die versteckten Boote zu. Aus dem Pavillon kam ein gurgelnder Schrei.

»Oh Re, Allerhöchster, der du für Gerechtigkeit sorgst«, murmelte Nechbet, und noch ehe sie das Gebet zu Ende gesprochen hatte, war die Angel in ihren Händen. Der Verbrecher durfte nicht entkommen! Die Schnur zischte durch die Luft. Nechbet hatte gut gezielt, aber mit zu viel Kraft. Der Haken flog über den Fliehenden hinweg, nur eine Elle zu weit, aber in diesem Augenblick stolperte der Mann und stürzte in den Haken hinein, der sich im Fallen tief in seine Schulter bohrte. Sein Schrei klang wie das schrille Kreischen eines Schweines, dem das Messer an der Kehle sitzt.

Er wälzte sich auf die Seite und sah Nechbet an. Er atmete schwer. Seine Blicke durchbohrten sie. Nie würde er ihr Gesicht vergessen, bei allen Teufeln der Unterwelt, das schwor er sich, ein hellhäutiges, dreieckiges Katzengesicht mit schrägen Goldaugen. Und auch das Gesicht des Jungen würde für immer in sein Gedächtnis eingebrannt sein, wie es eben über ihm gewesen war, umrahmt von tiefschwarzen Haaren, die mandelförmigen Augen so dunkel wie Kohle, die Nase breit, mit geschwungenen Flügeln, die Lippen auffallend rot und voll. Diese beiden waren schuld, dass die Geschicke des Schwarzen Landes einen anderen Verlauf nehmen würden. Jahrelang hatte er seine Pläne geschmiedet, hatte Verbündete geworben, hatte das Misstrauen gegen Pharao Sethos und seinen Sohn Ramses ge-

schürt – und nun hatten zwei erbärmliche Fischer alles zunichte gemacht.
Er riss den Haken aus der Schulter. Der Schmerz fuhr den Arm hinunter wie ein glühendes Messer. Rasende Wut überflutete ihn und hob ihn hoch wie eine Welle. Er stand. Er konnte stehen. Und er würde auch laufen können, trotz seiner Hüfte. Er fletschte die Zähne. Er würde diese beiden Missgeburten umbringen, und wenn es die letzte Tat seines Lebens war. Er taumelte zu dem Jungen, hob das Bett hoch und ließ es auf seinen Rücken fallen.
Ein roter Schleier legte sich vor seine Augen. Da war das Knirschen von Knochen gewesen. Ha! Der Erste war erledigt. Er drehte sich mühsam um und schwankte auf das Boot zu. Das Knirschen war immer noch zu hören. Warum nur? Waren das etwa seine eigenen Knochen? Das entsetzte Gesicht des Mädchens verschwamm vor seinem Blick. Er würde sie erwürgen. Er würde sie ertränken.
»Rühr sie nicht an!«, donnerte eine Stimme.
Er nahm sich nicht einmal mehr die Zeit, den Kopf zu drehen. Er kannte die Stimme. Prinz Ramses hatte seinen Rivalen besiegt. Der Priester griff mit beiden Händen in den Uferschlamm, schleuderte ihn dem Mädchen ins Gesicht und tauchte ins Wasser. So konnte sie nicht sehen, in welche Richtung er schwamm. Er hatte Gott Sobek ein besonderes Opfer gebracht, der würde ihn schützen vor den Krokodilen. Und der Angriff eines wilden Tieres war immer noch besser als das Schicksal, das ihn erwartete, wenn er vor Pharao Sethos

gebracht werden würde und vor das königliche Gericht. Aber die Tiere würden ihn verschonen, das wusste der Priester. Gott Amun würde ihn schützen, damit er einen neuen Anschlag auf Ramses planen konnte.
Einen fürchterlichen Augenblick lang hatte Nechbet das Gefühl, der Fleischfetzen, den die Angel aus der Schulter des Verbrechers gerissen hatte, sei in ihrem Gesicht gelandet. Eine warme und glitschige Masse bedeckte ihre Haut. Ekel packte sie. Sie schrie. War das Blut? Sie konnte nichts sehen! Sie versuchte die Augen aufzureißen, aber die Lider waren verklebt und ließen sich nicht öffnen und die Augäpfel brannten. Was war mit Mai? Wo war er? Sie sah ihn nicht. Sie begann zu weinen, aber das verstärkte das Brennen noch. Sie tastete nach dem Bootsrand und beugte sich weit hinaus, um mit beiden Händen Wasser zu schöpfen. Das Boot schwankte gefährlich und legte sich auf die Seite.
»Pass auf!«, schrie Ramses, aber Nechbet war schon im Nil verschwunden. Er sprang hinterher, fasste nach ihren Haaren und zog sie nach oben. Der Nil hatte allen Schlamm abgewaschen. Sie hustete und würgte und übergab sich kräftig. Ramses hielt sie fest und schob sie dann aufs Land. Sie wischte sich die Augenwinkel aus und betrachtete ihre Fingerspitzen.
»Amun sei Dank! Es ist nur Schlamm! Kein Blut!«
Sie lief zu Mai und kniete sich neben ihn. Er hatte sich auf die Seite gerollt und die Augen geöffnet.
»Mai! Bist du verletzt?«
Er lächelte schief. »Ich glaube nicht. Jedenfalls tut mir nichts weh. Der Kerl hat mich umgelegt. Wo ist er?«

Ramses, der die Wasseroberfläche nach einer Bewegung abgesucht hatte, drehte sich um. »Verschwunden, fürchte ich. Es ist nichts mehr zu sehen.« Er grinste auf die beiden hinunter. Er hatte seine goldene Perücke verloren und die rote Mähne stand zerzaust um seinen Kopf. »Deine Beti entschloss sich plötzlich ein Bad zu nehmen und da musste ich ihr behilflich sein. Was tust du eigentlich unter dem Bett?«

»Bett?« Mai wandte den Kopf und drehte sich schwerfällig auf den Rücken. »Ich hab mich schon gewundert.« Er stemmte das Bett in die Höhe. »Ein Glück, dass mich nur die Gurte getroffen haben. Der Rahmen hätte mir alle Knochen brechen können.«

»Er hat es auf dich geworfen«, sagte Nechbet. »Er wollte dich erschlagen, ganz bestimmt. Er sah richtig mörderisch aus, auch als er dann auf mich zukam. Dabei konnte er kaum gehen, seine linke Seite war voller Blut.«

»Wie sah er aus?«, fragte Ramses drängend. »Beschreibt ihn!«

»Klein und dürr mit ganz langen Affenarmen.« Nechbet schauderte. »Und er hinkte, aber das war vielleicht die Verletzung. Und ein Gesicht hatte er, wie ein Kheft. Ganz krumm und verbogen und grausam.«

Mai nickte. »Ja, das stimmt. Oder wie ein Geier. Ein Geier in der Mauser. Mit Hakennase und Starraugen.«

»Hm. Ich kenne keinen Priester, der so aussieht. Aber wahrscheinlich hat er sich nicht am Hof gezeigt. Mit so einem Gesicht bleibt man besser im Hintergrund.« Ramses hob den Angelhaken auf und betrachtete das

Fleischstück. »Beim Barte des Ptah! Das gibt eine große, sternförmige Narbe. Und eine zweite von meinem Speerstoß. Der Kerl ist gezeichnet bis an sein Ende. Aber vielleicht erwische ich ihn doch noch. Ich suche kurz die Gegend ab.«

»Aber – aber wenn er uns beobachtet und uns überfällt, wenn du weg bist?«, rief Nechbet ängstlich.

»Ach was, das riskiert er nicht. Hol dir den Dolch im Zelt, Mai, für alle Fälle. Aber bring ihn nicht um, ich will ihn lebend, hörst du!«

»Im Zelt? Ein Dolch?«

»Der von dem Toten. Er hat ihn noch in der Hand. Ich nehme lieber deinen Fischspeer.«

Er sprang in sein Boot und verschwand hinter den Papyrusstauden. Die beiden sahen ihm beklommen nach.

»Hast du das gesehen?«, fragte Nechbet. »Das Blut läuft ihm herunter, an Armen und Beinen. Und es kümmert ihn gar nicht.«

»Vielleicht ist es das Blut von dem anderen. Hoffentlich.« Mai ging zum Zelteingang, blieb aber davor stehen. »Weißt du, Beti, ich will die Leiche eigentlich gar nicht sehen. Ich hole den Dolch nur, falls der Geierkopf wirklich kommt.«

Er legte den Arm um sie, sie lehnte sich an ihn und sie warteten schweigend. Sie waren auf einmal zu erschöpft zum Reden. Sie beobachteten nur den Nil und die Ufer ihrer Insel, aber keine verdächtigen Bewegungen waren zu sehen und außer dem Wispern des Schilfes und den Rufen der Wasservögel war nichts zu hören. Nach erstaunlich kurzer Zeit kam Ramses zurück.

»Es hat keinen Zweck. Es gibt einfach zu viele Verstecke. Ich muss so schnell wie möglich Soldaten holen, die werden ihn schon finden. Sie können auch die Leiche im Pavillon mitnehmen.«
Er sprang aus dem Boot und kam auf sie zu. Im Gehen hakte er die Verschlüsse des schulterbreiten goldenen Kragens auf.
»Du blutest, Prinz«, sagte Nechbet schüchtern.
Er blickte auf seine Arme und Beine hinunter. »Ach, das ist nichts. Das sind nur Kratzer. Der Dolch ist an all meinen Goldreifen abgeglitten.« Er blieb vor ihnen stehen und sah sie ernst an. »Ihr habt mir heute das Leben gerettet. Ihr habt euer eigenes Leben gewagt, um mich vor meinen Mördern zu schützen. Mögen alle Götter Ägyptens euch eure Tapferkeit lohnen. Ich danke euch!«
Er nahm den Goldkragen von seinen Schultern und hielt ihn den beiden entgegen. Die weit ausgebreiteten Schwingen eines Falken funkelten in der Sonne. Die Federn waren aus Goldplatten und aus blauen und roten Steinen gebildet, die in zwei Halbkreisen schuppenartig aneinander befestigt waren. Der Körper des Vogels bestand aus einer mit Türkisen besetzten Goldplatte. Der goldene Kopf mit dem gekrümmten Schnabel reckte sich zur Seite, die goldenen Klauen hielten zwei Ankhs, die Lebensknoten in Blau und Rot.
Noch nie hatten die beiden etwas so Wundervolles gesehen. Nechbet hob eine Hand und berührte vorsichtig die geschuppten Federn mit den Fingerspitzen. Das Gold fühlte sich glatt und warm an, die bunten Steine kühl. Sie ließ die Hand wieder sinken.

»Gefällt er euch nicht?«, fragte Ramses erstaunt.
»Es ist das Schönste, was ich je gesehen habe«, sagte Mai langsam. »Ich glaube, es kann keinen Menschen geben auf der ganzen Welt, dem er nicht gefällt.«
»Ja, warum nehmt ihr ihn dann nicht? Ich schenke ihn euch.«
Sie schüttelten verlegen die Köpfe.
»Du wirst das vielleicht nicht verstehen, Prinz.« Nechbet suchte nach Worten, die ihn nicht zornig machen oder kränken würden. »Für dich und für die Menschen, die du kennst, ist er ein herrliches Geschenk. Aber wir sind Sklaven. Bei uns gibt es kein Gold. Für uns bedeutet es schon viel, wenn wir Kupfer haben. Dieser Kragen würde uns ins Unglück bringen.«
»Ja, ganz bestimmt.« Jetzt hatte auch Mai seine Verlegenheit überwunden. »Wir würden als Diebe bezichtigt werden, vielleicht sogar als Grabräuber, als Schänder der Totenruhe. Wir würden in die Steinbrüche geschickt werden oder verstümmelt oder aufgehängt. Gold bedeutet uns nichts.«
Der Prinz stand und sah sie an, dann den Kragen, dann wieder die beiden, während eine leichte Röte in sein Gesicht stieg. »Ich danke euch. Ihr habt mich etwas gelehrt, was ich bisher nicht wusste. Ich habe immer geglaubt, Gold . . .« Er schüttelte den Kopf und legte den Kragen wieder um seine Schultern. Dann nestelte er den Ring aus seinem Ohr und brach ihn auseinander. »Ich werde einen anderen Weg finden, euch zu belohnen. Aber eine Erinnerung an mich und meine Dankbarkeit müsst ihr annehmen. Mein göttlicher Vater Se-

thos hat mir diesen Ohrring geschenkt. Biene und Binse, die Zeichen von Ober- und Unterägypten. Die Binse ist für Mai, den Fischer, und die Biene für Nechbet, das Mädchen voller Honigsüße.« Er drückte ihnen die goldenen Schmuckstücke in die Hand. »Sie sind so klein, dass sie in eine Amuletthülse passen.«
Hingerissen betrachtete Nechbet die winzige Biene. »Ich werde sie in eine Holzkugel stecken. Dann sieht man das Gold nicht und ich kann sie immer um den Hals tragen.«
Ramses lachte. Auf einmal streckte er die Hand aus und ließ seine Fingerspitzen behutsam über Nechbets Bauch gleiten. »Ihr werdet ein wunderbares Kind haben. Mögen die Götter ihm alle Tugenden der Eltern erhalten«, sagte er feierlich. Er legte Mai die Hand auf die Schulter und zwinkerte. »Ihr habt fast mehr Tapferkeit und Klugheit, Mut und Weisheit, als ein Kind nötig hat. Lebt wohl! Ich werde Befehl geben, dass die Träger von Binse und Biene jederzeit zu mir vorgelassen werden.«
Sie sahen ihm nach, bis er verschwunden war. »Ist das denn nicht eigentlich dasselbe, Tapferkeit und Mut, Klugheit und Weisheit«, fragte Nechbet nachdenklich. »Ich weiß nicht. Ich glaube, es gibt einen Unterschied.« Mai gähnte. »Aber ich bin einfach zu müde darüber nachzudenken. Komm, lass uns nach Hause fahren.«

Kapitel 3

Verkrampf dich nicht, Kindchen!« Tua streichelte Nechbets Hände. »Lenk dich ab! Denk an etwas Schönes!«

»Ich kann nicht«, ächzte Nechbet. »Es tut einfach zu weh.«

Sie saß auf dem Bett mit den vergoldeten Adlerklauen-Füßen, dem Bett von der Insel, das Prinz Ramses geschickt hatte. Die Knechte des königlichen Gutes hatten es in die kleine Geburtslaube getragen, die sie am Vortag gebaut hatten. Das Königsgut bei Memphis war ein Geschenk von Pharao Sethos als Dank für die Rettung seines einzigen Sohnes. Ein Abgesandter des Palastes hatte Mai, Nechbet und Tua wenige Tage nach dem missglückten Mordversuch freigekauft und sie zu ihrem neuen Besitz begleitet.

Am Morgen war Nechbet von Tua in die Geburtslaube gebracht worden. In keinem Haus Ägyptens, vom Palast bis zur Hütte, kam ein Kind innerhalb der Wände zur Welt, sondern in einem eigens errichteten Pavillon aus geflochtenen Zweigen, Palmwedeln und Tüchern. Selbst die Nachkommen Pharaos erblickten das Licht in einem Kiosk im königlichen Park.

»Du musst dich entspannen. Komm, ich helfe dir.« Tua verfiel in einen gleichmäßigen Singsang. »Heilige Göttin Taweret, du Helferin aller Gebärenden, sieh diese Nechbet. Ich löse ihr den Gürtel, ich löse ihre Haare, ihre Kleider sind weit, ihr Haar fließt lose herab. Heiliger

Zwerg Bes, du Schützer der Geburt, sieh diese Nechbet. Ihr Haar ist gelöst so wie ihre Kleider, nichts hält mehr zurück, nichts hemmt mehr, löse das Kind aus ihr . . .«
Mit eintöniger Stimme wiederholte Tua die Worte immer wieder. Nechbet spürte, wie die Schmerzen nachließen und wie eine große Schläfrigkeit sie überkam. Ein Kamm strich über ihre Kopfhaut, dann massierende Finger. Sie bewegten sich in kleinen Kreisen, mit leichtem Druck, im Rhythmus der Worte. Das tat gut. Jetzt wurden auch ihre Arme massiert und die Beine und der Rücken. Es duftete nach Öl. Wispern und Flüstern ertönte.
»Das wird ein prächtiges, großes Kind werden.«
»Dann schlägt es nach dem Vater. Die Mutter ist ja eher schmächtig.«
»Ein großes Kind? Woher wollt ihr das wissen?«
»Das ist doch offensichtlich. Schau dir doch ihren Umfang an.«
Nechbet öffnete die Augen. Die Geburtshütte war voller Frauen. Zwei massierten sie, andere waren mit Tüchern und Schüsseln und Salbgefäßen beschäftigt, einige trugen Wasserkrüge herein. Nechbet krauste die Stirne.
»Tua! Was wollen die hier?«
»Das ist so Sitte, Kätzchen. Alle Nachbarinnen helfen einer Frau bei der Geburt.«
»Es sind zu viele. Schick sie weg!«
»Psst, nicht so laut. Denk an deine Stellung. Du bist eine Herrin, die reichste Frau weit und breit, es ist eine Ehre für sie, dir helfen zu dürfen.«

»Aber sie helfen mir nicht«, jammerte Nechbet. »Meine Schmerzen werden wieder schlimmer. Ich kriege kaum noch Luft.«
»Das ist gut. Dann hast du es bald geschafft. Halt noch ein bisschen aus, bald ist es vorbei und dann hast du alles vergessen.«
»Nie werde ich das vergessen, nie, nie«, wollte Nechbet sagen, aber sie konnte nur stöhnen und schloss wieder die Augen. Eine Zeit lang trieb sie durch an- und abschwellende Schmerzen wie durch Wellentäler und -berge, dann hörte sie wieder das Tuscheln der Frauen.
»Herr Mai hat nach dem Priester geschickt.«
»Seht nur, der ehrwürdige Vater Wenamun höchstpersönlich.«
»Das war doch klar. Glaubst du, er lässt es sich nehmen, auf einem königlichen Gut zu erscheinen?«
»Sogar einen Gehilfen hat er mitgebracht.«
»Und Herr Mai hat zwei Gänse zum Opfer bestimmt. Sehr großzügig.«
»Man kann leicht großzügig sein, wenn man auf einem Königsgut sitzt.«
Zwei Priester mit kahl geschorenen Köpfen hatten die Geburtslaube betreten. Der eine näherte sich Nechbet und legte ihr die Hand auf den Kopf.
»Dein Mann hat mich gebeten den Beistand der Götter für dich zu erflehen, meine Tochter.«
Er hob ein großes Zaubermesser hoch, gekrümmt wie die Sicheln der Ährenschneider, und hielt es feierlich über Nechbets Bauch. In das polierte Elfenbein war die Gestalt der froschköpfigen Heket, der unförmige Leib

der Taweret mit dem Nilpferdkopf, der krummbeinige Zwerg Bes mit dem Löwengesicht eingeritzt – alle drei Schutzgötter der Gebärenden. Die Frauen umstanden Nechbet und den Priester in einem ehrfurchtsvollen Kreis.

»Oh Göttin Mesechnet,« rief er laut, »mit diesem Messer beschwöre ich dich und flehe dich an. Sei gerüstet einen *ka* zu machen für dieses Kind, das im Leibe dieser Nechbet ist. Sei gerüstet einen *ba* zu machen für dieses Kind, das im Leib dieser Nechbet ist. Du hast den großen Gott in dir getragen. Dein Schutz komme herab und umhülle diese Nechbet.«

Die letzten Worte hörte Nechbet wie aus weiter Ferne. Der Gehilfe des Priesters hantierte an einem Dreifuß, von dem bereits dichte Weihrauchwolken aufstiegen. Der betäubende Duft und das Murmeln des Priesters versetzten sie in einen Dämmerzustand. Irgendwann spürte sie, dass sie hochgehoben und in die Mitte des Raumes geführt wurde. Der Schmerz schwoll an und wurde schier unerträglich. Sie schrie und dachte verworren, dass sie ihre eigene Stimme nicht erkannte, und plötzlich ließ der Schmerz nach. Ein unbeschreibliches Gefühl von Erleichterung erfüllte sie. Ein dünnes Stimmchen ertönte.

»Sie hat nii gesagt!«

»Bist du sicher? War es nicht doch mebi?«

»Nein, nein auf keinen Fall! Ganz deutlich nii!«

»Dann wird sie leben, Amun sei Dank!«

»Holt Herrn Mai!«

»Er muss seine Tochter sehen!«

»Sie ist ihm aus dem Gesicht geschnitten.«
»Nein, sie muss erst gebadet werden!«
Die Frauen riefen alle durcheinander. Nechbet lag benommen auf ihrem Bett. Tua beugte sich zu ihr und lächelte unter Tränen. »Du hast eine wunderschöne Tochter, mein Herz.«
Mai trat an das Bett. Er hielt die Kleine im Arm und sein Gesicht leuchtete vor Glück.
»Oh Beti! Alles ist vorbei, den Göttern sei Dank. Ich bin so froh. Ist sie nicht einfach hinreißend?«
Nechbet sah das winzige Mädchen an. Ja, sie war hinreißend! Der runde Kopf war von dichtem schwarzem Flaum bedeckt. Sie hatte gerade, hauchfeine Augenbrauen, ein stumpfes Näschen und einen breiten Mund. Eine Welle von heißer Freude überflutete Nechbet.
»Sie sieht genau so aus wie du«, flüsterte sie.
Mai hob das Kind behutsam in die Höhe und lehnte seine Stirn gegen ihre. »Oh Tochter, du Geschenk der Götter«, sagte er feierlich. »Ich heiße dich bei uns willkommen und gebe dir den Namen Meret-amun. Und möge der große Gott dich beschützen dein Leben lang.«
Er legte Nechbet das Kind in die Arme, nestelte die Amuletthülse von seinem Handgelenk, in der er die goldene Binse des Prinzen verborgen hatte, und band sie an eine Lederschnur. Er machte sieben Knoten hinein, zum Schutz vor bösen Geistern, und wand sie der Kleinen ums Handgelenk. Nechbet wiegte ihre Tochter leicht hin und her und fuhr mit einem Finger sanft über die schwarzen Härchen.

»Sie hat auch deine Augen, Mai. Sie hat gar nichts von mir.«
»Was redest du da? Die Schönheit hat sie von dir! Sie ist so schön wie du.« Mai nahm Meret wieder auf den Arm. »Ich kann mich gar nicht satt sehen an ihr. Ah, Tua! Bei der Göttin Hathor, der Herrin der Trunkenheit, das ist genau das, was wir jetzt brauchen. Wir feiern einen schönen Tag!«
Tua war mit mehreren Dienerinnen im Gefolge erschienen, die beladen waren mit Krügen und Amphoren und Tabletts voller Becher.
»So ist's recht, Tua.« Mai reichte Nechbet einen Becher. »Du weißt, was sich gehört. Das ist kein Tag für Bier! Wein für alle!«
»Auf die Gesundheit von Meret-amun!«, rief der Priester.
Alle leerten die Becher, die im Handumdrehen wieder gefüllt wurden.
»Auf die Gesundheit von Nechbet, der schönen Mutter!«, rief Mai.
Alle tranken.
»Auf die Gesundheit von Herrn Mai, dem stolzen Vater.« Tua gab den nächsten Trinkspruch aus und die Becher wurden wieder geleert. Mai lachte übers ganze Gesicht, während er die Glück- und Segenswünsche der Priester und Nachbarinnen entgegennahm.
»Füllt die Becher, Mädchen, füllt die Becher.« Tua trieb die Dienerinnen an. »Das Gesinde wartet schon draußen und will dir gratulieren, Herr.«
Applaus und Hochrufe ertönten, als Mai auf den Hof

trat und seine Tochter hochhob, damit alle sie sehen konnten. Er rief dem Verwalter einen Befehl zu und wenig später hatten sich alle Bewohner des Gutes um Bier- und Weinkrüge versammelt und tranken um die Wette. Lieder wurden angestimmt, Reden gehalten, ein paar Mädchen begannen zu tanzen, während die anderen rhythmisch in die Hände klatschten.

Auch in der Geburtslaube wurde die Stimmung immer gelöster. Die Priester hatten die Opferhandlung beendet und hatten sich zu den Feiernden auf dem Hof gesellt, einige Frauen waren ihnen gefolgt. Die anderen flüsterten, um die junge Mutter nicht zu stören, kicherten, summten Kinderlieder, begutachteten den Vorrat an Windeln und tranken dabei munter weiter.

Auf dem Hof erhob sich ein vielstimmiger Gesang, in den offenbar das ganze Gesinde einfiel, denn er schwoll an wie der Nil im Frühjahr:

»Genieße den Tag,
dessen werde nicht müde!
Denn niemand nahm mit sich,
woran er gehangen,
und niemand kommt wieder,
der einmal gegangen.«

Das Gelage zur Feier von Merets Geburt war seit mehr als einer Stunde in vollem Gange, als Tua im Speisesaal erschien und sich neben Mai schob.

»Du musst zu Nechbet gehen«, sagte sie leise. »Es geht ihr nicht gut.«

Ein Blick in ihr Gesicht machte ihn schlagartig nüchtern. Einige Minuten saß er wie betäubt. Eine Geburt war lebensgefährlich, das wusste jeder. Aber er hatte den Göttern zwei Gänse geopfert! Er hatte die Priester mit dem Zaubermesser geholt! Er hatte Amulette um die Füße des Bettes gebunden und im Eingang vergraben. Er hatte alle religiösen Gebote und alle Vorsichtsmaßnahmen beachtet. Er hatte . . . Mai fuhr aus seinen Gedanken hoch und hastete hinaus.
Tua hatte inzwischen den Priester Wenamun am Arm gerüttelt, der, mit halb geschlossenen Augen und selig lächelnd, den Becher in seinen Händen drehte.
»Wir brauchen dich in der Geburtslaube, ehrwürdiger Vater.«
Wenamun hielt seinen Becher fester. Solch einen Wein gab es im Tempel nicht und er hatte nicht die Absicht, einen einzigen Tropfen davon zu verschütten.
»Aber Tua! Ist der Geist der Göttin Hathor in dich gefahren? Was soll ich in der Geburtslaube? Meine Aufgaben dort sind erfüllt.«
»Wir brauchen dich!«, wiederholte Tua drängend.
Wenamun leerte hastig seinen Becher und folgte Mai in die Laube. Nechbet saß im Bett, gestützt von vielen Kissen. Ihr Gesicht wirkte fast durchsichtig und von Erschöpfung gezeichnet. In ihrem Schoß lag schlafend die kleine Meret, auf ihren Armen hielt sie ein zweites Kind.
»Du hast einen Sohn, Mai«, flüsterte sie.
Mai rührte sich nicht. Zwillinge waren ein Zeichen für den Zorn der Götter. In früheren Zeiten hatten die El-

tern das schwächere Kind aussetzen müssen. Heute gaben sich viele Priester mit Gebeten und Opfern und Spenden an den Tempel zufrieden, um den Zorn der Götter zu besänftigen, aber es gab immer noch Fromme, die sich an die alten Gesetze hielten. Ob Wenamun zu ihnen gehörte? Der stand genauso starr da wie Mai und rieb sich jetzt mit beiden Händen die Augen, als ob er ihnen nicht trauen würde.

»Ich will ihn ansehen«, sagte Mai und wartete das Nicken des Priesters gar nicht ab. Er trat ans Bett und betrachtete seinen Sohn. Er grub die Fingernägel in die Handfläche, um seine Rührung zu verbergen. Der Kleine hatte Betis schräge Augen und Betis hoch stehende gewölbte Backenknochen und Betis hellhäutiges, dreieckiges Gesicht. Das Köpfchen war kahl. Seine Händchen bewegten sich suchend und Mai streckte seinen Zeigefinger aus und berührte eine Handfläche. Die winzigen Fingerchen schlossen sich um seinen Finger und hielten ihn fest.

»Aber Herr Mai!«, rief der Priester. »Das darfst du nicht. Du weißt, was zu tun ist.«

Einen Augenblick lang wurde Mai fast überwältigt von dem Drang, seinen Sohn mit beiden Händen zu nehmen, ihn an seine Stirn zu drücken und ihm den Namen Antef zu geben, den er mit Beti schon lange vor der Geburt ausgesucht hatte. Ob der Priester ihn wirklich verfluchen würde? Ob die Götter ihn und sein ganzes Haus strafen würden? Wenamun trat einen Schritt vor, doch bevor er nach dem Kind greifen konnte, hatte Nechbet es an ihre Stirn gehoben.

»Mein Sohn, du Geschenk der Götter, ich heiße dich bei uns willkommen und gebe dir den Namen Antef«, sagte sie mühsam. »Und mögen die Götter meiner Eltern dich beschützen dein Leben lang.«

»Bei Amun, meine Tochter, was tust du?« Dem Priester versagte fast die Stimme. »Das ist verboten!«

»Bei den Göttern meines Heimatlandes ist das nicht verboten. Bei uns gelten Zwillinge als besonderes Geschenk.« Sie legte Antef neben Meret, löste die Schnur mit der Holzperle von ihrem Hals und band sie ihrem Sohn ums Handgelenk. Ihre Finger zitterten.

»Aber – aber die Gesetze«, stotterte der Priester. »Die – die Götter! Sie werden ...«

»Du wirst sie besänftigen«, unterbrach Mai ihn energisch. Sein Zögern hatte einer wilden Entschlossenheit Platz gemacht. Er würde nicht zulassen, dass sein erster Sohn und Betis Ebenbild ausgesetzt wurde. »Ich biete dem Tempel die Hälfte meines Besitzes.«

Wenamun rang um Fassung. »Nun, wenn du wirklich – wenn das so ist –, ich glaube, das Gesetz sieht die Möglichkeit vor, eine – hm – Ausnahme zu machen«, sagte er schließlich stockend. »Wenn – falls der Priester begründete Hoffnung hat, die Götter umzustimmen.«

Nechbet lächelte Mai an und schloss die Augen. Erst jetzt bemerkte er, dass ihre Lippen zerbissen waren und die Wangen eingefallen. Um die geschwollenen Lider lagen Schatten. Eine tödliche Blässe überzog die Haut. Aufgeschreckt sah er Tua an.

»Was ist mit ihr?«

Tua rang die Hände. »Sie blutet. Seit Antefs Geburt

strömt das Blut mit Macht und wir können es nicht stillen.«

»Dann holt Hilfe! Holt Priester, Ärzte, Zauberer! Warum holt ihr sie nicht?«

»Die Boten sind längst unterwegs«, schluchzte Tua. Mai hatte sie noch nie weinen sehen. Er sank neben dem Bett in die Knie und presste seinen Mund auf Betis Hand. Sie war kalt und feucht. Er ließ seine Lippen auf ihr Handgelenk gleiten und spürte ein hauchzartes Pochen, langsam, immer langsamer.

Und dann nichts mehr.

Als er den Kopf hob, sah er Tua eine Flaumfeder vor Betis Mund halten. Kein Härchen rührte sich. Über Tuas Gesicht strömten die Tränen. Sie tropften auf die kleinen Köpfe, als sie sich über die Zwillinge beugte. Die beiden wurden wach und maunzten wie die Kätzchen. Sie legte sie nebeneinander in den vorbereiteten gepolsterten Korb. Die Geburtshelferinnen begann zu weinen und sich die Brüste zu schlagen. Wenamun trat vor und murmelte Gebete. Mai kniete immer noch neben Betis Bett und begriff kaum, was um ihn herum geschah.

»Beti?«, flüsterte er und streichelte ihre Hand. »Beti?«

Sie gab keine Antwort. Sie würde nie wieder reden. Mai ballte die Fäuste. »An allem ist nur Ramses schuld!« Seine überschnappende Stimme brachte die anderen zum Verstummen. »Er hat ihr die Hand auf den Bauch gelegt! Er ist schuld, dass es Zwillinge sind. Er hat den Zorn der Götter auf uns gezogen.«

Die Leute hielten sich angstvoll die Ohren zu und wichen vor Mai zurück wie vor einem Wahnsinnigen.

»Hör nicht auf ihn, ehrwürdiger Vater!«, rief Tua ängstlich. »Er weiß nicht mehr, was er sagt. Der Kummer hat ihm den Verstand geraubt.«
»Der Geierkopf hat Recht gehabt: Ramses bringt jedem Unglück, der auf seiner Seite ist. Wären wir ihm doch nie begegnet! Ich will seinen Reichtum nicht!« Mai schluchzte auf. »Ich will Beti! Bei Amun! Keiner soll jemals wagen den Namen Ramses vor mir zu erwähnen! Ich will ihn nie, nie wieder hören!«

Kapitel 4

Ägypten im Jahr 1272 v. Chr.,
im dritten Regierungsjahr von Pharao Ramses II.

Meret ging über die kiesbestreuten Gartenwege und versuchte mit zusammengebissenen Zähnen den Druck der spitzen Steine gegen ihre bloßen Fußsohlen auszuhalten. Ihr das Tragen von Sandalen zu verbieten, das war die neueste Schikane, die ihre Stiefmutter sich ausgedacht hatte.

»Du bist schließlich keine Prinzessin«, hatte sie Meret kühl erklärt. »Es ist höchste Zeit, dass du dich an ein normales Leben und an ein bisschen Arbeit gewöhnst.«

Das »bisschen Arbeit« bestand darin, dass Meret jeden Morgen in den Wirtschaftsräumen des Gutes erscheinen und den Dienerinnen bei allen Arbeiten zur Hand gehen musste: beim Brotbacken, beim Bierbrauen, beim Geflügelschlachten und -rupfen, beim Gemüseputzen, beim Kochen, beim Wäschewaschen, beim Bügeln. Seit Wochen ging das nun schon so und Meret kam sich vor wie eins der Wäschestücke, die mit hölzernen Prügeln bearbeitet wurden, damit sich der Schmutz aus ihnen löste.

»Mir tut jeder Knochen einzeln weh«, beklagte sie sich bei Tua. »Sie lässt mich ja schuften wie eine Sklavin. Aber diesmal ist sie zu weit gegangen. Sobald Vater zurück ist, werde ich mich bei ihm beschweren.«

Tua seufzte. »Ich weiß nicht, ob das vernünftig ist. Bis jetzt hast du damit keinen Erfolg gehabt. Er hat sie immer in Schutz genommen, und wenn er abgereist war, hat sie sich gleich wieder etwas Neues ausgedacht. Er ist nun mal vernarrt in sie. Und ein bisschen hat sie Recht. Mit dreizehn Jahren bist du schließlich erwachsen und kannst dich nicht mehr verwöhnen lassen wie ein kleines Mädchen.«

Erwachsen – pah, dachte Meret wütend und stampfte mit dem Fuß auf, wobei sie einen Augenblick vergaß, dass sie keine Sandalen mehr trug. Aufstöhnend humpelte sie auf den Rasen, setzte sich ins Gras und sammelte die Steinchen von ihren Fußsohlen. Musste man etwa Hornhaut an den Füßen kriegen, wenn man erwachsen wurde?

Was hatten sie sich damals gefreut auf die Abschiedsfeier von der Kindheit, Antef und sie, und wie stolz waren sie gewesen, als ihnen Vater die dicke seitliche Locke abgeschnitten hatte, die die Kinder der Bürger Ägyptens an der Schläfe trugen. Jetzt wurden ihre Köpfe nicht mehr glatt rasiert, sondern sie konnten sich die Haare wachsen lassen. Aber Vaters neue Frau hatte für diesen Abend kein Festmahl angeordnet, sondern hatte Vater überredet einer Einladung zu einer Feier bei Nachbarn zu folgen und es war überhaupt kein richtiges Fest gewesen, überlegte Meret und massierte ihre Füße.

Sie streckte sich lang aus und versank in Erinnerungen. Das Leben war so schön und einfach gewesen mit Vater und Antef und Tua und den Leuten auf dem Gut, die früher alle freundlich und hilfsbereit waren – zumin-

dest kam es Meret jetzt so vor. Ihre Mutter wohnte in dem prächtigen Grab in der Stadt der Toten, doch die Zwillinge hatten sie nie vermisst, denn Tua war die beste Mutter, die man sich denken konnte.
Alle paar Tage ging sie mit Wein, Bier, Brot und Kuchen zum Grab, obwohl Mai auch einen Priester für diese Dienste bezahlte, denn die Toten brauchten auch im Jenseits Speise und Trank und vor allem die Zuneigung ihrer Familien. Deshalb nahm Tua die Kinder oft mit. Seit sie schreiben konnten, legten sie ihrer Mutter Tonscherben mit kurzen Briefen auf den Opfertisch vor dem Eingang in die Grabkammer und betrachteten die bunten Malereien an den Wänden.
Seit dem Tod der Mutter hatte Vater eine Abneigung gegen das Gut, wo alles ihn an seine Frau erinnerte, und war deshalb meistens als Handelsherr auf dem Nil unterwegs, jedenfalls hatte Tua den Kindern das so erklärt. Aber wenn er kam, war er immer freundlich zu ihnen und schimpfte nie und verbot auch nichts. Er hatte Meret sogar erlaubt mit Antef in die Schule zu gehen, obwohl das nicht üblich war für Mädchen.
Den Schulbesuch hatte Ipuia sofort bemängelt, als sie im letzten Sommer als Vaters neue Frau auf dem Gut eingezogen war, zusammen mit ihrem Sohn Min-nacht, der etwas älter als die Zwillinge war. Sie war eine schöne Frau, groß und schmal, mit einem ebenmäßigen, etwas hochmütigen Gesicht, das sie nie verzog, weder zu einem Lachen noch wenn sie wütend war – und das war sie oft, aber das merkte man nur an ihren funkelnden Augen und ihrer schneidenden Stimme.

»Wahrscheinlich hat sie Angst, dass sie Falten kriegt, denn die Jüngste ist sie ja nicht mehr«, hatte die Zofe einmal gesagt, ohne zu wissen, dass Frau Ipuia hinter ihr stand. Doch eine ähnliche Bemerkung machte sie nie wieder, denn Ipuia hatte erstaunlich kräftige Hände und ihre Ohrfeigen vergaß man nicht so schnell.
In den ersten Wochen nach der Hochzeit ging noch alles seinen alten Gang, aber sobald Vater zur ersten Reise aufgebrochen war, wehte auf dem Gut ein rauer Wind. Bald hatten alle begriffen, dass es jetzt eine Herrin gab und dass es mit Tuas sanftem Regiment vorbei war. Sogar der freundliche, alte Verwalter wurde entlassen und ein neuer eingestellt, ein Verwandter von Frau Ipuias verstorbenem Ehemann, der Offizier gewesen war wie er, und das merkte man ihm an.
»Die Soldaten in den Kasernen werden nicht schlimmer behandelt als wir«, murrten die Leute, aber sie murrten nur leise, denn Herr Nefer-rehu war mit dem Stock und der Peitsche schnell bei der Hand.
Meret und Antef litten wohl am meisten unter der Umstellung. Sie waren noch nie geschlagen worden und bestürmten ihren Vater mit Vorwürfen und sogar Tränen, als er endlich nach Hause kam. Aber nach einem langen Gespräch mit seiner Frau erklärte Mai, dass sie wohl wirklich etwas verwöhnt und unerzogen wären, dass sie jedenfalls ihrer neuen Mutter unbedingten Gehorsam schuldeten und dass sie sich gefälligst mit ihrem neuen Bruder Min-nacht anzufreunden hätten. Meret und Antef waren fassungslos.
»Sie hat ihn behext, fürchte ich«, sagte Tua dunkel. »Er

kann ja die Augen nicht von ihr lassen. Vorläufig könnt ihr nichts machen. Haltet euch still und gehorcht, vielleicht kommt er wieder zu Verstand.«

»Ist sie schöner als Mutter?«, fragte Meret.

Tua zögerte. »Eure Mutter hat ganz genauso ausgesehen wie Antef. Nur ihre Haare waren hell wie Honig, nicht dunkel.«

»Also ist Ipuia viel schöner?«, beharrte Meret.

»Ja, das ist sie. Aber es kommt nicht nur auf Schönheit an. Das wird euer Vater noch merken.«

Doch offensichtlich merkte er nichts, denn es wurde nicht besser. Sobald Mai von seinen Reisen zurückkam, wich er nicht von der Seite seiner Frau. Während dieser Wochen behandelte sie Meret und Antef mit süßlicher Freundlichkeit, sogar Min-nacht verkniff sich seine Gemeinheiten, und alles, was die Zwillinge vorbrachten, wurde als Überempfindlichkeit oder gar Lüge abgetan.

Ein Tritt in die Seite weckte Meret aus ihren Erinnerungen. Sie fuhr in die Höhe.

»Bei Amun, Mädchen! Warum liegst du hier, wo jeder über dich stolpert?«

Direkt über Merets Gesicht wölbte sich eine pralle, sonnenverbrannte Rundung. Der Gärtner Glutbauch hieß eigentlich Chun-Anup, aber weil sein sonnenverbrannter Bauch wie die sinkende Barke des Re über sein Shenti hing, nannten ihn alle nur bei seinem Spitznamen.

»Entschuldige, Glutbauch. Ich habe bloß nachgedacht. Weißt du nicht einen Trick, wie man Hornhaut an den Füßen kriegt, ohne über Steine zu gehen?«

»Verschwinde gefälligst«, sagte der Gärtner grob. »Du störst mich bei der Arbeit.«

Meret sah hoch und Glutbauch machte ihr mit wackelnden Schultern und Händen und rollenden Augen klar, dass jemand in der Nähe war, der ihr Gespräch hörte. Das konnte nur die Hausherrin sein, die jeden Diener drangsalierte, der freundlich mit ihren Stiefkindern redete. Meret nickte Glutbauch zu und sprang auf. Sie nahm ihm nicht übel, dass er sich nicht den Zorn der Herrin zuziehen wollte.

»Ich habe sowieso keine Zeit. Ich muss bügeln!«, rief sie, drückte sich schnell um eine Hecke und machte, dass sie ins Haus kam. Sie hatte keine Lust, ihrer Stiefmutter zu begegnen und sich noch mehr Arbeit aufhalsen zu lassen. Und noch weniger Lust hatte sie, sich mit den Wäschestapeln zu beschäftigen. Sie machte einen großen Umweg ums Bügelzimmer und verkroch sich in der Bibliothek. Wenn Vater nicht im Haus war, kam hier nie jemand hin.

Meret nahm einen Tonkrug aus dem Regal, zog eine Papyrusrolle heraus und entrollte sie behutsam. Sie durfte nicht mehr zur Schule gehen, aber wann immer sie konnte, schlich sie sich zu den Schriftrollen und übte lesen. Bis jetzt hatte sie noch kein einziges Schriftzeichen vergessen, das sie gelernt hatte.

»Seht doch den Wandel unter den Menschen:
Wer keine Hütte bauen konnte,
besitzt jetzt ein Haus aus Ziegeln.
Seht, die vornehmen Damen arbeiten auf Flößen,

die hohen Beamten schuften im Arbeitshaus.
Wer auf dem Boden schlief,
besitzt jetzt ein Ruhebett.
Der Reiche schläft durstig ein,
doch der Bettler trinkt Starkbier.
Seht, die schöne Kleider trugen, gehen in Lumpen,
Wer nichts zum Weben hatte, trägt feinstes Leinen.«

Meret fühlte sich durch diese Verse eigenartig getröstet. Es gab also Menschen, denen ging es viel schlechter als ihr. Sie rollte den Papyrus weiter auf. Das war ja ein ellenlanges Gedicht. Sehr gut. Sie würde es auswendig lernen und sich bei jeder langweiligen Arbeit vorsprechen. Oder – noch besser – sie würde sich vorstellen, dass der große Wandel auch ihre Stiefmutter ergreifen würde. Die Vorstellung, sie auf einem Floß arbeiten zu sehen, brachte Meret zum Kichern.

Sie wusste nicht, wie lange sie gelesen hatte, als eine Stimme in ihre Versunkenheit drang, heiser und hässlich wie die einer Hyäne: »Du bist einfach zu nachsichtig mit dem Mädchen! Wie kann das sein, dass sie einfach verschwindet und niemand weiß, wo sie ist? Du hast doch gesagt, du willst sie ans Arbeiten kriegen.«

Bei Gott Sobek! Das war Frau Irunifer, Ipuias Mutter. Ein Krokodil wäre ein angenehmerer Gast als sie, dachte Meret. Nicht einmal Vater mochte sie, obwohl er sonst alles lobte, was mit seiner Frau zusammenhing, und Ipuia musste ihrer Mutter wohl einen entsprechenden Hinweis gegeben haben, denn die erschien nur, wenn der Hausherr auf Reisen war.

Meret rollte den Papyrus zusammen, schob ihn in den Krug und stellte ihn zurück ins Regal. Sie hatte die Antwort nicht verstanden, denn Ipuia bemühte sich im Gegensatz zu ihrer Mutter um eine gepflegte, leise Sprechweise, aber Meret wusste, dass die beiden von ihr gesprochen hatten, und wollte nicht riskieren beim Lesen erwischt zu werden. Sie griff nach einem Flederwisch und fing an die Regale abzustauben.

»Also hier steckst du! Wieso bist du nicht im Bügelzimmer?«

»Vater hat mir gesagt, dass ich mich um die Bibliothek kümmern soll. Hier muss jeden Tag Staub gewischt werden.«

Das war geschwindelt, aber Meret fiel keine andere Ausrede ein. Wie sollte sie sonst an die Buchrollen kommen? Sie würde Vater alles erklären, wenn er zurückkam, und er würde sie bestimmt verstehen. Er hatte früher selbst sehr viel gelesen. Jetzt organisierte seine Frau ständig Feste und Ausflüge und er fand keine Zeit mehr dazu.

Die Stiefmutter sah Meret misstrauisch an. War da nicht ein Zögern gewesen vor der Antwort? Sie würde schon herauskriegen, ob das Mädchen sie belogen hatte, und dann wehe ihr. Aber wenn Mai ihr tatsächlich die Pflege der Bibliothek aufgetragen hatte, konnte sie jetzt nichts anderes anordnen. Sobald er kam, würde sie ihn überzeugen, dass er einen Diener mit dieser Aufgabe betrauen sollte! Was hatte ein Mädchen bei Schriftrollen zu suchen?

»Hör jetzt auf damit und geh ins Speisezimmer«, sagte

sie missmutig. »Deine Brüder kommen gleich aus der Schule. Du kannst den Tisch decken – und zwar nicht so lieblos wie gestern, sondern mit etwas Stilgefühl. Ein Tafelaufsatz ist dazu da, die Tafel zu schmücken, das müsstest selbst du dir denken können.«

Min-nacht ist bloß ein Stiefsohn meines Vaters und nicht mein Bruder, dachte Meret ärgerlich. Sie klopfte den Flederwisch aus, dass der Staub hochwölkte.

»Pass gefälligst auf, du Trampel!« Frau Irunifer wich einige Schritte zurück. »Ich habe mich doch nicht in einer geschlossenen Sänfte hierher tragen lassen, damit du mich jetzt einstaubst. Ist sie immer so ungeschickt, Ipuia?«

»Immer«, bestätigte ihre Tochter mit einem Seufzer.

»Dann weiß ich nicht, wie du es aushältst, sie täglich um dich zu haben, mein Kind. Das ist ja eine Strafe.«

Dann soll sie mich doch in Ruhe lassen, dachte Meret auf ihrem Weg ins Speisezimmer aufsässig. Ich will doch gar nicht um sie sein. Ich wäre froh, wenn ich wieder in die Schule gehen und abends bei Tua sitzen könnte. Wenn doch bloß Vater endlich wiederkäme. Dann müsste diese falsche Schlange wenigstens eine Zeit lang so tun, als ob sie unsere Mutter sein wollte.

Die beiden Jungen erschienen am Abend nicht zur üblichen Zeit und schließlich verlor die Hausherrin die Geduld und setzte sich mit ihrer Mutter und Stieftochter zu Tisch. Meret war froh darüber, denn sie war immer hungrig, aber als der erste Gang aufgetragen wurde, zog sich ihr Magen zusammen. Fischsuppe! Sie verabscheute Fischsuppe, besonders wenn Köpfe und Flossen darin schwammen, und natürlich bestand der Inhalt ihres Tellers aus nichts anderem, obwohl alle von ihrer Abneigung wussten und früher immer Rücksicht darauf genommen worden war.

Das ist eine Gemeinheit, dachte Meret wütend. Sie hat in der Küche Bescheid gesagt, dass ich die Abfälle kriege, und jetzt kann ich eine Stunde hier sitzen und hungern. Denn Ipuia hatte die Regel eingeführt, dass der zweite Gang nur dem serviert wurde, der den ersten aufgegessen hatte, und dass man den Tisch erst verlassen durfte, wenn alle mit dem letzten Gang fertig waren.

Meret rührte in der Suppe und versuchte etwas Gemüse herauszufischen, aber die toten weißen Fischaugen starrten sie an und ihr Ekel war stärker als der Hunger. Sie schob den Teller zurück und sah, dass ihre Stiefmutter sie beobachtete und dabei spöttisch lächelte. Zeig ihr nicht, dass du wütend bist, ermahnte sich Meret. Lass sie lachen. Du musst eben die Stunde durchhalten und gleich in der Küche essen.

»Wenn wir fertig sind, bleibst du hier und schenkst uns Wein ein«, befahl Ipuia. »Wir werden *Wolf und Schakal* spielen und ich will mich auf das Spiel konzentrieren. Ich will dich endlich einmal schlagen, Mutter.«

»Dann solltest du besser keinen Wein trinken. Vater sagt immer, wenn man ein schlechter Spieler ist, macht einen der Wein dumm im Kopf.« Die Worte waren heraus, ehe Meret sie zurückhalten konnte.

»Du vorlautes, kleines . . .«, begann Frau Irunifer erbost, aber weiter kam sie nicht, denn ihr Enkel Min-

nacht erschien und fing an zu lamentieren, kaum dass er den Raum betreten hatte.
»Ich gehe nicht mehr in diese dumme Schule, dass du's nur weißt, Mutter, ich gehe einfach nicht mehr hin. Ich hab Prügel gekriegt, stell dir das vor! Dieser unverschämte Kerl von einem Lehrer hat mich geschlagen!«
»Das darf doch wohl nicht wahr sein!«, riefen Mutter und Großmutter wie aus einem Munde.
»Aber es ist wahr! Schaut euch meinen Rücken an!« Min-nacht drehte ihnen seinen gut gepolsterten Rücken zu, auf dem tatsächlich einige Striemen zu erkennen waren.
»Was fällt dem Mann ein? Meinen einzigen Sohn zu schlagen! Na, der wird morgen was zu hören kriegen!«
»Dabei hab ich überhaupt nichts getan!« Min-nacht ereiferte sich immer mehr. »Dieser gemeine Antef ist schuld! Sonst gibt er mir immer seine Arbeit und heute hat er sich geweigert. Er hat es satt, immer für mich geprügelt zu werden, hat er gesagt. Dabei habe ich ein Anrecht darauf, denn ich bin der Ältere und der Stärkere.«
Meret saß eine Minute buchstäblich mit offenem Mund da. Dieser unverschämte Dummkopf hatte Antef gezwungen ihm seine Arbeiten zu geben und für ihn die Prügel einzustecken? Aber warum hatte ihr Antef nichts davon erzählt? Er hatte bloß gesagt, dass der neue Lehrer sehr streng wäre und dass man das eben aushalten müsste. Es gab so einen alten Spruch: »Das Ohr des Schülers sitzt auf seinem Rücken«, den hatte der frühere Lehrer auch immer zitiert, aber bloß als Warnung, geschlagen hatte er selten. In letzter Zeit war

Antef ziemlich oft zu Tua gegangen und hatte sich Salben und Umschläge für seinen Rücken geholt. Meret hatte manchmal gedacht, dass es besser wäre, wenn sie statt Antef unterrichtet werden könnte, denn sie hatte nie Fehler gemacht.

»Und das Schlimme ist, dass ich nicht weiß, wie es weitergehen soll, denn Antef hat gesagt, er will mir nie mehr seine Arbeiten geben«, jammerte Min-nacht.

»Nun beruhige dich doch, mein Lamm«, beschwor ihn seine Mutter. Dabei glich Min-nacht eher einem gemästeten Ferkel. »Setz dich hin und iss und trink und dann werden wir weitersehen. Es wird uns schon eine Lösung einfallen. Wo steckt Antef denn überhaupt?«

Min-nacht betrachtete wohlgefällig seinen Suppennapf, der mit ein paar appetitlichen Fischstücken und viel Gemüse gefüllt war, und leerte ihn hastig. »Hab ihn so verprügelt, dass er sich erst waschen muss«, sagte er undeutlich. »Sein Shenti war auch ziemlich hin.« Er langte nach dem nächsten Gang und häufte sich gefüllte Zwiebeln auf den Teller. Die waren Merets Leibspeise, aber sie sah sie jetzt nicht einmal an, sondern blickte nur zum Eingang. Als Antef endlich erschien, trug er ein gestärktes und gebügeltes Shenti, aber das war auch das einzig Makellose an ihm. Ein Blutfleck klebte seine raspelkurzen dunklen Haare über der Stirn zusammen, seine Unterlippe war geschwollen, seine mageren Arme und Beine zeigten Kratzspuren. Er ging mit gesenktem Kopf zu seinem Platz, blieb aber stehen, als seine Stiefmutter ihn anfuhr: »Wo sind deine Manieren?«

»Möge Re euch leuchten«, murmelte er.
Meret verkniff sich mit Mühe den Hinweis, dass Min-nacht auch nicht gegrüßt hatte, sie wusste inzwischen, dass in diesem Haus mit zweierlei Maß gemessen wurde.
»Ihr hattet heute einen etwas bewegten Schultag, wie ich hörte«, sagte Ipuia mit gefährlich freundlicher Stimme.
Min-nacht hatte den Mund voller Zwiebeln und knurrte irgendetwas, Antef nickte nur.
»Kannst du nicht antworten?«, zischte seine Stiefmutter.
»Es ist, wie du sagst«, leierte Antef die Höflichkeitsformel herunter.
»Und worum ging es bei der fraglichen Arbeit?«
Min-nacht zuckte mit den Schultern und schluckte. »Irgend so 'n alter Spruch von so 'nem alten Weisen, den niemand behalten kann. Über tausend Jahre alt! Was soll ich damit?«
Antef zog die Augenbrauen in die Höhe und blähte die Nasenflügel, was seinem zarten, dreieckigen Gesicht etwas sehr Hochmütiges gab. »Der Spruch stammt von dem Weisen Ptahhotep«, sagte er ausdruckslos.
Die beiden Damen räusperten sich verlegen. Sogar sie kannten diesen Namen und wussten um seine Bedeutung.

»Aber wenn der Sohn aufsässig ist«,

zitierte Antef,

»Wenn er in die Irre geht, deine Pläne übertritt,
wenn er sich deinen Regeln widersetzt
und sein Mund geht mit üblen Reden:

So verstoße ihn. Er ist nicht dein Sohn.
Er ist dir nicht geboren.«

Seine Stiefmutter starrte ihn an. Sie war ganz offensichtlich von dem Vorfall in der Schule abgelenkt. »Das ist ja interessant«, sagte sie schließlich langsam. »Das ist ja hochinteressant. Hast du das gehört, Mutter?«

»Natürlich habe ich das. Ich bin ja nicht taub.«

»Jetzt hört doch endlich auf mit dieser dummen Schule.« Min-nacht griff nach den gerösteten Taubenschenkeln und zerbiss sie krachend. »Ich gehe jedenfalls nicht mehr hin. Wenn Vater zurück ist, frage ich ihn, ob er mich mitnimmt aufs Schiff.« Er schluckte endlich die Fleischbrocken in seinem Mund hinunter und sprach verständlicher. »Er kann eigentlich froh sein, dass er mich als Sohn gekriegt hat. Ich kann wenigstens zupacken. Der Mickerling da ist ja zu nichts nutze. Wenn ...« Das letzte Wort ging in einem Gurgeln unter, denn Meret hatte ihm ihren Suppenteller samt Inhalt ins Gesicht geworfen. Wer Antef beleidigte, beleidigte auch sie! Der Teller zerbrach klirrend, als er auf der Tischkante aufkam. Einen Augenblick lang herrschte Stille. Dann lachte Meret laut los. Min-nacht triefte von Suppe, die Fischflossen rutschten von seinem Gesicht und ein Fischkopf thronte auf seinem Kopf. Er wischte sich die Flüssigkeit aus den Augen und starrte die lachende Meret ein paar Sekunden mit einem geradezu mörderischen Ausdruck an, während sich seine großen Hände zu Fäusten ballten. Aber dann schien ihm wohl eine andere Taktik erfolgversprechender.

»Hilfe! So helft mir doch! Ich ersticke! Ich sterbe! Sie will mich umbringen!« Er bohrte seine Fäuste in die Augen. »Ich bin blind! Ich kann nicht mehr sehen! Sie hat meine Augen verbrüht!«

»Du spinnst ja!«, sagte Meret grob. »Meine Suppe ist längst kalt. Und du kannst nicht sterben, solang du so schreist.«

Bei diesen herzlosen Worten erwachten Mutter und Großmutter aus ihrer Erstarrung und sprangen auf. Frau Irunifer war schneller da, denn sie saß in Merets Nähe. Sie packte das Mädchen an beiden Oberarmen, riss sie in die Höhe und schüttelte sie hin und her. Meret verlor das Gleichgewicht, wurde von den Füßen gehoben und kam sich vor wie eine Maus in den Fängen einer Katze.

»Du Abschaum!«, schrie Frau Irunifer. »Du kleines Stück Dreck! Wie kannst du es wagen, ein Mitglied meiner Familie anzugreifen? Aber das sage ich dir, wenn ich nur einen Kratzer an ihm finde, dann wirst du dafür büßen!«

Sie stieß die Worte im Rhythmus ihres Schüttelns hervor. Meret spürte, wie sich irgendetwas in ihrem Inneren zu einem heißen, harten Klumpen zusammenzog.

»Weißt du überhaupt, wer du bist? Ein Sklavenbalg bist du, Abkömmling der elenden Syrer. Deine Mutter war eine Sklavin. Du müsstest auf dem Bauch kriechen vor meinem Enkel, statt mit ihm an einem Tisch zu sitzen.«

»Lass gefälligst meine Mutter aus dem Spiel!«, keuchte Meret. »Und dein Enkel sitzt am Tisch meines Vaters.

Er kann verschwinden, wenn ihm das nicht passt. Ihr könnt alle drei verschwinden. Wir brauchen euch nicht. Wir haben viel besser gelebt ohne euch.«
»Jetzt hört euch diesen Ton an!« Frau Irunifer keuchte jetzt auch, denn Meret versuchte mit Strampeln und Zappeln dem schmerzhaften Griff und dem Schütteln zu entkommen. »Du bist genauso dreist wie deine Mutter. Und so hinterhältig! Getan hat sie, als ob sie kein Wässerchen trüben könnte, aber alle hat sie hinters Licht geführt, sogar ihren eigenen Ehemann. Ipuia hat's mir erzählt.«
Der Klumpen in Merets Innerem begann zu glühen und explodierte. Sie beugte den Kopf und schlug ihre Zähne mit aller Kraft in Frau Irunifers rechte Hand. Ein Schrei ertönte, der einem ausgewachsenen Schakal Ehre gemacht hätte. Dienstboten stürzten in den Speisesaal und blickten fassungslos auf das Bild, das sich ihnen bot: Die Herrin reckte mit wutentbranntem Gesicht einen Weinkrug, als ob sie ihn als Wurfgeschoss verwenden wollte, die Mutter der Herrin schrie wie von einem bösen Geist besessen und hielt ihre rechte Hand mit der linken umklammert, der junge Herr triefte von Suppe, der andere junge Herr saß reglos und starrte seine Schwester an, die sich gerade vom Boden hochrappelte, nach einem gefüllten Weinbecher griff und den Inhalt Frau Irunifer ins Gesicht schleuderte. Der Schrei brach ab.
»Untersteh dich so über meine Mutter zu reden.« Meret war außer sich, ihre Stimme zitterte, sie brachte kaum die Worte heraus.

Alle Teller und Becher auf dem Tisch begannen zu klirren, als Ipuia den Weinkrug auf den Tisch knallte. Sie hielt immer noch die Henkel umklammert, als ob sie einen Halt brauchte. Ihre bemalten Augen glitzerten vor Wut.

»Wir reden über deine Mutter, wie wir wollen! Eine selbstsüchtige Person war sie, bereit Mai und das ganze Haus ins Unglück zu stürzen. Man hätte euch direkt nach der Geburt ersäufen sollen, am besten alle beide.«

Meret wurde so weiß wie ihr Shenti, sogar die dunkelroten Lippen verloren etwas von ihrer Farbe. Sie tastete nach der Tischkante und hielt sich daran fest, während ihre Blicke unverwandt an Ipuias wütenden Augen hingen.

»Ja, starr mich nur an! Ihr seid Zwillinge und ihr bringt Unglück. Euer Vater wäre froh, wenn er euch los wäre. Er hat jetzt meinen Sohn und braucht euch nicht mehr.«

Antefs Gesicht war genauso weiß wie Merets. »Das lügst du!«, schrie er mit sich überschlagender Stimme. »Nie würde Vater so etwas auch nur denken. Du lügst!«

Alle Dienstboten zogen unwillkürlich die Köpfe ein. Bei allen Göttern, diese Szene war unerhört! Man wagte kaum seinen eigenen Augen und Ohren zu trauen. Zwei Kinder, die gerade erst erwachsen geworden waren, lehnten sich gegen die verehrte Herrin des Hauses und deren verehrte Frau Mutter auf. Und nicht nur mit Worten, sondern sogar mit Taten, denn Frau Irunifer hustete immer noch und versuchte vergebens den Wein aus der Kehle zu bekommen. Sie nickten beklommen, als Frau Ipuia mit zitternder Stimme fragte: »Habt ihr alle gehört, was sie gesagt haben? Ihr seid Zeugen für ihre Aufsässigkeit und Widersetzlichkeit und üble Rede.«

Frau Irunifer bewegte vorsichtig ihre Finger und verzog das Gesicht vor Schmerzen. »Du brauchst keine Zeugen«, krächzte sie. »Mein Wort ist wohl Zeugnis genug.«

»Und mein Wort ist Zeugnis dafür, dass ihr Nechbets Andenken verunglimpft und ihre Kinder tief gekränkt habt. Ich habe alles gehört«, sagte eine ruhige Stimme. Die beiden Frauen fuhren herum. Im Eingang stand Tua.

»Was fällt dir ein?« Frau Irunifer fand vor lauter Wut ihre Stimme wieder. »Wir haben nur die Wahrheit gesagt. Nechbet hatte kein Recht dazu, ihren Sohn zu behalten. Sie durfte ihm keinen Namen geben. Sie hat es gewagt, den Göttern zu trotzen. Aber die haben sich gerächt. Sie hat die Stunde ihrer Auflehnung nicht überlebt, und das war die gerechte Strafe.«

Es flammte etwas auf in Tuas Augen, das Meret als einen Widerschein des glühenden Klumpens erkannte, den sie eben tief in sich selbst verspürt hatte. Tua atmete mehrmals ein und aus und sagte dann etwas mühsam: »Mögen Nechbets Dreitausend Jahre freudenvoll sein.«

»Gut möglich, dass sie es nicht sind«, bemerkte Ipuia hämisch. »Sie hat ja ausländische Götter angerufen, soviel ich weiß. Den 42 Richtern im Totenreich hat das bestimmt nicht gefallen. Sie werden das Ungeheuer Amemet auf sie gehetzt haben, und das hat ihr das Herz aus dem Leib gerissen.«

Sie wich zurück, denn Tua stürmte mit ein paar großen Schritten in den Raum, reckte die Arme in die Höhe und schrie sich überstürzende Worte in einer kehligen, rollenden Sprache. Die Dienstboten drückten sich an die Wände. Die beiden Frauen hoben die Hand und machten das Zeichen gegen den bösen Blick, denn Tuas dunkelblaue Augen, die ohnehin allen unheimlich waren, flammten wie zwei Edelsteine. Ipuia nahm ihren Mut zusammen.

»Nimm deinen Blick von mir. Ich befehle es dir! Ich bin deine Herrin.«

Tua warf den Kopf zurück. »Hast du Angst vor mir, Herrin? Hast du Angst, dass meine Zauberaugen in dein Herz sehen können und deine Pläne dort entdecken?«

Meret und Antef standen wie versteinert. Ipuia war zusammengefahren und griff nach dem Arm ihrer Mutter.

»Hör nicht auf sie«, befahl Frau Irunifer leise. »Lass sie nur. Sie redet sich um Kopf und Kragen. Wenn du Mai erzählst, wie sie sich aufgeführt hat, wird er sie hinauswerfen. Verlass dich drauf!«

»Ich fürchte, du irrst dich«, zischelte ihre Tochter. »Sie ist für ihn wie Nechbets Mutter. Er wird ihr glauben.«

»Ach was! Fahr ihm entgegen und erzähle ihm alles mit deinen Worten. Mit eigenen Worten, verstehst du? Er ist Wachs in deinen Händen. Schick die Person jetzt hinaus. Und dann kümmern wir uns um diese zwei Teufel.«

»Ihr rührt die beiden nicht an!«, sagte Tua drohend. »Der Herr soll bestimmen, was mit ihnen geschieht, wenn er zurückkommt.«
Ipuia hatte ihre Überheblichkeit wieder gefunden. »Du brauchst mir nicht zu sagen, was sich gehört. Natürlich wird der Herr über sie bestimmen. Geh jetzt in dein Zimmer. Und wenn du dich mir widersetzt, dann werde ich dich in den Tempel bringen lassen und dich anklagen wegen unerlaubter Zauberei.«
Tua warf den Kopf in den Nacken. »Du kannst mir keine Angst einjagen. Ich werde alles erfahren, was du tust, und ich werde nicht zulassen, dass den beiden ein Leid geschieht.«
Die Hausherrin würdigte sie keiner Antwort, sondern kehrte ihr einfach den Rücken zu. Tua blickte Meret und Antef an, die immer noch reglos dastanden. Das zornige Feuer erlosch in ihren Augen, sie lächelte leicht und machte eine Geste, als ob sie sagen wollte: Beruhigt euch. Dann ging sie mit hoch erhobenem Kopf zur Tür, sagte: »Osiris, der Herr des Schweigens, sei mit euch!«, und verschwand.
Frau Irunifer unterdrückte ein Schaudern. »Sogar ein normaler Segenswunsch klingt unheimlich bei dieser Frau. Du solltest sie tatsächlich in den Tempel bringen lassen, meine Tochter. Bei Ausländern weiß man nie, was sie insgeheim aushecken.«
Ipuia winkte einem Diener. »Schließ Tua in ihrem Zimmer ein. Sie soll mir vorläufig nicht mehr vor die Augen kommen. Und diese beiden Aufsässigen will ich nicht unter meinem Dach haben. Sie werden im Stall

eingesperrt und sollen da bleiben bei Wasser und Brot. Bei sehr wenig Wasser und Brot! Komm, Mutter, wir gehen in den Gartenpavillon. Mir ist der Appetit vergangen.« Sie nickte ihrem Sohn zu. »Lass dich von uns nicht stören, mein Lamm, iss ruhig weiter. Dein verehrungswürdiger Vater liebt große, starke Jungen. In Zukunft werden unsere Mahlzeiten sicherlich friedlicher sein.«

Die beiden Damen rauschten hinaus. Min-nacht grinste Meret und Antef höhnisch an. »Ich weiß ja, wie sehr ihr mich vermissen werdet. Aber keine Angst, ich werde jeden Tag zum Stall kommen und euch erzählen, was ich gegessen habe.«

»Erzähl uns lieber, wie dir die Prügel des Lehrers schmecken. Das wird uns entschieden mehr interessieren«, sagte Meret von oben herab. »Dass du alles frisst, was du kriegen kannst, wissen wir sowieso.«

Ein alter Diener trat zögernd auf Meret und Antef zu. »Ich muss gehorchen«, murmelte er. »Bitte, kommt mit mir.«

»Warte einen Moment!« Meret griff nach einer gefüllten Zwiebel. »Ich habe noch keinen Bissen gegessen. Lass mich wenigstens etwas mitnehmen.«

Der Mann wiegte unsicher den Kopf. »Aber die Herrin hat gesagt: Bei Wasser und Brot.«

»Aber das gilt doch nur für den Stall. Und da sind wir noch nicht.« Meret stopfte sich die Zwiebel in den Mund.

»He! Was fällt dir ein? So gehorchst du den Befehlen der Herrin? Du wirst schon merken, was du davon

hast! Wie heißt du?«, fragte Min-nacht den Mann drohend. Er hatte sich noch immer nicht die Mühe gemacht, die Namen aller Diener zu lernen.
Antef bückte sich unter den Tisch und pfiff leise. Es klang wie die Anfangstöne von »Genieße den Tag«.
»Du wirst es nicht glauben, aber er heißt so ähnlich wie du, nämlich Nefer-Min-nacht«, sagte Meret schnell zu ihrem Stiefbruder, denn der alte Dedi machte ein ängstliches Gesicht. »Und man muss sich nicht wundern, dass dir der erste Teil des Namens fehlt, denn als schön kann dich wohl niemand bezeichnen, nicht einmal deine stolze Großmutter.«
Die Diener versuchten ihr Kichern zu unterdrücken, aber es war doch zu hören. Sogar Dedi musste grinsen. Min-nacht errötete und suchte vergebens nach einer schlagfertigen Anwort. Meret griff nach der nächsten Zwiebel.
»Du solltest ein Bad im Nil nehmen«, schlug sie kauend vor. »Vielleicht gefällst du wenigstens den Fischen, wo du so übersät bist mit Schuppen. Und wenn dich mein Vater nicht adoptiert – was er bestimmt nicht tut, das brauchst du dir gar nicht einzubilden –, dann nimmt dich vielleicht ein Nilbarsch, mit dem hast du noch die meiste Ähnlichkeit mit deinen Quellaugen und deinem breiten Maul.«
»Und du hast ein Lästermaul, du – du . . .«
»Streng deinen Kopf nicht unnötig an, es weiß ohnehin jeder, dass er leer ist«, sagte Meret frech.
»Nun lass den armen Kerl doch in Ruhe!«, ermahnte Antef sie scheinheilig. »Er weiß nämlich gar nicht, in

welcher Gefahr er schwebt. Ratten lieben Fischgestank und verbeißen sich am liebsten in alte Fische.« Er beugte sich vor und legte Min-nacht die Hand auf den Oberarm. »Und eine Ratte klettert gerade dein Bein hoch und die andere sitzt auf deiner Schulter.«

Er zog die Hand zurück und alle sahen, dass er die Wahrheit gesprochen hatte. Min-nacht schoss kreischend in die Höhe, sodass sein Schemel polternd umstürzte, zappelte mit Armen und Beinen und schüttelte sich, als ob ihn ein Skorpion gestochen hätte.

»Schmeiß dich auf den Boden«, rief Antef. »Dann kriegen sie Angst.«

Min-nacht warf sich auf die Fliesen und wälzte sich schreiend hin und her. Zwei kleine Vierfüßler mit lehmfarbenem Fell huschten unter den Tisch.

»Da sind sie!«, heulte Min-nacht. »Ich hab sie laufen sehen.«

»Verschwinde lieber schnell!«, riet Antef. »Und wasch dich gründlich, sonst kommen sie noch hinter dir her. Ich werde versuchen sie zu fangen.«

Mit erstaunlicher Geschwindigkeit kam Min-nacht auf die Füße und rannte hinaus, gefolgt von den meisten Dienstboten. Die restlichen Mitglieder des Gesindes wussten ja noch gar nichts von den unglaublichen Ereignissen, die sich gerade abgespielt hatten. Die Kinder des allergnädigsten Herrn in den Stall verbannt! Frau Tua in ihrem Zimmer eingesperrt! Sie brannten darauf, den anderen Dienern alles haarklein zu berichten und darüber zu spekulieren, was die allergnädigste Herrin wohl mit ihren Andeutungen gemeint hatte.

Antef hockte sich unter den Tisch und pfiff wieder »Genieße den Tag« und noch einmal und noch einmal. Meret vertilgte inzwischen die restlichen Zwiebeln und ließ ein paar Mandelkuchen und Honigkrapfen in ihrer Schärpe verschwinden.

»Schau einfach in eine andere Richtung, Dedi«, empfahl sie dem alten Diener. »Du musst ja gar nicht wissen, dass ich etwas mitnehme. Und entschuldige bitte, dass ich dich Nefer-Min-nacht genannt habe.«

Antef kam endlich unter dem Tisch hervor. »Der Junge ist wirklich ein Dummkopf! Er kann nicht einmal Ratten von jungen Schleichkatzen unterscheiden. Hast du genug eingesteckt, Meret? Am besten nehme ich auch noch was. So, ihr zwei, jetzt dürft ihr euch eine Belohnung aussuchen.«

Er hatte die Handflächen aneinander gelegt und wie eine Schale gewölbt. Darin saßen zwei Tiere, die für unerfahrene Augen tatsächlich mehr Ähnlichkeit mit Ratten als mit Mungos hatten, und witterten mit bebenden Schnurrbarthaaren und zitternden Nasenspitzen Richtung Tisch. Antef setzte sie behutsam neben die Mandelkuchen, brach ihnen ein paar Stückchen ab und legte auch etwas von der Fleischfüllung der Zwiebeln daneben.

»Nimm sie lieber mit in den Stall und halt sie bei dir, Antef. Min-nacht hetzt garantiert die Hunde auf Huij und Tuij, wenn er sie irgendwo sieht. Und jetzt kommt endlich. Dedi kriegt Ärger, wenn unsere liebe Stiefmutter merkt, dass wir immer noch hier sind. Bei Amun, Antef, was sagst du zu . . . Au!«

Antef hatte sie unterm Tisch kräftig gegen das Schienbein getreten. Sie sah ihn ärgerlich an, redete aber nicht weiter. Die beiden gingen schweigend hinter Dedi her. Der Stall war leer, die Hirten hatten das Vieh auf die Weiden getrieben. Antef und Meret setzten sich auf einen Strohballen. Erst als der Alte die Tür verriegelt hatte und davongeschlurft war, öffnete Antef den Mund.
»Du bist einfach zu unvorsichtig, Meret! Warum, glaubst du, hat Tua vom Herrn des Schweigens gesprochen?«
»Ja, ja, schon gut! Damit wir den Mund halten und kein Wort sagen. Deshalb hättest du ja nicht gleich so fest zu treten brauchen! Ich werd einen riesigen blauen Fleck kriegen. Es weiß doch niemand, wie gut wir Syrisch können. War Tua nicht schrecklich wütend? So habe ich sie noch nie gesehen. Und wie sie geschimpft hat!«
»Das kann man schon eher fluchen nennen. Ich hab eine Menge nicht verstanden.« Antef setzte Huij und Tuij auf den Boden. »Aber was hat sie damit gemeint, dass sie die Machenschaften von Ipuia und Nefer-rehu bald heraushat und dass die Götter die beiden strafen werden?«
»Keine Ahnung. Vielleicht bringt er Geld auf die Seite. Und sie hilft ihm dabei. Oder er will Vater im Handel Konkurrenz machen und spioniert ihn jetzt aus. Vielleicht wollte er deshalb unbedingt mit nach Theben. Jedenfalls weiß Tua noch nichts Genaues, sonst hätte sie uns nicht Stillschweigen befohlen. Aber sie wird schon dahinter kommen, da bin ich sicher.«
Antef ruckte unbehaglich mit den Schultern hin und

her. »Ich glaube, das ist nicht das einzige Geheimnis. Und meins kommt jetzt schon heraus. Ich will dir schon seit Monaten etwas sagen, Meret. Ich fürchte, ich weiß, warum Vater diese Ipuia geheiratet hat. Und warum ich Min-nachts Prügel kriege. Und warum wir jetzt im Stall eingesperrt sind und Tua in ihrem Zimmer. Ich glaube, an allem bin ich schuld. Halt dir den Mund zu, damit du nicht losschreist.« Sie legte gehorsam die Finger auf die Lippen. Er beugte sich zu ihrem Ohr. »Ich bringe Unglück. Ich habe rote Haare.«
Meret sprang so hastig auf, dass sie mit dem Kopf gegen sein Kinn prallte. Er stieß einen halblauten Schmerzenslaut aus und befühlte seine geschwollene Unterlippe. Einen unheimlichen Augenblick lang hatte sie das Gefühl, dass Antef, ihr einziger und ganz sicher dunkelhaariger Bruder Antef, plötzlich den Verstand verloren hätte. Sie musste den Impuls unterdrücken, von ihm abzurücken. Sie ließ langsam die Hände sinken. Sie brachte jetzt sowieso kein Wort heraus.
»Tua hat mich schwören lassen, dass ich mit keinem Menschen darüber rede«, flüsterte Antef. »Ich weiß es selbst erst seit ein paar Monaten. Früher hat sie immer gesagt, dass ich so eine helle, empfindliche Haut habe und dass ich einen besonderen Schutz gegen die Sonne brauche. Das stimmte ja auch und deshalb hab ich mir nichts dabei gedacht.«
»Ja, das ist richtig. Das hat sie immer gesagt.«
»Aber nach der Kindheitsfeier ist mir dieses dauernde Einreiben mit Tinkturen zu dumm vorgekommen. Jetzt konnte ich meine Haare ja wachsen lassen und dann

wäre mein Kopf geschützt gewesen. Das hab ich Tua gesagt. Und da hat sie mir erklärt, dass die Tinktur kein Sonnenschutz ist, sondern ein Nussextrakt zum Haarefärben, weil alle Leute einen Abscheu haben vor roten Haaren. Sie hat Angst gehabt, dass ich schlecht behandelt würde und verachtet und verspottet. Das wollte sie mir ersparen und deshalb hat sie es niemandem gesagt, sondern hat mir immer die Locke gefärbt.«
Er ließ sich auf den Boden rutschen und lehnte sich gegen den Strohballen. Irgendwie war er froh das Geheimnis los zu sein. Sofort huschten Huij und Tuij herbei, liefen seine Beine hinauf und suchten in den Falten seines Shentis und seiner Schärpe nach Kuchenkrümeln. Meret hockte sich wieder neben ihn. Eine Zeit lang saßen sie schweigend da. Draußen war die Barke des Re längst hinter dem Horizont versunken, der letzte rosenfarbene Schimmer am Himmel verblasste zu Grau und legte ein fahles Licht hinter die Fensterluken oben in der Mauer.
Auf einmal kicherte Meret. »Ich würde zu gerne wissen, wie du mit roten Haaren aussiehst.«
»Wahrscheinlich noch hässlicher«, sagte Antef trocken.
»Red keinen Unsinn. Min-nacht ist wirklich hässlich. Du nicht.«
»Bin ich wohl. Nicht so wie Min-nacht, da hast du Recht. Aber anders. Ich will gar nicht daran denken! Rote Haare über meinem spitzen Mehlgesicht und den gelben Augen – brrr! Wie ein Wüstenfuchs auf zwei Beinen.«
Meret legte den Kopf schief und betrachtete sein Ge-

sicht, das blass in der Dämmerung leuchtete. »Ich würde gerne mit dir tauschen. Wenn ich deine weiße Haut hätte und deine Augen, dann würde ich wenigstens nicht so aussehen wie alle anderen auch, sondern wie etwas Besonderes. Und Pharao – er lebe, sei heil und gesund – hat auch rote Haare, sagt Nefer-rehu. Er hat ihn nämlich gesehen. Und Ipuia auch. Sie waren beide noch in ihrer Garnison, als Pharao nach der Krönung seine große Inspektionsfahrt durch das ganze Land gemacht hat.«

»Ich wünschte, da wären sie noch. Alle beide!«, seufzte Antef. »Und Min-nacht auch. Die Prügel, die ich für ihn eingesteckt habe, langen mir für die nächsten Jahre.«

Das lenkte Meret von den roten Haaren ab. »Wenn Vater kommt, erzählst du ihm alles. Er wird Min-nacht schon klar machen, dass er selbst lernen muss.«

»Da bin ich nicht so sicher. Du hast doch gehört, dass Ipuia ihm entgegenfahren will. Sie fängt ihn bestimmt ab, er müsste ja eigentlich schon zurück sein. Sie wird alles verdrehen und verfälschen und dann geht es uns schlecht.«

»Na ja, was heute passiert ist, braucht sie gar nicht zu verdrehen«, sagte Meret ehrlich. »Er kann Frau Irunifer zwar auch nicht leiden, aber er wird bestimmt furchtbar wütend sein, wenn er hört, dass ich sie gebissen habe. Und Ipuia wird sich schon eine besonders gemeine Strafe für mich ausdenken.«

Sie seufzte auch und stützte das Kinn auf die Hände. Ich habe Schläge verdient, das sehe ich ja ein, dachte sie. Hoffentlich schlägt mich Vater, da würde ich einsehen, dass es eine Strafe ist, und er wird mir bestimmt nicht so wehtun wie Ipuia. Die hat richtig Spaß am Schlagen, das sagen alle. Aber sie wird mir außerdem noch die Buchrollen verbieten, da bin ich sicher. Ob sie sich traut mich mit den Mägden aufs Feld zu schicken zum Ährensammeln? Wenn Vater nicht da ist, vielleicht. Aber was soll ich mich jetzt darüber aufregen, bis zur Ernte dauert es noch lange.

Antef grübelte über eine andere Frage. »Ich habe überhaupt das Gefühl, sie denkt sich etwas aus,« sagte er schließlich. »War das nicht komisch, wie sie auf den Ptahhotep-Spruch reagiert hat? Weißt du, was ich glaube?«

Er bekam keine Antwort. Es war jetzt fast dunkel im Stall und er konnte Merets Gesicht nicht mehr erkennen, aber er sah, dass ihr Kopf auf die Brust gesunken war, und hörte ihren gleichmäßigen Atem. Sie war eingeschlafen. Antef merkte auf einmal, wie müde er war. Das musste die Aufregung sein. Er tastete nach Huij und Tuij, gab ihnen einen Stups und fühlte, wie sie über seine nackten Beine auf den Boden liefen. Er lehnte sich gegen einen Futtertrog und war sofort eingeschlafen.

Kapitel 5

Meret und Antef fuhren in die Höhe, denn vom Torhaus gleich neben dem Stall drang lautes Klopfen. Jemand schlug gegen die großen, hölzernen Türflügel, und zwar sehr kräftig. Dann schrie eine Männerstimme: »He! Aufmachen! Wieso ist hier niemand!«
Und dann ertönte wieder das Klopfen, diesmal noch lauter und ungeduldiger.
Antef kam etwas steifbeinig in die Höhe. »Was soll denn das heißen? Wer schreit denn da so?«
Er stieg auf den Trog und spähte durch eine Öffnung in der Mauer, aber die war nicht breit genug, um den Kopf hindurchzustecken. Er konnte nicht bis zum Tor sehen, was ihm auch wenig genützt hätte, denn draußen war es finster und es brannten keine Fackeln in den Haltern am Eingang. Das war nur üblich, wenn Gäste erwartet wurden. Niemand würde zu so später Stunde unangemeldet erscheinen. Wer konnte der Mann sein?
Das Klopfen hörte auf. Der hölzerne Riegel knarrte, der Torflügel knirschte, der Torhüter murmelte etwas Unverständliches.
»Was ist denn das für eine Wirtschaft? Wieso bist du nicht auf deinem Posten? Warte, ich werde dir Beine machen!«
Ein Klatschen ertönte, dann die jammernde Stimme des Torhüters, dann das Geräusch des zufallenden Tores.

»Wo ist die Herrin? Bring mich sofort zu ihr!«
Der Mann schrie jetzt nicht mehr und Antef wäre fast vom Trog gefallen vor Überraschung. Meret sprang auf. Sie erkannten die Stimme, die eben durch das Schreien fremd und verzerrt gewirkt hatte. Sie gehörte dem Verwalter Nefer-rehu.
»Das gibt's doch nicht. Wo kommt er jetzt noch her? Und wo . . .«
Aber Meret ließ Antef nicht ausreden. »Los, zur Stalltüre!«
Sie tasteten sich den dunklen Mittelgang entlang, so schnell sie konnten, und spähten durch die Ritzen. Der Torhüter hatte inzwischen eine Fackel entzündet und leuchtete dem Verwalter über den dunklen Innenhof.
»Er ist ganz allein«, sagte Meret verwundert. »Wieso reist er ohne Diener? Und wo ist Vater?«
Nefer-rehu knurrte einige Befehle, die die beiden nicht verstanden, und verschwand in einem Seiteneingang des Dienerhauses, wo er eine eigene Wohnung besaß. Der Torhüter ging zu einem anderen Eingang, aus dem wenig später mehrere Gestalten eilten, dann trottete er zurück, wobei er sich die Backe rieb und leise vor sich hin schimpfte.
»Psst! Sennedjem! Psst! Beim Schnurrbart von Mayet!«
Der Torhüter sah sich erst nach allen Seiten um, löschte die Fackel und näherte sich dann der Stalltür. Mayet war seine Lieblingskatze, die er, nicht sehr einfallsreich, Kätzchen nannte. Sie war eines Tages verschwunden und Antef hatte sie in einem vertrockneten Brunnen gefunden und gerettet. Er wusste, dass er nur

den Namen der Katze aussprechen musste, um Sennedjem daran zu erinnern. Der Torhüter war immer freundlich zu den Kindern, obwohl ihn die Herrin und der Verwalter deshalb schlecht behandelten.
»Hat er dich geschlagen, Sennedjem?«, fragte Meret mitleidig.
»Und wie! Der edle Herr hat Fäuste wie Dreschflegel. Woher soll ich wissen, dass er so spät noch kommt? Das ganze Haus schläft längst.«
»Wieso ist er allein, Sennedjem? Wo ist Vater? Und alle anderen? Ist etwas passiert?« Die zwei flüsterten aufgeregt durcheinander.
»Ihr glaubt doch wohl nicht, dass er mit mir darüber spricht? Schläge und Befehle, das ist alles, was unsereins von ihm kriegt.«
»Aber was hat er gesagt?«
»Dass er ein Bad will und Wein und Essen. Und dass die Herrin geweckt werden soll, weil er sie gleich sprechen muss. Möcht bloß wissen, was so dringend ist, dass es nicht bis morgen früh warten kann.«
Er ging brummend davon. Meret und Antef standen still nebeneinander, die Köpfe gegen die Stalltüre gelehnt. In der Ferne schrie ein Nachtvogel. Der Ruf drang hohl und klagend durch die schwüle, stille Luft. Meret fühlte einen Schauder über ihre Arme laufen. Antef griff nach ihrer Hand.
»Es ist etwas passiert. Spürst du das auch?«
»Ja. Ganz deutlich.«
Wieder ertönte der unheimliche Schrei.
»Das ist eine Eule. Sie jagt.« Es gab kein Tier in der Um-

gebung des Hofes, das Antef nicht kannte. Die meisten folgten ihm wie dressierte Äffchen.
»Oder es ist die Seele eines vergessenen Toten, die keine Ruhe findet im Grab«, flüsterte Meret.
»Ich habe eben gedacht, dass heute ein sehr aufregender Tag war.« Antef hielt noch immer ihre Hand fest. »Aber ich habe irgendwie das Gefühl, dass er noch nicht zu Ende ist.«
»Ja! Genau! Das Gefühl hab ich auch. Wir müssen unbedingt wissen, was für eine Nachricht Nefer-rehu bringt, Antef! Sie kann nur von Vater sein. Ich weiß nicht, warum, ich weiß nur, dass es ungeheuer wichtig ist. Wir müssen es irgendwie fertig bringen, dass wir zuhören können.«
»Aber wir sind eingesperrt. Ich glaube, nicht mal Sennedjem würde uns das Tor aufmachen, wenn er noch hier wäre. Ich würde ihn auch nicht darum bitten, denn sie würden ihn grün und blau schlagen.«
»Dann müssen wir uns etwas anderes überlegen. Und zwar schnell. Nefer-rehu wird sich bestimmt beeilen mit seinem Bad.«
Wie alle Gebäude des Gutes war auch der Stall aus steinharten Lehmziegeln gebaut. Die Fenster waren eigentlich nur schmale Öffnungen hoch oben in der Mauer, viel zu klein, um hindurchzuklettern. Das Tor aus Binsen war stabil wie ein Holztor und mit einem Riegel gesichert. Aber im Gegensatz zu den Wohnhäusern mit den flachen Ziegeldächern, auf denen man in heißen Sommernächten schlief, war der Stall mit einem Rohrgeflecht und Palmwedeln gedeckt.

»Wir müssen durchs Dach«, sagte Antef. »Das ist der einzige Weg. Und dann über die Hofmauer bis zu der alten, krummen Palme, die können wir runterklettern. Traust du dich das?«

»Na ja –« Meret zögerte. Antef konnte klettern wie eine Katze, er holte sogar die reifen Datteln aus den Palmen, aber Meret verspürte schon ein leichtes Schwindelgefühl, wenn sie sich über den Rand des Dachgartens beugte. Doch jetzt war es ja dunkel und sie würde gar nicht merken, in welcher Höhe sie war. »Wie kommen wir denn aufs Dach?«

»Wir stellen zwei Futterkisten aufeinander und dann stemmst du mich hoch und ich zieh dich nach.«

Aber als sie oben standen, stellte sich heraus, dass die beiden Futterkisten nicht genügten, um das Dach zu erreichen. Sie mussten ihren Plan ändern. Meret lehnte sich gegen die Wand, um einen sicheren Halt zu haben, Antef stieg in ihre gefalteten Hände, dann auf ihre Schultern, hielt sich mit der einen Hand an den Fensterziegeln fest und schlug mit der anderen die Palmblätter auseinander.

»Ich glaube, jetzt ist die Öffnung groß genug«, keuchte er. »Gib mir einen Stoß, wenn du merkst, dass ich leichter werde.«

Er schob die Hände so weit wie möglich nach draußen und krallte sich im Rohrgeflecht fest. Meret spürte, wie sein Gewicht sich von ihren Schultern löste, packte seine Sohlen und stemmte sie nach oben, bis ihre Arme gestreckt waren.

Antef kicherte. »Das kitzelt.«

»Du bist eben ein vornehmer Sandalenträger. Dir fehlt die Hornhaut an den Füßen«, japste Meret. »Wieso bist du so schwer? Mir brechen fast die Arme ab. Na endlich!«

Antef hatte sich ganz nach draußen geschoben und lag flach auf dem Dach. Er kroch auf dem Bauch weiter. Vorsichtig löste er die eine Hand erst, wenn er mit der anderen einen sicheren Halt gefunden hatte. Die harten Blätter kratzten über seine bloße Haut. Er würde morgen verdächtig verschrammt aussehen. Jetzt konnte er tatsächlich noch dankbar sein, dass Min-nacht ihn so verprügelt hatte.

Er griff ins Leere. Das Dach war zu Ende. Also musste er sich bis zum First hochschieben, denn der stieß an die Hofmauer. Wie gut, dass das Dach nicht steil anstieg. Da war die Mauer.

Er kroch auf Knien und Händen weiter. Ob seine Silhouette gegen den Sternenhimmel zu sehen war? Hoffentlich würde man ihn für einen großen Affen halten. Aber Sennedjem hatte ja gesagt, dass alle schon schliefen, und die Dienstboten, die jetzt bei Nefer-rehu und Ipuia waren, hatten anschließend bestimmt kein Interesse daran, die Hofmauer zu betrachten. Ipuia war ausgesprochen giftig, wenn sie geweckt wurde, und der Verwalter hatte auch nicht gerade gut gelaunt geklungen.

Scharfe Zweige fuhren Antef ins Gesicht. Da war die Palme. Er hielt sich mit Fingern und Zehen an den rauen Schuppen fest und hangelte sich nach unten. Es tat ziemlich weh, aber darauf konnte er jetzt keine Rücksicht nehmen. Normalerweise nahm man zum Palmenbesteigen ein Seil, das man um die Hüften und um den Stamm schlang, sodass nur die Füße mit den Schuppen in Berührung kamen. Aber er hatte kein Seil und die Mauer war zu hoch zum Hinunterspringen.

Er lief im Schatten der Mauer zum Stall und schob den Riegel zurück. Meret wartete schon hinter der Türe.

»Mir fällt einfach nicht ein, wo wir uns verstecken sollen«, flüsterte sie. »Inzwischen wissen alle, dass wir im Stall eingesperrt sind. Wenn uns jemand sieht, werden wir sofort zurückgebracht.«

»Wer soll uns jetzt schon sehen? Es sind ja nur die paar Diener wach. Das müssen wir einfach riskieren.«

»Nein, warte. Ich habe doch eine Idee. Wir schleichen uns im Haupthaus aufs Dach. Dann können wir durch die Fenster hören, was die beiden reden, und niemand sieht uns.«

Sie huschten in den Winkel zwischen Stall und Küchenhaus und beobachteten das Dienerhaus. Schon nach kurzer Zeit öffnete sich die Türe und ein fackeltragender Diener geleitete den Verwalter zum Haupthaus. In dem flackernden Licht sahen die beiden, dass Nefer-rehu seine Feiertagstracht und seine beste Perücke trug, die mit den Goldperlen am Ende der Flechten. Eine Wolke von Parfümduft wehte hinter ihm her.

»Komisch! Warum putzt er sich so heraus?,« flüsterte Meret, aber Antef zischte nur »Psst!«.

Sie rannten zum Haupthaus und kauerten sich hinter eine Ecke. Wenig später kam der Diener zurück, in Begleitung der Zofe.

»Sie wollen jetzt nicht mehr gestört werden. Kann mir schon denken, warum«, sagte er. »Ich hab doch Augen im Kopf.«

»Dann bleib beim Denken und red nicht drüber, sonst geht's dir schlecht«, erwiderte das Mädchen.

»Drüber reden? Wo denkst du hin? Ich bin doch nicht lebensmüde! Aber für den gnädigsten Herrn kränkt es mich, der hat so was nicht verdient.«

Die beiden verschwanden im Dienerhaus.

»Was sollte das denn heißen?«, flüsterte Meret, aber Antef machte nur eine wegwerfende Handbewegung.

»Die tratschen immer über irgendwas.«

Die beiden hasteten die Treppe hinauf. Das schwache Licht der Mondsichel zeigte ihnen, dass das Dach leer war. Sie huschten zum Rand, legten sich auf den Bauch und schoben die Köpfe nach vorne. Gleich unter ihnen waren die Fensterluken von Ipuias Zimmer.

»Ach, mein Liebster! Was für eine Neuigkeit! Das ist ja wunderbar! Nie hätte ich geglaubt, dass meine Gebete so schnell erhört werden würden!«

Verflixt! Jetzt hatten sie den Anfang verpasst. Nefer-rehu musste die Neuigkeit berichtet haben, kaum dass er den Raum betreten hatte.

»Vielleicht hat Vater ein besonders gutes Geschäft gemacht«, zischelte Meret, aber Antef schüttelte den Kopf.

»Er macht doch eigentlich immer gute Geschäfte. Und er ist so reich, dass es darauf gar nicht ankommt. Jedenfalls nicht so, dass sie drum beten muss. Vielleicht...«

»Sei still, sonst verstehen wir nichts!«

Aber es drang kein Wort mehr von unten herauf, nur einige sonderbare Laute, die fast wie Stöhnen klangen.
»Was ist los? Wieso reden sie nicht weiter?«, hauchte Meret.
»Keine Ahnung.«
Sie warteten, aber unter ihnen blieb es still.
»Vielleicht ist er schon wieder gegangen. Halt mich fest, ich schau mal nach«.
Antef schob sich bis zu den Hüften nach vorne und ließ seinen Oberkörper über die Brüstung hängen, bis er durch die Fensterluken sehen konnte. Meret umklammerte seine Knöchel. Sie spürte, wie er zusammenzuckte. Dann schob er sich langsam zurück.
»Sie umarmen sich«, flüsterte er. »Und sie küssen sich.«
Ein paar Augenblicke lang war Meret fassungslos. Ihre Stiefmutter und der Verwalter? Aber wenn man darüber nachdachte, war es gar nicht so unwahrscheinlich. Sie kannten sich schon viele, viele Jahre, er war schließlich ein Verwandter ihres Mannes. Und sie hatte Vater beschwätzt den alten Verwalter zu entlassen und stattdessen Nefer-rehu einzustellen. Das war es also, was Tua gemeint hatte. Auf einmal kam Meret ein wunderbarer Gedanke.
»Vielleicht will sie sich scheiden lassen. Dann sind wir sie los. Und Min-nacht und den Verwalter auch.«
»Sie lässt sich nicht scheiden. Sie hat Vater bloß geheiratet, weil er so reich ist. Und . . .«
»Woher weißt du das?«
Antef legte den Finger auf die Lippen und zog sie vom

Dachrand weg hinter einen kleinen Kiosk, wo man an heißen Tagen im Schatten sitzen konnte.

»Wir können nicht direkt über ihren Fenstern reden«, flüsterte er. »Heute Abend, als wir aus der Schule gekommen sind, da haben die Sänftenträger von Frau Irunifer bei Sennedjem gesessen. Und Min-nacht hat einem einen Tritt gegeben, weil er nicht unterwürfig genug gegrüßt hat. Du kennst ihn ja.«

Meret nickte.

»Und Sennedjem hat gesagt, dass Nefer-rehu auch gleich prügelt, wenn ihm was nicht passt, und Ipuia auch, und dass überhaupt früher alles viel besser war. Und da hat der Sänftenträger gesagt, dass wir das nur Frau Irinufer zu verdanken haben, denn die hat ihrer Tochter verboten Nefer-rehu zu heiraten, nachdem sie das ganze Vermögen ihres ersten Mannes durchgebracht hatte. Sie hat gesagt, was Ipuia braucht, ist eine reiche Heirat und nicht einen armen Schlucker wie Nefer-rehu. Und das hat Ipuia auch eingesehen und hat Vater schöne Augen gemacht, obwohl sie ihn eigentlich gar nicht wollte. Und deshalb glaube ich nicht, dass sie sich scheiden lässt, denn Nefer-rehu ist ja immer noch ein armer Schlucker, jedenfalls wenn er nicht mehr Verwalter bei uns ist.«

»Hm. Da hast du Recht.« Auf einmal sprang Meret auf. »Antef, wir sind tatsächlich zwei Hohlköpfe. Selbst wenn sie sich nicht scheiden lassen will – aber Vater will es bestimmt. Wenn wir ihm erzählen, was wir gesehen und gehört haben, dann hat er sie satt, verlass dich drauf.«

Antef winkte ab. »Sie wird es abstreiten. Wir haben ihm schon so viel erzählt und sie hat uns immer als Lügner hingestellt. Außerdem hast du gar nichts gesehen.«
»Dann tu ich das eben jetzt. Ich häng mich übers Dach und schau mir die zwei an. Und meinetwegen holen wir alle Diener als Zeugen.«
»Die trauen sich nicht, da wette ich mit dir.« Aber er folgte Meret doch zurück an den Dachrand.
»Nein, warte! Mein goldener Falke! Mein starker Stier! Wir haben alle Zeit der Welt vor uns!« Ipuias harte Stimme war kaum wieder zu erkennen. Sie gurrte wie eine Taube. »Erzähle mir erst, wie es geschehen ist.«
»Oh meine Blume, die du das Haus mit Schönheit füllst.« Auch Nefer-rehus schneidende Kommandostimme klang deutlich verändert. »Dein Wunsch ist mir Befehl. Aber erlaube mir mich kurz zu fassen.«
Jetzt redeten sie wieder! Vielleicht war doch noch etwas zu erfahren. Meret und Antef legten sich an den Dachrand und horchten.
»Es war an unserem letzten Tag in Theben. Wir hatten alle Geschäfte erledigt und gingen zum Amun-Tempel, um ein Dankopfer zu bringen und um eine gute Heimfahrt zu beten. Das Schiff lag schon bereit und wir wollten bei Sonnenaufgang fahren. Ich konnte es kaum erwarten, dich wieder zu sehen, meine Schöne. Und dein Ehemann auch nicht. Er sprach von nichts anderem und ich hatte Mühe, ihm gleichmütig zuzuhören, dem ahnungslosen Tropf.«
Ipuia lachte gurrend und dann ertönte wieder das leise

Stöhnen. Meret schob sich schon nach vorne, aber da redete der Verwalter weiter. »Also, wir gehen über den Tempelhof und auf einmal bleibt Mai stehen und tut keinen Schritt weiter. Ich war ein paar Ellen hinter ihm und bin fast in ihn hineingelaufen. Ich frage ihn, was er hat, aber er gibt keine Anwort. Ich schaue ihn an und sehe, dass er in eine Ecke des Hofes starrt, aber da stehen nur zwei Priester und reden miteinander. Dann geht der eine und der andere kommt auf uns zu, dreht sich aber plötzlich um und läuft hinter dem anderen her. Eigentlich war's mehr ein Humpeln als ein Laufen. Und Mai rührt sich immer noch nicht und gibt keine Antwort auf meine Fragen. Aber schließlich sagt er: ›Ich glaube, ich habe einen Geist gesehen.‹«

»Wie sonderbar!«, rief Ipuia. »Und er hat dir nicht erklärt, was er damit meinte?«

»Nein. Kein Wort. Er hat bloß gesagt, dass ich die Opfer allein bringen soll und dass er auch nicht beten will. Ich hab eingewendet, dass das wichtig ist vor der Reise, aber er hat gesagt, dass er nachdenken muss und in unsere Herberge geht. Wer weiß, vielleicht ist alles nur passiert, weil er Amun, sein Name sei gepriesen, vernachlässigt hat.«

»Sein Name sei gepriesen«, wiederholte Ipuia, aber es klang gar nicht andächtig, sondern irgendwie triumphierend. Und das Klirren von Bechern passte auch nicht zu dem frommen Spruch.

»Ich bemerke mit Vergnügen, dass du den besten Wein bestellt hast, meine Blume. Den werden wir von nun an immer trinken. Das saure Zeug, das mir der Diener eben gebracht hat, habe ich heute zum letzten Mal geschmeckt.«

»Da kennt er aber Vater schlecht!«, flüsterte Meret, doch Antef legte nur den Finger auf die Lippen.

»Ich habe also das Opfer gebracht und die Gebete gesprochen«, fuhr Nefer-rehu fort. »Es war ein sehr umfangreiches Opfer und der Priester hat sehr freundlich mit mir gesprochen und ein zweiter Priester hat sich sogar erkundigt, in welcher Herberge wir wohnen. Die Antwort des Gottes ist überaus günstig ausgefallen und ich hätte nicht im Traum an ein Unglück gedacht.«

Meret und Antef sahen sich aufgeschreckt an. Ein Unglück? Unten klirrten wieder die Becher.

»Das beweist, dass die Antwort des Gottes nur für dich bestimmt war, mein starker Stier. Er hat seine schützende Hand über dich gehalten und hat dich zu mir zurückgebracht. Jetzt kann uns nichts mehr trennen. Und wir sind reich.«

Meret hatte auf einmal das Gefühl, als streiche ein kalter Luftzug über ihren Körper. Sie merkte, dass sie am ganzen Leib zitterte. Es war nur ein leichtes Zittern, mehr ein Beben, aber sie konnte es nicht unterdrücken.

Nefer-rehu lachte. »Wenn ich das geahnt hätte, dann hätte ich dir einen schöneren Ring gekauft. Hier, nimm ihn als Andenken an deinen untertänigsten Diener und Verwalter. Das nächste Geschenk wird dir der reichste Gutsherr weit und breit überreichen.«

Antef spürte ein Würgen in der Kehle und er wusste, dass es nicht von der Fischsuppe kam. Er merkte, dass Meret neben ihm zitterte wie ein Blatt.

»Ich bin nach einiger Zeit in die Herberge zurückgegangen und da hat Mai mit einem Fremden am Tisch gesessen und Wein getrunken. Ein ziemlich dicker, kleiner Kerl mit einem schwarzen Bart war's, angeblich ein Hauptmann. Das hat er jedenfalls dem Wirt erzählt, als er nach Mai gefragt hat. Eigentlich hat er nicht ausgesehen wie ein Soldat, seine Kleider und die Perücke waren viel zu elegant. Als ich komme, redet der Soldat auf Mai ein, aber der sitzt ganz still da und hat die Stirn in die Hände gestützt. Und auf einmal fällt sein Kopf auf den Tisch und er röchelt und kriegt Schaum auf die Lippen. Der Soldat schreit nach dem Wirt, ich laufe zum Tisch und da stemmt Mai sich in die Höhe und reißt dem Soldaten den Umhang herunter. Der springt auf und greift danach, aber Mai hält den Stoff mit einer Hand fest, obwohl er hin und her schwankt, und gurgelt und stöhnt und es kommt immer mehr Schaum. Aber dann kriegt er doch ein paar Worte heraus: ›Da! Der Stern!‹«

»Was meinte er damit?«, fragte Ipuia dazwischen.

»Ich weiß es nicht. Wahrscheinlich hat der Geist der Krankheit aus ihm gesprochen. Das muss ein mächtiger Geist gewesen sein, denn plötzlich fällt Mai um, als ob ihn jemand gestoßen hätte, und liegt am Boden und wimmert und presst sich beide Hände auf den Bauch. ›Er ist krank. Ich hole einen Arzt!‹, ruft der Soldat. Ich knie mich neben Mai und der fängt an zu jaulen wie ein Hund und krümmt sich und zuckt mit Armen und Beinen und der Schweiß läuft ihm am ganzen Körper herunter. Ich rufe seinen Namen, da macht er die Augen

auf, die sind rot unterlaufen und rollen hin und her. Aber schließlich erkennt er mich und fängt an mit dem Kiefer zu mahlen und die Lippen zu wölben und dann kommen die Worte mit langen Pausen dazwischen und Stöhnen und Wimmern: »Der Geier – wird – wieder –«
»Und weiter?«, fragte Ipuia drängend, weil Nefer-rehu aufhörte zu sprechen.
»Nichts weiter. Er hat sich noch einmal aufgebäumt und dann nicht mehr gerührt. Mögen seine Dreitausend Jahre freudenvoll sein.« Er machte eine Pause und goss sich Wein ein, der Krug klirrte gegen den Becher. »Ich habe ihn nie leiden können, denn er hat dich mir weggenommen, aber ich möchte ihm doch wünschen, dass die 42 Totenrichter sein qualvolles Sterben als Buße nehmen für seine Sünden. Er hat grässlich ausgesehen, an allen Gliedern verkrümmt und verdreht, das Gesicht verzerrt und bedeckt von stinkendem Schaum. Er muss die Götter sehr erzürnt haben. Ich kann dir sagen, mancher Tod auf dem Schlachtfeld ist leichter.«
»Mögen seine Dreitausend Jahre freudenvoll sein. Aber was haben seine letzten Worte zu bedeuten?« Frau Ipuia hielt sich nicht lange mit Mitleid auf. »Da, der Stern. Der Geier wird wieder. Das ist doch völlig unsinnig. Könnte der böse Geist, der ihn getötet hat, ihm den Verstand verwirrt haben?«
Auf einmal konnte Antef ihre Stimme nicht mehr ertragen. Er würde sich übergeben müssen, wenn er ihr noch länger zuhörte. Meret neben ihm zitterte immer noch. Er stand auf und zog sie hoch und zusammen

gingen sie langsam die Treppen hinunter, über den dunklen Hof und in den Stall.

Wie betäubt setzten sie sich auf den Boden. Vater würde nicht kommen. Heute nicht. Morgen nicht. Nie mehr. Sie konnten ihm nicht mehr entgegenlaufen, wenn sie sein Schiff sahen, sie konnten ihm nicht mehr erzählen, was sie während seiner Abwesenheit erlebt hatten, und er würde sie nicht mehr augenzwinkernd fragen, was sie angestellt hatten. Jede Hoffnung, vielleicht doch ein bisschen Hilfe gegen Frau Ipuia und Min-nacht zu erhalten, war zunichte gemacht. Vater war tot. Und ihre Zukunft war genauso düster wie der Stall, in dem sie saßen.

Kapitel 6

Ich möchte bloß wissen, warum wir so hastig aufbrechen mussten«, sagte Antef am nächsten Morgen missmutig. Er und Heqet hatten kurz nach Sonnenaufgang den Hof verlassen. »Ich hab überhaupt nichts mitnehmen können. Scheuch doch die Fliegen weg, Heqet, du kannst ja kaum sehen.«

»Die Fliegen lieben meine Augen. Sie kommen doch immer wieder, ich kann so viel wedeln, wie ich will.« Der Sklave grinste und zeigte seine Zahnlücken. Er war schon alt, seine Haare fielen aus und seine Haut war rissig wie eine abgetragene Sandale. Er hatte die Überschwemmungen nicht gezählt, bei denen Gott Hapi alljährlich sein segensreiches Wasser über Ägypten ergoss, aber mehr als fünfzig mochten es wohl gewesen sein. »Was wolltest du denn mitnehmen, Schari?«

Ich bin kein Kleiner, hätte Antef fast geantwortet, ich bin erwachsen. Aber der alte Heqet war schon immer auf dem Gut gewesen und hatte ihn immer Kleiner genannt.

»Meine Shentis. Und meinen Mantel. Und meine Sandalen. Und mein Schreibzeug. Wenn man die Schriftzeichen nicht täglich übt, vergisst man sie eines Tages, sagt der Lehrer.«

Der Alte gab keine Antwort. Er schlurfte noch ein paar Schritte durch den Staub und blieb schließlich stehen. »Ich glaube, es ist besser, dass du weißt, was auf dich zukommt, Schari. Ich habe eine Botschaft an den Verwalter des Gehöftes. Er wird dieser Botschaft folgen, daran habe ich keinen Zweifel, denn alle fürchten Herrn Nefer-rehu. Und deshalb wirst du weder deine Shentis noch deine Sandalen brauchen und dein Schreibzeug schon gar nicht. Hör zu.«

Er schloss die Augen und rief sich die auswendig gelernten Sätze in Erinnerung. »Ich bringe dir einen Unnützen, der jahrelange Faulheit wettmachen soll, einen Gottlosen, der Bestrafung verdient. Er soll gehalten werden wie der letzte Sklave. Seine Nahrung soll streng bemessen werden. Er soll den Stock spüren bei jeder Nachlässigkeit. Wenn die zehn Wochentage vorbei sind und die Arbeiter ihren Feiertag haben, wird er die Arbeit der anderen tun. Er darf das Gehöft nicht verlassen. Sollte er das versuchen, wird er zwei Tage in Ketten gelegt.«

Antef starrte ihn an und der Ekel, der ihn beim Anblick der Fliegen auf den eitrigen Lidern überkam, wurde auf einmal verdrängt von kaltem Entsetzen.

»Aber Heqet! Das kann nicht wahr sein. Sag, dass du mir nur Angst machen willst.«

Heqet öffnete die Augen, ohne dadurch die Fliegen zu verscheuchen, und schüttelte stumm den Kopf.

»Aber wieso bin ich ein Gottloser, der Bestrafung verdient?«

»Du hast keine Trauer gezeigt bei der Nachricht vom Tode deines Vaters.«

Natürlich habe ich das, dachte Antef zornig. Wir waren starr vor Kummer, Meret und ich, und wir haben uns in den Schlaf geweint, bloß hat das niemand gesehen. Aber Ipuia hätte sich an unserer Trauer geweidet, das hat man an ihrem lauernden Ausdruck heute früh gemerkt, und Nefer-rehu auch. Und dass Min-nacht losgeplärrt hat wie ein Säugling und sich ein paar falsche Tränen abgepresst hat, das war einfach widerlich. Ich hätte mich geschämt mich so aufzuführen.

»Frau Ipuia hat auch keine Trauer gezeigt.«

»Wie kannst du das behaupten, Schari! Sie hat die ganze Nacht in Tränen verbracht, sie hat sich das Haar zerwühlt und mit Asche bestreut und sie hat sofort am Morgen die Klageweiber bestellt.«

Antef verkniff sich die Bemerkung, dass er das bloß als gespielte Trauer ansah. Was Ipuia fühlte oder nicht fühlte, konnte ihm eigentlich völlig egal sein. Aber die Botschaft an den Verwalter des Gehöfts, die war lebenswichtig für ihn.

»Kannst du es nicht ein bisschen anders ausrichten, Heqet? Du könntest doch wenigstens den Stock und die Ketten weglassen, meinst du nicht? Und das mit der Nahrung.«

Der alte Mann betrachtete ihn traurig aus seinen verklebten Augen. »Ich bin nur ein Sklave, Schari. Ich muss tun, was mein Herr mir befiehlt. Du weißt, was mir blüht, wenn ich ungehorsam bin. Und er wird nachprüfen, ob alles so geschieht, wie er es will.«

Antef wusste auf einmal, wie sich ein Vogel im Netz des Vogelfängers fühlt. Einen atemlosen Augenblick lang war er von der Vorstellung erfüllt, sich umzudrehen und wegzulaufen und auf Nimmerwiedersehen zu verschwinden. Aber wohin sollte er gehen? Wovon sollte er leben? Er hatte kein Handwerk gelernt, er war zu schwach, um schwere Arbeit zu tun, er war zu jung und wahrscheinlich auch zu wenig gebildet, um Schreiber zu sein – und überhaupt brauchte man zu allem die Erlaubnis der Eltern. Und wenn man ein Waisenkind war, so wie er jetzt, dann eben die der Stiefmutter. Von nun an hatte Ipuia über ihn zu bestimmen und irgendwann auch ihr neuer Mann Nefer-rehu, denn dass die beiden so bald wie möglich heiraten würden, das stand für Antef nach dem belauschten Gespräch fest. Die beiden würden mit ihm und mit Meret machen, was sie wollten, und es gab keine Möglichkeit, ihnen zu entrinnen.

»Der Nichtsnutz soll endlich einmal lernen, was Arbeit heißt. Jetzt ist Schluss mit der Faulenzerei«, hatte der Verwalter angeordnet, nachdem er die beiden in aller Frühe aus dem Stall geholt und ihnen in wenigen Sätzen den Tod ihres Vaters mitgeteilt hatte. Niemand wusste etwas von ihrem nächtlichen Ausflug außer Sennedjem, den sie noch in der Nacht gebeten hatten den Riegel wieder vor die Stalltüren zu legen.

Antef war zunächst ganz erleichtert gewesen, dass die Schulzeit für ihn zu Ende war, denn er hätte bestimmt auch weiterhin Min-nachts Prügel einstecken müssen. Auch dass er auf ein Gehöft geschickt wurde, wo die Hirten in der heißen Jahreszeit mit den Herden des Gutes lebten, hatte ihn nicht bekümmert. Er liebte Tiere und den ganzen Tag in ihrer Nähe zu sein kam ihm angenehmer vor als das Leben mit Ipuia und Min-nacht.

Nur die Trennung von Meret fiel ihm schwer und dass er Tua nicht mehr sehen konnte, vor deren Tür inzwischen ein Wächter saß, der niemanden heranließ.
»Ich werd schon irgendwie zu ihr kommen«, versicherte Meret. »Ich will jetzt ganz genau wissen, wie das damals war bei unserer Geburt. Und dann komm ich dich besuchen und erzähl dir alles.«
Da stand schon Heqet neben ihnen und murmelte etwas von einem Befehl zu sofortigem Aufbruch und Antef verließ das elterliche Gut, ohne zu ahnen, welche Botschaft der Alte überbringen sollte. Aber vielleicht würde der Verwalter sie nicht wörtlich nehmen. Antef versuchte sich zu beruhigen.
»Du hast Recht, Heqet. Das war dumm von mir. Du kannst mir nicht helfen, das sehe ich ein. Komm, lass uns weitergehen, sonst fressen die Fliegen uns noch auf. Aber einen Gefallen kannst du mir tun, wenn du zurückkommst. Sage die Botschaft auch Frau Tua, ja? Bitte.«
Heqet nickte und Antef fühlte sich besser. Tua würde einen Weg finden, ihm zu helfen, da war er sicher. Während des langen Weges malte er sich immer neue Möglichkeiten aus, aber als sie durch das Tor des Gehöftes traten und Heqet leise sagte: »Das ist Herr Nebre«, und dabei auf zwei Männer zeigte, sank Antef der Mut. Es bestand kein Zweifel daran, wer Herr Nebre war, denn der eine Mann kniete und versuchte mit den Armen seinen Kopf zu schützen und der andere schlug mit beiden Fäusten auf ihn ein und ließ sich dabei von ihrem Erscheinen nicht stören.

»Nennst du das striegeln, du Faulpelz? Man muss sich im Fell spiegeln können, wie oft soll ich dir das noch sagen.«
»Aber er lässt sich nicht striegeln«, stieß der Geprügelte hervor. »Dieses Pferd ist von einem bösen Geist besessen. Nicht einmal der Stallmeister . . .«
Die Faust traf ihn am Kopf und streckte ihn der Länge nach hin. »Du bist im Stall, um Pferde zu pflegen. Fasele nicht von Geistern, um deine Faulheit zu vertuschen. Aber die werde ich dir austreiben, das kannst du mir glauben.« Er packte den Mann an den Armen und riss ihn in die Höhe. »Der edle Herr Nefer-rehu legt den größten Wert auf den Zustand der Pferde. Bildest du dir ein, ich riskiere seinen Zorn, weil du dich vor der Arbeit drückst?«
»Dieser brutale Kerl!«, zischte Antef empört. Er hatte erst durch Min-nachts Heimtücke mit Prügeln Bekanntschaft gemacht und nichts brachte ihn so in Wut. Jahrelang hatte er bei Tua gesehen, dass man ein Haus auch ohne Stock und Peitsche führen konnte. Das hatte sich erst unter Ipuia geändert und niemand konnte behaupten, dass die Diener seitdem besser oder mehr arbeiteten.
»Misch dich nicht ein«, flüsterte Heqet ängstlich. »Dein Wort gilt nichts mehr, daran musst du dich jetzt gewöhnen.«
Aber Antef hatte sich schon vor dem Verwalter aufgebaut.
»Möge Re dir leuchten. Ich bin Antef, Sohn des edlen Herrn Mai, und komme mit einer Botschaft des Verwalters Nefer-rehu.«

Nebre ließ die Fäuste sinken. Der Geprügelte, dem das Blut aus der Nase lief, warf dem Jungen einen dankbaren Blick zu, schob sich langsam außer Reichweite und verschwand dann blitzschnell um eine Hausecke.

»Ich – ich fühle mich sehr geehrt durch diesen überraschenden Besuch«, murmelte der Verwalter.

»Das kannst du auch«, sagte Antef hochmütig. »Richte deine Botschaft erst später aus, Heqet. Geh jetzt in die Küche und lass dir Bier geben. Und etwas zu essen.« Er machte die Kommandostimme von Nefer-rehu nach und nach kurzem Zögern drehte sich Heqet tatsächlich um und ging auf das kleine Küchengebäude zu, aus dem Rauchwolken und verlockende Düfte stiegen, wobei er furchtsam den Kopf zwischen die Schultern zog.

»Mein Vater, der edle Herr Mai, ist der Ansicht, dass Diener und auch Sklaven ein wertvolles Gut sind, das man am besten pfleglich behandelt«, fuhr Antef fort und bemühte sich drohend zu klingen.

Nebre verneigte sich bei der Erwähnung des edlen Herrn Mai und zwinkerte verlegen. Seine Äuglein verschwanden fast zwischen den Fettwülsten auf Stirn und Wangen, die Nase war von feinen roten Äderchen bedeckt und seine wohl genährte Gestalt verriet, dass er den Freuden der Tafel sehr zugeneigt war.

»Eine sehr lobenswerte und fortschrittliche Ansicht, ganz zweifellos«, erklärte er beflissen. »Es ist nur ziemlich schwierig, wenn ich mir diese Bemerkung erlauben darf, sie bei der täglichen Mühsal und – äh – manchmal widrigen Umständen durchzusetzen.«

Nach täglicher Mühsal siehst du nicht gerade aus,

dachte Antef. Laut sagte er: »Mit den widrigen Umständen meinst du zweifellos das widerspenstige Pferd?«
Nebres Gesicht zeigte deutlich, dass er eigentlich den pflichtvergessenen Stallknecht gemeint hatte, aber er hütete sich das zu sagen. »Unter anderem, unter anderem. Es gibt so viele widrige Umstände, die alle bedacht sein wollen, dass ich manchmal nicht weiß, wo mir der Kopf steht. Als pflichtgetreuer Diener eines edlen Herrn muss man sich um tausend Kleinigkeiten kümmern. Aber was halte ich dich mit Betrachtungen auf, die dich kaum interessieren können, junger Herr. Du wirst hungrig und durstig sein. Erweise mir doch die Ehre, mein bescheidenes Mahl zu teilen.«
Das Mahl war natürlich ausgesprochen üppig und bei dem Gedanken an die Botschaft von Nefer-rehu aß Antef so viel, wie er nur in sich hineinstopfen konnte, worüber sich der Verwalter sehr geschmeichelt zeigte. Er redete eifrig von seiner steten Sorge um das ihm anvertraute Gut des edlen Herrn Mai, was ihn aber nicht hinderte einen Teller nach dem anderen und einen Becher Wein nach dem anderen zu leeren. So stierte er Antef nur blöde an, als Heqet endlich erschien und seine Botschaft überbrachte, und konnte den Sinn der Worte zunächst nicht fassen.
»Der edle Herr Mai, mein guter Vater, ist von einem Unglück ereilt worden. Mögen seine Dreitausend Jahre freudenvoll sein«, erklärte Antef ernst.
»Mögen seine Dreitausend Jahre freudenvoll sein«, wiederholte Nebre, hob seinen Becher in Richtung

Hausaltar und stürzte den Inhalt hinunter. »Hm ... Wie lautet die Botschaft noch gleich?«
Heqet trat vorsichtshalber ein paar Schritte zurück und wiederholte die Worte.
»Und sie ist von Herrn Nefer-rehu? So, so. Man hört da so einiges. Nun, er scheint ja keine Zeit zu verlieren.« Er fixierte Antef mit schwimmenden Äuglein und auf einmal begann er mit der Unberechenbarkeit des Betrunkenen zu lachen. »Du hast mich reingelegt, junger Herr. Ach was, junger Herr. Damit ist's jetzt wohl aus. Ein Unnützer bist du und wirst ein Sklavendasein führen, du hast es ja selbst gehört. Ab in den Stall mit dir, da kannst du dich nützlich machen. Und versuch nicht noch einmal mich hinters Licht zu führen, Unnützer! Jetzt hat der Wein mich milde gestimmt, aber wenn ich nüchtern bin, klopf ich dich weich wie Papyrus.«
Der Stallmeister Pai musterte ihn kritisch, als Antef sich bei ihm meldete. Er hatte ein geduldiges, abgearbeitetes Gesicht und auf seinen sehnigen Armen und Beinen traten dicke Muskelstränge hervor.
»Herr Nebre hat wohl wieder zu tief in den Becher geschaut, was? Wie kann er sonst auf die Idee kommen, dass du eine Hilfe für mich bist? Du siehst nicht so aus, als ob du einen vollen Sack schleppen könntest. Weißt du wenigstens, wie man Pferde striegelt?«
Antef schüttelte den Kopf. »Ich bin zur Schule gegangen. Aber ich habe manchmal zugesehen.«
»Auch das noch. Ein Gelehrter! Was willst du dann in einem stinkenden Stall bei uns Ungebildeten?«
»Befehl von Herrn Nefer-rehu«, sagte Antef kurz.

Pai betrachtete ihn nachdenklich. »So, so«, sagte er bloß und Antef war ihm dankbar, dass er nicht weiterfragte. »Na, du wirst schon alles lernen. Kiki, hier ist eine Hilfe für dich!«, rief er mit erhobener Stimme und ein Mann kam auf sie zu, den Antef sofort erkannte – genauso wie der Geprügelte ihn.

»Der? Eine Hilfe für mich? Machst du Witze? Der junge Herr will dir einen Streich spielen! Und Herr Nebre wird dich prügeln, wenn du ihn arbeiten lässt.«

»Er kann mich nicht prügeln, denn ich bin Stallmeister und kein Diener«, sagte Pai würdevoll. »Wann geht das endlich in deinen hohlen Kopf? Und Witze mache ich nie, das solltest du längst wissen. Also nimm ihn mit und zeig ihm, wie man striegelt.«

Kiki stolperte über einen Eimer, weil er seine fassungslosen Blicke nicht von Antefs Gesicht wenden konnte, und rieb sich stöhnend den Knöchel.

»Welcher Kheft hat diesen Eimer in meinen Weg gestellt? Heute ist aber auch alles gegen mich. Dabei hab ich schon genug einstecken müssen, Amun ist mein Zeuge.«

»Komm dem Schwarzen da nicht zu nahe, Junge«, rief der Stallmeister beim Hinausgehen. »Das ist das heimtückischste, bissigste Biest, das mir je untergekommen ist, und ich kenne eine Menge. Möchte wissen, wie wir den je an die Deichsel gewöhnen sollen.«

»Das werden wir nie, da verwette ich meine einzige Perücke«, brummte Kiki. »Ich werd es jedenfalls nicht versuchen, und wenn ich noch so viele Prügel dafür kriege. Ich bin doch nicht lebensmüde.«

»Ist das der, den du striegeln solltest?«, fragte Antef.
»Genau. Da drüben steht er. Schwarz-wie-die-Nacht heißt er. Schwarz-wie-die-Sünde wäre passender. Dem ist die Bosheit ins Gesicht geschrieben, finde ich.«
Antef fand das nicht. Der Rappe war das schönste Pferd, das er je gesehen hatte. Und das größte. Es überragte alle Tiere um mindestens zwei Handbreiten. Trotz des dämmerigen Lichtes im Stall waren die glänzenden Augen, der elegant geschwungene Hals und der mächtige Rücken gut zu erkennen. Während er die anderen Pferde striegelte, sah Antef ständig zu ihm hinüber. Der Rappe stand keine Minute still, trat von einem Fuß auf den anderen, beugte den Kopf nach unten, warf ihn wieder in die Höhe, streckte den Kopf zum rechten, dann zum linken Bein, peitschte mit dem Schweif, schob den Rücken hin und her. Irgendetwas quälte ihn, das erkannte Antef bald.
»Du lernst schnell, das muss man dir lassen«, sagte Kiki nach einiger Zeit. »Du kannst jetzt alleine weitermachen, ich fang schon mit dem Ausmisten an.«
Er verschwand hinten im Stall, und da kein Geräusch ertönte, weder von einem Besen noch von einem Dungschieber, schloss Antef, dass für Kiki Ausmisten wohl ein anderes Wort für Pause oder Nickerchen sein musste. Er striegelte das Pferd, bis es glänzte, und als dann immer noch nichts zu hören war, ging er mit ausgestreckten Händen auf den Rappen zu und rief ihn leise beim Namen. Schwarz-wie-die-Nacht stand still und blähte die Nüstern. Meret hatte immer behauptet, dass Antef einen besonderen Geruch haben müsste, der für

Menschen nicht zu riechen war, der aber alle Tiere sofort anzog, denn sie kamen ihm schon entgegen, bevor er mit ihnen gesprochen oder sie berührt hatte.
Als Antef dicht vor dem Hengst stand, hielt er ihm seine Hände entgegen, wobei er immer noch in einem leisen, gleichmäßigen Singsang seinen Namen hersagte. Das Pferd beschnupperte sie ausgiebig und spielte mit den Ohren, dann ließ es sich streicheln.
»So, jetzt kennst du mich«, sagte Antef zufrieden. »Ich bin Antef und ich werde jetzt herausfinden, warum du so unleidlich bist.«
Ganz behutsam ließ er seine Fingerspitzen über den Kopf gleiten, dann Handbreit für Handbreit über den Hals und achtete darauf, dass er immer in der Wuchsrichtung des Felles blieb.
»Hier ist nichts. Aber das habe ich mir fast gedacht. Ich glaube, es sitzt tiefer. Mach ein bisschen Platz, Schwarz-wie-die-Nacht, und lass mich neben dich, dann kann ich unter deinen Bauch krabbeln und dich von unten untersuchen.«
In diesem Augenblick erschien der Stallmeister im Eingang. Er hatte inzwischen erfahren, wer sein neuer Gehilfe war, denn die Diener, die bei Tisch servierten, hatten die unglaubliche Botschaft des Verwalters in Windeseile verbreitet. Pai fühlte sich verunsichert und hatte eine geraume Zeit mit Grübeln verbracht. Wenn Herr Nefer-rehu tatsächlich der neue Gemahl der Herrin werden würde, dann musste man ihm natürlich gehorchen.
Aber andererseits war Antef der einzige Sohn und mit

seiner Schwester der Erbe des früheren Herrn. Die Ehefrau erbte allerdings auch, und zwar ein Drittel des Vermögens, doch zwei Drittel gingen an die Kinder, das wusste Pai genau, denn sein Bruder war im vorigen Jahr verstorben. Natürlich war dessen Besitz nicht mit dem gewaltigen Reichtum von Herrn Mai zu vergleichen, aber er hatte immerhin ein Haus mit einer Werkstatt und vor allem wertvolle Geräte und Werkzeug aus Kupfer besessen. Ob die Befehle von Herrn Nefer-rehu die Vorstufe einer Enterbung bedeuten sollten? Aber wie konnte man die begründen? Herrschten denn nicht mehr Recht und Ordnung im Lande Ägypten?

Pai fühlte sich sehr unbehaglich nach diesen Überlegungen. Würde er etwa mitschuldig werden am Verletzen der göttlichen Ma'at, wenn er Antef behandelte wie einen Sklaven? Außerdem gefiel ihm der Junge. Er war zwar ein schmächtiges Kerlchen und sah nicht aus, als ob er eine große Hilfe sein würde, aber sein spitzes Gesicht war von einer Ernsthaftigkeit und seine eigenartig hellen Augen blickten so eindringlich, dass Pai eine spontane Zuneigung zu ihm gefasst hatte. Wie mochte er sich jetzt fühlen als Pferdepfleger? Ob er überhaupt mit den Tieren zurechtkam?

Pai brauchte ein paar Augenblicke, um sich an das Dämmerlicht im Stall zu gewöhnen. Dann sah er eine Bewegung und unterdrückte mit Mühe einen Warnschrei. Das Objekt seiner sorgenvollen Gedanken kletterte gerade über die niedrige Mauer, die die Plätze der Tiere vom Mittelgang trennte, stellte sich neben ein

Pferd, klopfte ihm kurz den Hals und verschwand – was zweifellos bedeutete, dass er sich unter dessen Bauch geduckt hatte. Und dieses Pferd war Schwarz-wie-die-Nacht!

Aber wie konnte das geschehen? Was fiel dem Jungen ein? Pai setzte sich lautlos in Bewegung. Als Pferdekenner wusste er, dass jedes Rennen oder Rufen die Lage nur verschlimmern konnte – falls das überhaupt möglich war. Unter dem Bauch von Schwarz-wie-die-Nacht zu hocken bedeutete ungefähr dasselbe wie ein Sturz in den Nil direkt vor das Maul eines Krokodils. Wenn Herr Nefer-rehu ein schlimmes Schicksal für den Jungen geplant hatte, dann ging sein Wunsch jetzt wahrscheinlich in Erfüllung, dachte Pai grimmig. Aber er selbst hatte Antef doch vor dem Pferd gewarnt! Und Kiki wahrscheinlich auch, denn der fürchtete Schwarz-wie-die-Nacht wie einen Kheft.

Auf einmal kam Pai zu Bewusstsein, wie still es im Stall war. Er hatte mit wütendem Schnauben gerechnet, mit Wiehern und Hufeschlagen und Hilfeschreien – aber die blieben aus. Er schob sich langsam näher. Der Hengst hatte den Kopf gesenkt, als ob er den Jungen beobachten wollte, das war alles. Er biss nicht, er keilte nicht, er stampfte nicht mit den Hufen. Und dann ertönte Antefs triumphierende Stimme:

»Siehst du, ich wusste es! Du armer Kerl! Das sieht ja schlimm aus! Ich werde Pai rufen, der kann dir bestimmt helfen.« Er tauchte direkt unter dem Kopf des Pferdes wieder auf und sah in das fassungslose Gesicht des Stallmeisters. »Da bist du ja! Das ist gut. Schwarz-wie-die-Nacht hat ein Geschwür unterm Bauch, gleich hinterm Bein, hier, siehst du? Nein, ich glaube, man kann es von oben gar nicht erkennen, du müsstest dich unter seinen Bauch bücken.«

»Besser nicht«, sagte Pai hastig. »Ich meine, nun ja, ehrlich gesagt, ich weiß nicht, ob er mich lässt.«

»Natürlich tut er das. Ich habe ihm schon gesagt, dass du ihm helfen willst.«

Er legte dem Pferd den Arm um den Hals und das stand tatsächlich still und ließ es zu, dass der Stallmeister einen Blick auf die entzündete Stelle tat.

»Ich hole dir eine Salbe«, sagte er und Antef nickte. Es war beiden klar, wer von nun an die Pflege von Schwarz-wie-die-Nacht übernehmen würde.

Aber nach den zehn Tagen der ersten Woche kam ein Bote vom Gutshof, zu Antefs Staunen ohne eine heimliche Nachricht für ihn von Tua oder von Meret. Ob Heqet gar nicht mit Tua hatte sprechen können? Ob sie etwa immer noch eingesperrt war? Aber Ipuia hatte doch keine Gewalt über sie! Tua war keine Dienerin, sondern die Verwandte der früheren Herrin! Und es war zwar leicht vorzustellen, dass Meret nicht an den teuren Papyrus zum Schreiben kam, der nur dem Gutsherrn und dem Verwalter zustand, aber wer hätte sie hindern können ihm wenigstens ein paar Zeilen auf einer Schreibtafel oder auf einer Tonscherbe zu schicken?

Der Bote brachte lediglich den Befehl, dass Antef an den Schadufs arbeiten sollte, den hohen Holzgestellen mit beweglichem Balken, die entlang den Kanälen standen und als Pumpen dienten. Der Stallmeister protestierte, aber das nutzte nichts. Nebre wagte nicht sich einer Anweisung von Nefer-rehu zu widersetzen. Antef musste den Stall verlassen.

Schon am Abend des ersten Tages am Schaduf wusste er, dass jetzt sein Sklavendasein erst richtig angefangen hatte. An einem Ende des Balkens hing ein schwerer Lehmklumpen als Gegengewicht, am anderen ein großer Krug. Den musste Antef mit Wasser füllen, in die Höhe ziehen und in die Zuleitung für einen anderen Kanal kippen. Er stand knöcheltief im Schlamm, sein Körper war verdreckt bis zu den Haaren und von morgens bis abends, zwölf endlose, eintönige Stunden lang, hob er den schweren Krug über den Rand des Kanals, bis ihm alle Glieder zitterten vor Erschöpfung und Hunger.

In den ersten Tagen grübelte Antef dauernd über das Schweigen von Meret und Tua und dachte sich immer neue Erklärungen aus, aber allmählich verdrängte der Hunger alle anderen Gedanken. Die Leere in seinem Bauch biss und nagte wie ein wütendes Tier. Antef hatte nicht gewusst, dass Hunger ein richtiger Schmerz war und fast so wehtat wie die Striemen auf seinem Rücken. Er hatte auch nicht gewusst, dass es Unterschiede beim Prügeln gab und dass die Hiebe des Lehrers fast ein Streicheln zu nennen waren im Vergleich zu den Stockschlägen, die er jetzt bekam, wenn er zu langsam arbeitete oder den Krug nur zur Hälfte füllte, weil er einfach zu schwer für ihn war. Und er hatte nicht gewusst, dass man arbeiten konnte bis zum Umfallen. Zweimal war er schon ohnmächtig geworden an seinem Schaduf.

Vier Wochen lang stand er jetzt den ganzen Tag in der Sonne und der Schaduf-Balken knarrte und knurrte so unentwegt wie sein Magen. Am Morgen und am Abend gab es nur ein kleines Brot mit zwei Zwiebeln dazu und mittags einen Krug Bier, ansonsten musste er Wasser trinken, wenn er durstig war. Und durstig war er eigentlich ständig, denn die Arbeit war schwer und schweißtreibend und Gott Re, der Strahlende, glühte von morgens bis abends wie ein Feuerball und verwandelte Ägypten in einen Backofen. Antefs empfindliche helle Haut färbte sich dunkelrot und löste sich in Blasen ab und die neue Haut darunter war noch empfindlicher und verbrannte noch schneller und wollte sich nach all den Jahren im schattigen Schulzimmer einfach nicht an die Sonne gewöhnen.

Die Erde trocknete aus und bekam Risse von der Hitze. Gott Hapi, der Ernährer, hatte sich tief in sein Bett zurückgezogen und floss träge und seicht dahin, sodass die schweren Lastkähne aus den Steinbrüchen kaum noch genug Tiefe unterm Kiel hatten. Das Wasser, das schon seit Wochen in den Zisternen stand, schmeckte brackig, fast faulig. Alle tranken Suppen oder Bier, nur das Vieh und die untersten Sklaven wurden mit dem Wasser aus den Zisternen getränkt – und natürlich Antef.

Manchmal wollte er sich Sorgen machen um Meret und Tua, aber er konnte an nichts anderes denken als an seinen Hunger. Vierzig Tage lang nichts als zwei Brote und vier Zwiebeln, da schmolz das Fleisch von den Knochen bei der schweren Arbeit. Seine Arme und Beine waren dünn wie Stöcke und die Rippen konnte man zählen. Jeden Abend betete er auf seinem jämmerlichen Strohlager in der Hütte der Wasserschöpfer zu allen Göttern, dass sie ihm helfen sollten, und kratzte einen Strich in den Lehmboden für einen vergangenen Tag. Erst vierzig Tage. Sie kamen ihm vor wie vierzig Wochen.

Am 41. Tag erschien ein Diener und holte Antef zurück in den Stall. Schwarz-wie-die-Nacht hatte einen Knecht so in die Hand gebissen, dass er für mindestens einen Monat nicht würde arbeiten können, und Antef sollte ihn ersetzen.

Nebre stand auf dem Hof neben dem Getreidesilo, als Antef erschien, und betrachtete ihn abschätzend. »Na, schöner bist du aber nicht geworden inzwischen. Das harte Leben scheint dir nicht zu bekommen. Siehst aus wie ein Lehmskelett. Aber bild dir nicht ein, dass es dir hier besser gehn wird. Da, nimm den Sack und trag ihn in den Stall. Und dann füttere die Tiere.«

Antef brach fast in die Knie unter dem Gewicht und schwankte wie ein Betrunkener auf den Stall zu. Hier war es wenigstens schattig und still. Er ließ den Sack auf den Boden plumpsen und sah sich um. Kein Mensch war zu sehen. Am liebsten wäre er sofort zu Schwarz-wie-die-Nacht gelaufen, aber er hatte inzwischen gelernt, dass man einen Befehl besser sofort befolgt. Er nahm einen Eimer, füllte ihn mit Getreide aus dem Sack und schleppte ihn zu den Futtertrögen. Die Pferde schnaubten und reckten ihm die Köpfe entgegen. Goldgelb rieselten die Körner in den Trog. Er verteilte sie mit den Händen, damit mehrere Tiere gleichzeitig fressen konnten. Mit den Schultern schob er die Hälse der Pferde zur Seite, die ihre Mäuler schon in den Trog gesteckt hatten.

»Nun wartet gefälligst, bis ich fertig bin, ihr knabbert mir ja fast die Finger ab.«

Die Pferde hoben gehorsam die Köpfe. Von Antef ließen sie sich alles gefallen. Er ging von Trog zu Trog und füllte jeden. Dabei stellte er sich das Mehl vor, das man aus all diesem Korn mahlen, und das Brot, das man aus dem Mehl backen könnte, und das Wasser lief ihm im Mund zusammen. Hier auf dem Hof gab es wenigstens eine richtige Küche und einen Koch. Bestimmt würde das Essen jetzt besser werden. Vielleicht steckte Pai ihm wieder etwas zu, so wie in der ersten Woche. Aber jetzt wollte er erst Schwarz-wie-die-Nacht begrüßen.

Er ging mit ausgestreckten Händen auf den Rappen zu. Der wieherte leise und Antef hörte dem Wiehern die Freude an.

»Ich freu mich auch, alter Junge! Du kannst dir gar nicht denken, wie sehr«, sagte Antef und tätschelte ihm kräftig den Hals. »Bist du das Geschwür los?«

Er stieg über den Futtertrog und tastete vorsichtig nach der entzündeten Stelle. Es war nur noch eine Narbe zu spüren. Er richtete sich auf, lehnte seinen Kopf gegen den Hals des Rappen und seine Schultern gegen die breite Brust.

»Drei volle Wochen darf ich im Stall bleiben! Das habe ich dir zu verdanken«, flüsterte er und Schwarz-wie-die-Nacht wandte den Kopf, schnoberte ihm vorsichtig ins Ohr und fraß dann weiter. Sein Fell roch wunderbar nach Pferd und Sonne. Das war etwas anderes als der faulige Gestank des Schlammwassers. Antef schloss die Augen. Die mahlenden Kiefer der Pferde machten ein gleichmäßiges Geräusch, die Fliegen brummten und schon war Antef im Stehen eingeschlafen.

»Du Nichtsnutz! Du bist zum Arbeiten hier, nicht zum Faulenzen!«

Verwirrt blinzelte Antef nach oben. Er kannte die Stimme nicht und auch nicht den Mann, zu dem sie gehörte, ein großer, breiter Kerl mit Beinen in hohen Ledergamaschen, die wie Säulen vor Antefs Gesicht aufragten, denn er lag auf dem Boden und sein Gesicht tat so weh, dass er wohl mit einer gewaltigen Ohrfeige dorthin befördert worden war. Ein Säulenbein hob sich und gab ihm einen Tritt in die Rippen.

»Steh gefälligst auf!«

Antef stöhnte. Eigentlich komisch, dass man sich an Schmerzen nicht gewöhnte, dachte er benommen und zog sich mühsam am Pferdetrog in die Höhe. Jeder Schlag, jeder Tritt tat immer noch so weh wie der erste. Er drehte sich um und sah den Fremden an.

Sein Gesicht war wie aus Fels gehauen, massig und unbeweglich, mit tiefen Furchen auf der Stirn und zwischen Nase und Kinn. Seine geschminkten Augen blickten schwarz und starr wie zwei Kohlestücke. Das einzig Lebendige in diesem steinernen Gesicht war die breite rote Narbe quer über die rechte Wange, die mit jedem Pulsschlag zuckte.

»Mein alter Freund und Waffengefährte, der edle Herr Nefer-rehu, schickte dir diesen Unnützen und Gottlosen mit einer Botschaft.« Die Stimme passte zu seinem Gesicht, sie klang so hart wie Mahlsteine, zwischen denen das Korn zerrieben wurde. »Warum werden seine Befehle nicht ausgeführt? Wieso schläft der Unnütze hier am helllichten Tag im Stall, statt zu schuften?«

»Aber die Befehle wurden ausgeführt, edler Hauptmann Zahotep, in jeder Beziehung, Gott Amun ist mein Zeuge.« Der Verwalter Nebre verbeugte sich gleich mehrmals hintereinander. Die Angst stand ihm ins Gesicht geschrieben. Auch Pai und Kiki und ein paar Stallknechte hinter ihm sahen beklommen aus. »Bis gestern hat dieser Unnütze am Schaduf gestanden und keinen Krümel mehr erhalten als angeordnet, und nur weil er eine besondere Begabung für Pferde hat, wie der Stallmeister sagt . . .«

»Seine Begabung interessiert mich nicht«, bellte der Hauptmann. »Stallarbeit ist eine Erholung, das weiß doch jeder.«

Antef dachte an den schweren Sack, unter dem er eben fast zusammengebrochen war. Aber wenn er Zahoteps mächtige Schultern betrachtete, so kam dem diese Schwerstarbeit wohl tatsächlich wie ein Kinderspiel vor.

Der Hauptmann musterte den Jungen, wie man ein Tier abschätzt, das man kaufen will, die knochigen Knie, die mageren Hüften mit dem Stofffetzen darum, der einmal ein Shenti gewesen war, die Rippen, die fast durch die Haut stachen, das dreieckige bleiche Gesicht mit den tiefen Schatten um die Augen, die Lehmkrusten am ganzen Körper und nickte mit einer Mischung aus Verachtung und Befriedigung. Sein alter Freund Nefer-rehu würde sich freuen, wenn er ihm diesen Anblick beschrieb. Antef sah nicht aus wie der Sohn des reichsten Mannes weit und breit – mochten seine Dreitausend Jahre freudenvoll sein –, sondern wie ein jämmerliches Sklavenkind.

Auf einmal blieben seine Blicke an Antefs lehmverschmierten Haaren hängen. Er kniff die Lider zu schmalen Schlitzen zusammen und plötzlich schoss seine breite Pranke vor, umfasste Antefs Hals und drückte den Kopf des Jungen in den vollen Wassereimer, der neben dem Trog stand.

Antef wollte nach Luft schnappen. Wasser schwappte in seinen Mund, drang in seine Nase, füllte seinen Hals. Einen fürchterlichen Augenblick lang hatte er das Gefühl, zu ersticken. Er strampelte mit Armen und Beinen. In seinen Ohren begann ein lautes Dröhnen und wurde übertönt von einem fürchterlichen Gebrüll. Der Griff um seinen Hals löste sich. Antef warf sich zur Seite und riss den Wassereimer mit, der seinen Inhalt über die Füße der Umstehenden ergoss, aber das konnte Antef nicht sehen, denn seine Augen waren voll Wasser und er hustete und spuckte und rang nach Luft und kam sich vor, als ob er mit knapper Not dem Tode entronnen wäre.

Es dauerte einige Zeit, bis er wieder fähig war zu hören und zu sehen und seine Umgebung zur Kenntnis zu nehmen. Das fürchterliche Gebrüll erklang immer

noch, übertönt von schrillem Pferdewiehern, aber trotzdem verstand Antef einzelne Worte.
»Du Ungeheuer! Du Ausgeburt der Unterwelt! Ich werde dir das Rückgrat brechen! Ich werde dir mein Schwert in den Hals stoßen! Du wirst den Abend nicht erleben!«
Antef rappelte sich zitternd auf. Hauptmann Zahotep stand im Stallgang, seine linke Hand umklammerte den rechten Oberarm und unter seinen Fingern quoll das Blut hervor. Er brüllte Schwarz-wie-die-Nacht an, der mit beiden Vorderbeinen im Trog stand, als ob er im nächsten Augenblick über die niedrige Mauer setzen würde, die Zähne gefletscht, die Augen rollend, sodass man das Weiße sah, und ein Wiehern ausstoßend, das geradezu mordgierig klang. Der Verwalter war bis zum Eingang zurückgewichen, umdrängt vom Stallmeister und den Knechten.
Das arme Tier ist ja völlig außer sich, dachte Antef. Es wird sich die Beine brechen, wenn es im Trog ausrutscht. Er wartete, bis der Wiehernde und der Brüllende Luft holen mussten, und rief dann das Pferd laut beim Namen. Hauptmann Zahotep fuhr herum, auch der Hengst wandte den Kopf.
»Schwarz-wie-die-Nacht! Hörst du mich? Schwarz-wie-die-Nacht! Kannst du mich sehen? Ich bin's! Antef! Du kennst mich doch, nicht? Ich habe dir die Salbe aufgetragen, die hat deine Schmerzen weggenommen, weißt du noch? Und eben habe ich dir die guten Körner gebracht.«
Antef rief nicht mehr, seine Stimme war immer leiser

und einschmeichelnder geworden. Der Hengst wieherte wieder, aber diesmal so, als ob er antworten würde. Seine Augen beruhigten sich und rollten nicht mehr, er sah Antef aufmerksam an.
»Siehst du, du kennst mich. Du bist ein kluges Pferd! Ja, du bist ein ganz braves Tier.« Der Hauptmann stieß ein Schnauben aus, aber Antef achtete nicht darauf. Langsam ging er auf den Hengst zu. Er musste den Kopf in den Nacken legen, um ihm in die Augen schauen zu können. »Ich sage dir jetzt, was ich mache. Ich nehme jetzt meine Hand hoch, siehst du, so, und dann tätschele ich deine Brust und klopfe dich, siehst du, so. Das magst du, nicht? Und jetzt nimmst du die Beine aus dem Trog und stellst dich wieder richtig hin, denn das ist gefährlich, wenn du so stehst, und außerdem bist du dann viel zu groß für mich und ich kann dich gar nicht richtig ansehen.«
Er klopfte leicht gegen das rechte und linke Bein und tatsächlich beugte der Hengst die Knie und stieg auf den Boden herunter. Vom Eingang kam ein vielstimmiger Seufzer der Erleichterung.
»Ich hab's ja gesagt, der Junge hat ein Händchen für Pferde wie nur wenige«, schnaufte Pai. »Wenn ich's nicht besser wüsste, würd ich schwören, dass er im Stall aufgewachsen ist.«
»Amun sei Dank, dem Tier ist nichts passiert!« Nebre pustete wie ein Blasebalg, als ob er seit Minuten die Luft angehalten hätte. »Herr Nefer-rehu wäre außer sich gewesen.«
»Bist du von Sinnen, du hirnrissiger Mastochse?«, schrie der Hauptmann. »Dem Tier ist nichts passiert?

Und was ist mit mir? Ich werde das Biest mit meinen eigenen Händen umbringen.«
Schwarz-wie-die-Nacht reckte den Kopf in seine Richtung, fletschte die Zähne und stieß einen eigentümlichen Laut aus, der wie eine Mischung aus Knurren und Röhren klang, jedenfalls sehr gefährlich. Zahotep machte unwillkürlich einen Schritt zurück, dann ballte er die Faust und schüttelte sie drohend.
»Bilde dir nicht ein, dass du mich einschüchtern kannst, du Teufel! Ich bin Soldat und ich werde dich töten.«
»Das kann ich nicht zulassen, Herr Hauptmann. Das Pferd ist kostbar und ich bin dafür verantwortlich.« Nebre sprach mit dem Mut der Verzweiflung. »Es darf nur auf ausdrücklichen Befehl von Herrn Nefer-rehu getötet werden.«
»Ich bin der beste Freund von Herrn Nefer-rehu. Wenn er hier wäre, würde er mir sofort zustimmen.«
»Aber er ist nicht hier«, wandte der Verwalter ein, doch man hörte seiner Stimme an, dass er keine weiteren Widerworte mehr wagen würde.
»Maul halten und parieren!«, brüllte der Hauptmann. »Was euch verdammten Bauern fehlt, ist die Übung in militärischem Gehorsam.«
Die Männer zogen die Köpfe ein. Zahotep sah sie mit durchbohrenden Blicken an, bis jeder die Augen niederschlug.
»Schwarz-wie-die-Nacht wird nicht getötet«, sagte Antef in die Stille hinein. »Er war das Eigentum meines Vaters, also gehört er jetzt mir und ich verbiete es.«

Zahotep rang nach Luft. Er sah aus, als ob ihn im nächsten Augenblick der Schlag treffen würde. Die Narbe in seinem Gesicht zuckte. Die Muskeln seiner Säulenbeine spannten sich.

»Keinen Schritt näher!«, rief Pai warnend. »Das Pferd bringt dich um.«

Zahoteps mächtiger Körper zitterte von der Anstrengung, stehen zu bleiben und sich nicht auf Antef zu stürzen, der direkt unter Schwarz-wie-die-Nachts Kopf stand.

»Du rote Missgeburt! Du Abkömmling des Chaos! Du . . . Du . . .« Die Wut erstickte seine Stimme. »Dein Leben ist nur erschwindelt. Du hast die Götter betrogen. Ich kenne deine Geschichte. Und du willst mir befehlen?« Er drehte sich zu den anderen um. »Seht ihr denn nicht, dass Seth, der Unhold, ihn gezeichnet hat? Er hat rote Haare.«

An den erschrockenen Gesichtern der Männer erkannte Antef, dass die Lehmschicht, unter der er seine nachwachsenden Haare verborgen hatte, sich im Wasser aufgelöst hatte. Befriedigt sah der Hauptmann die Wirkung seiner Worte. Er hörte auf zu zittern und beruhigte sich allmählich.

»Ich werde dich morgen mit zurücknehmen, Elender, und dich vor das Gericht des Tempels stellen, denn du hast das Pferd verhext. Und vorher werde ich diese Bestie töten, die bestimmt mit dir und dem Unhold Seth im Bunde ist.«

Er ging auf den Eingang zu und die anderen machten ihm Platz und folgten ihm wie betäubt.

»Schickt mir einen heilkundigen Diener, der meinen Arm versorgt«, erklang seine Stimme von draußen. »Wieso hat sich noch niemand um mein Pferd gekümmert? Schirrt den Wagen ab und führt es in den Stall! Ich will alleine essen. Bringt mir Wein und Speisen in mein Zimmer!«

Ohne nachzudenken, huschte Antef hinter ihnen her und überblickte den Hof. Pai folgte dem Hauptmann, wahrscheinlich verstand er am meisten von Heilkunde. Nebre verschwand im Haus. Die Knechte rannten zur Küche, wo jetzt die meisten Diener versammelt waren. Kiki blieb vor dem Pferd stehen, überzeugte sich, dass der Wassereimer vor ihm geleert und der Kornkorb noch ausreichend gefüllt war, und betrachtete unschlüssig den Wagen. Jetzt kam es wohl auf ein paar Minuten mehr oder weniger nicht mehr an. Abschirren konnte man später noch. Er lief hinter den Knechten her. Der Hof war leer.

Antef stürzte zurück. Er dachte nicht, er funktionierte, als ob eine fremde Hand ihn führte. Er riss dicke Strohbüschel aus den Raufen, wickelte sie um Schwarz-wie-die-Nachts Hufe und zurrte sie mit langen Halmen fest.

»Komm!«, sagte er. »Aber leise!«

Schwarz-wie-die-Nacht machte einen Satz über den Futtertrog, aber die Strohbüschel dämpften seine Landung. Seine Schritte waren kaum zu hören, als er neben Antef aus dem Stall ging. Das Pferd vor dem Wagen hob den Kopf aus dem Körnerkorb und schnupperte, als Antef zu ihm kam.

»Hoffentlich bist du satt.« Antef hob den Korb in den Wagen. »Ich nehme ihn mit. Dann haben wir Vorrat für unterwegs.«

Er stieg in den Wagen, griff nach den Zügeln und schlang sie um seine Hände. Er hatte immer nur neben dem Lenker stehen dürfen bei einer Ausfahrt, aber er hatte sich alles erklären lassen. Das Pferd zog an und der Wagen rollte langsam vom Hof. Das Klacken der Hufe und das Rollen der Räder wurde von dem Wiehern und Muhen des Viehs in den Ställen übertönt. Kiki würde hoffentlich der Meinung sein, dass ein anderer Knecht Pferd und Wagen des Hauptmanns versorgt hatte. Antef ließ die Leinen locker und pfiff durch die Zähne. Es würde gewiss noch einige Zeit dauern, ehe jemand ihr Verschwinden bemerkte, und dann würden sie nicht mehr einzuholen sein. Das Pferd fiel in Trab und dann in Galopp. Schwarz-wie-die-Nacht schnaubte und galoppierte hinter ihm her.

Kapitel 7

Meret kniete am Rand des Floßes und schlug mit einem hölzernen Prügel auf das Leinen ein. Der Nil hatte sich vom überschwemmten Land in sein Bett zurückgezogen, die Ufer waren verschlammt, man konnte die Wäsche nur von einem Floß aus waschen. Sie kniete seit dem frühen Morgen so und hatte schon seit Stunden das Gefühl, dass ihre Kniescheiben allmählich zerbröselten und ihre Arme nur noch aus Schmerzen bestanden statt aus Fleisch und Blut.
Warum gewöhnte sie sich nicht an die Plackerei? Sie hatte dicke Schwielen an den Händen und Hornhaut an den Knien – von ihren Füßen ganz zu schweigen, die waren so verhornt, dass sie über ein Stoppelfeld laufen konnte, ohne es zu merken. Aber immer noch war sie am Ende des Tages so erschöpft, dass sie sich kaum in den kahlen, kleinen Raum schleppen konnte, in dem sie mit den anderen Wäscherinnen schlief. Was hatte in dem Gedicht gestanden, dass sie in Vaters Bibliothek auswendig gelernt hatte?

Wahrlich, die Freude hat aufgehört, man lacht nicht mehr,
denn Trauer erfüllt die Welt, vermischt mit Klagen.
Wahrlich, die Bürger sind über Mühlsteine gebeugt,
die feines Leinen trugen, hat man geschlagen.

Eine Ohrfeige traf ihr Gesicht, ihr Kopf flog zur Seite.
»Nennst du das Wäschewaschen, du Unnütze? Heb ge-

fälligst die Arme hoch! Wie soll der Schmutz verschwinden, wenn du so lahm schlägst?« Das war Yen, die Vorarbeiterin der Wäscherinnen, eine breithüftige, kräftige Frau, die einen Korb mit nasser Wäsche auf ihre Schultern wuchten konnte, als ob er mit Blütenblättern gefüllt wäre.

»Verzeih meine Lahmheit, du Stärkste der Starken. Ich werde mich bemühen, genauso kräftig zu schlagen wie du«, sagte Meret unterwürfig.

Yen sah das Mädchen stirnrunzelnd an. Sie wusste nie genau, ob sie sich nicht lustig machte über sie, besonders wenn sie so gewählt sprach. War da nicht ein Hintersinn gewesen in ihren Worten? Aber vielleicht war das einfach die vornehme Erziehung. Frau Ipuia hatte angeordnet, dass ihre Stieftochter wie die letzte Sklavin behandelt werden müsste, aber allein an Merets Stimme und Sprache würde man immer merken, dass sie nicht als Sklavin aufgewachsen war, dachte Yen.

Manchmal hatte sie Mitleid mit dem Mädchen, aber Frau Ipuia hatte gedroht, dass jeder die Peitsche spüren würde, der ihrem Befehl nicht folgte. Warum sollte man für einen anderen Prügel riskieren? Vor allem wenn es nichts nützte, denn irgendjemanden gab es natürlich immer, der den Befehl ausführte. Dazu war man als Sklave schließlich da. Yen sah, dass Meret die Lippen bewegte, während sie auf das Leinen einschlug.

»Was murmelst du da?«

»Seht doch den Wandel unter den Menschen:
Wer keine Hütte bauen konnte,
besitzt jetzt ein Haus aus Ziegeln.
Seht, die vornehmen Damen arbeiten auf den Flößen,
die hohen Beamten schuften im Arbeitshaus«,

sprach Meret im Rhythmus ihrer Schläge.
»Was soll das heißen?«
»Das ist ein Gedicht, ein sehr altes Gedicht, viele hundert Jahre alt. Es passt gut zum Wäscheklopfen, finde ich.«
»Hm. Sag's noch mal.«
Meret wiederholte die Zeilen, auch die ersten.
»Hm. Das klingt gut. Geht es noch weiter?«
Meret ließ den Prügel sinken und hockte sich auf die Fersen. Sie hätte nie geglaubt, dass Yen auch nur eine Spur von Interesse für Lyrik haben könnte, aber sie war gerne bereit diese Neigung zu unterstützen. Sie verschaffte ihr immerhin eine Verschnaufpause.
»Oh ja. Es ist ein sehr langes Gedicht:

Wer auf dem Boden schlief,
besitzt jetzt ein Ruhebett.
Der Reiche schläft durstig ein,
doch der Bettler trinkt Starkbier.
Seht, die schöne Kleider trugen, gehen in Lumpen,
Wer nichts zum Weben hatte, trägt feinstes Leinen.
Seht, die keine Schachtel hatte, besitzt eine Truhe,
die ihr Gesicht im Wasser beschaute, hat einen Spiegel.«

»Warte, nicht so schnell. Sag noch einmal alles von vorne.«
Meret wiederholte geduldig die Verse. Wenn es nach ihr gegangen wäre, hätte sie nichts anderes mehr getan bis zum Abend. Inzwischen hatten auch die anderen Wäscherinnen ihre Arbeit unterbrochen und hörten zu.
»Ein eigenes Haus aus Ziegeln, das hätte ich auch gerne.«
»Und ein Ruhebett.«
»Ach, ich weiß nicht, ein Bett müsste gar nicht sein. Ich bin doch keine edle Dame. Aber jeden Tag Starkbier und nicht die dünne Brühe, die wir immer kriegen, das wäre schon gut.«
»Gegen feinstes Leinen hätte ich auch nichts.«
»Ja, stellt euch vor, wir hätten das hier wirklich auf der Haut und nicht nur unter unseren Wäscheprügeln!«
»Und jemand anderes müsste es für uns waschen.«
Sie redeten alle durcheinander.
»Seid mal still.« Yens kräftige Stimme übertönte die anderen und brachte sie zum Verstummen. »Das ist ein Gedicht, sagst du?«
Meret nickte. »Es steht auf einer Papyrusrolle in der Bibliothek meines Vaters. Und es ist so lang, dass es fast die ganze Rolle ausfüllt.«
»Aha! Es ist also geschrieben.« Yen legte den Kopf auf die Seite, sichtlich mit Nachdenken beschäftigt. »Und alles, was geschrieben ist, ist wahr, nicht? Das weiß jeder. Und wir haben es ja alle vor Augen. Die Dame, die auf dem Floß arbeitet. Die Lumpen statt der schönen Kleider. Das durstige Einschlafen.«

Alle Frauen betrachteten Meret und nickten. Sie war zwar noch keine richtige Dame, sondern gerade erst erwachsen, aber sie war immerhin die Tochter eines sehr reichen Mannes, und wenn ihr Vater nicht gestorben wäre, dann hätte sie in den nächsten zwei, drei Jahren ebenfalls einen reichen Mann geheiratet und wäre eine Dame geworden mit Haus und Dienerschaft und schönen Kleidern.

»Aber dann muss auch das andere eintreffen«, fuhr Yen fort. »Wenn die Reichen arm werden, dann werden die Armen reich. Und die Diener zu Herren.«

Wunderbar, dachte Meret. Wenn das so weitergeht, brauche ich heute keinen Finger mehr zu rühren. Laut sagte sie: »Du hast Recht. Genau so steht es in dem Gedicht:

Seht, die Armen des Landes sind reich geworden
und der Besitzende ist ein Habenichts.
Seht, die Knechte sind zu Herren geworden
und der ein Bote war, sendet jetzt einen anderen.«

Über Yens sonnenverbranntes, verschwitztes Gesicht ging ein breites Lächeln. »Habt ihr das gehört? Es steht geschrieben, was ich gesagt habe. Und das heißt doch, dass es schon einmal so gewesen ist. Und dann kommt es auch wieder. Irgendwann kommt alles einmal wieder. Es hat ja schon angefangen, denn die Tochter des Herrn arbeitet auf dem Floß. Stellt euch das vor! Wir werden jeder eine eigene Truhe haben, nicht bloß eine Schachtel aus Binsen. Und wisst ihr, warum wir die brauchen? Weil wir dann mehr als bloß ein Shenti haben. Wir werden richtige Gewänder besitzen mit Ober- und Unterkleid und Sandalen aus Leder, vielleicht sogar mehrere Paar.«

»Und Perücken werden wir haben, eine andere für jeden Tag, so wie Frau Ipuia.«

»Ach was, wir werden noch schönere haben, blau gefärbte und vergoldete, so wie die Damen in Theben sie tragen, mit Locken bis zur Brust und . . .«

»Du hast ja keine Ahnung! Locken bis zur Brust sind gar nicht mehr modern. Der letzte Schrei ist eine Krone aus Zöpfen mit einem Haarreif und darunter ganz kurze, dichte Locken bis gerade über die Schultern.«

»Red nicht so einen Unsinn! Das soll der letzte Schrei sein? Der war ja schon unmodern, als . . .«

»Haltet die Wäsche fest!«, dröhnte Yen dazwischen. »Und die Körbe! Könnt ihr nicht aufpassen, ihr Schnattergänse?«

Ein großes Schiff kam den Nil hinunter und seine Bugwelle brachte das Floß ins Schwanken. Meret umklammerte ihren Wäschestapel. Wenn das kostbare Leinen ins Wasser fallen und den Fluss hinabschwimmen würde, dann würde ihre Stiefmutter bestimmt eine fürchterliche Strafe über sie verhängen, schlimmer als alles, was sie sich bisher ausgedacht hatte. Fünf Wochen war es jetzt her, dass Antef auf das Gestüt geschickt worden war und Tua in den Tempel. Innerhalb einer Viertelstunde war Meret allein gewesen, ohne Bruder und ohne Mutter, denn sie hatte Tua immer als eine Art von Mutter betrachtet, obwohl sie ihre Tante war.

Kaum waren Antef und Tua verschwunden, da hatte

Ipuia bestimmt, dass Meret als Strafe für ihr »unerhörtes Verhalten gegenüber meiner edlen Mutter, Frau Irunifer, und gegenüber meinem edlen Sohn Min-nacht« ihr Zimmer und das Haupthaus verlassen und als Magd im Schweinestall und später bei den Wäscherinnen bleiben musste.
Fünfzig schreckliche Tage war das jetzt her, Meret hatte jeden gezählt und es sah nicht so aus, als ob demnächst eine Änderung eintreten würde. Fast genauso schlimm wie Hunger und Durst und Schläge und Arbeit war, dass sie nichts von Tua und Antef wusste.
Das Schiff drehte bei und steuerte auf den Landungssteg an der Flussbiegung zu. Meret kniff die Lider zusammen. Sie hatte Augen wie ein Falke. *Ipuias Schönheit* stand in bunten Buchstaben auf dem Bug. Das war Vaters Schiff! Auf einmal schossen Meret die Tränen in die Augen. Nie wieder würde Vater am Bug stehen und nach seinen Kindern Ausschau halten. Sie hatten immer an Bord kommen dürfen, sobald das Schiff angelegt hatte, und Vater hatte ihnen erklärt, was in den Ballen und Krügen und Körben verpackt war.
Aber die beiden letzten Male, da war Min-nacht dabei gewesen und hatte sich ständig vorgedrängt mit dummen Fragen und Vater hatte wenig Zeit gehabt, sondern wollte so schnell wie möglich von Bord und zu seiner Frau. Die hatte Vater dauernd in den Ohren gelegen das Schiff nicht mehr *Nechbets Schönheit,* sondern nach ihr zu nennen, obwohl es doch Unglück brachte, wenn man einen Namen änderte. Und als es ohne Vater aus Theben gekommen war, da hatte sie natürlich

sofort ihren Namen auf den Bug schreiben lassen. Vater war tot und niemand sollte mehr an seine erste Frau Nechbet erinnert werden.

Ich werde meine Mutter nie vergessen, dachte Meret. Und Antef und Tua werden das auch nicht. Wenn ich bloß endlich wüsste, wie es ihnen geht! Ob Antef auch so schuften muss wie ich? Und ob Tua wirklich …

Sie fuhr aus ihren Grübeleien auf und starrte zum Schiff hinüber, das inzwischen angelegt hatte. Wer da gerade über den Landungssteg ging, das war zweifellos Chamat, den man sofort erkannte, weil er alle anderen um Haupteslänge überragte. Wieso war Chamat nicht mehr in Theben? Er war der Leibdiener ihres Vaters gewesen und hatte dort warten sollen, bis Mais Leichnam ausgeweidet und gesalzen und einbalsamiert und in viele Leinenbinden gewickelt sein würde und Chamat ihn mitnehmen konnte zur feierlichen Bestattung in Mais und Nechbets Grab.

Jedes Kind in Ägypten wusste, dass es siebzig Tage dauerte, bis ein gerade Gestorbener in eine den Göttern wohlgefällige Mumie verwandelt worden war. Nicht nur an die Götter dachte man dabei, sondern in erster Linie an den Toten selbst, denn nur eine Mumie konnte die Schwelle zum Jenseits überschreiten, vor das Totengericht treten und dann das Leben im Jenseits beginnen.

Wieso blieb Chamat nicht in Theben und wartete darauf, dass er die Mumie seines Herrn in Empfang nehmen und nach Hause bringen konnte? Was hatte das zu bedeuten? Meret strengte ihre Augen an. Chamat schob seine lange Gestalt geschmeidig durch das Durcheinan-

der der Schiffsleute und Lastträger auf dem Steg, erreichte den Weg und ging eilig zum Gutshof. In der einen Hand trug er einen geflochtenen Korb, den er immer auf Reisen mit sich führte, in der anderen ein bräunliches, schmales Behältnis, das Meret trotz der Entfernung als ein tönernes Futteral für eine Papyrusrolle erkannte. Chamat kam als Bote.
Zu ihrer Erleichterung waren alle Wäscherinnen genauso neugierig wie sie, zwar nicht auf Chamat und seine Nachricht, aber auf die Berichte der Schiffsleute aus Theben. Und da Yen ein besonderes Interesse für den Steuermann hatte, befahl sie schon bald die Wäsche in die Körbe zu legen und zum Hof zurückzutragen. Dort wurden die Leinenstücke an Binsengestelle gebunden, um zu trocknen und zu bleichen.
Meret hatte auf dem Heimweg einen Plan entworfen. So, wie sie es vorausgesehen hatte, saß Chamat schon mit den anderen Dienern zusammen, als die Wäscherinnen zurückkamen, er hatte seine Botschaft also schon übergeben. Wenig später wurde ein Wagen angeschirrt, den Nefer-rehu bestieg, und zwar mit einem fast heiteren Gesicht. Er machte sogar einen Scherz mit dem Stallknecht, was sonst nicht seine Art war. Das Pferd tänzelte unruhig hin und her, versuchte auszukeilen und ließ sich kaum von dem Stallknecht bändigen, der es am Zaumzeug hielt. Es preschte zum Tor hinaus, sobald ihm der Kopf freigegeben wurde. Ipuia folgte in einer Sänfte und sah so zufrieden aus wie eine Katze nach erfolgreichem Mäusefang.
Meret schob sich neben Yen.

»Es gibt auch eine Stelle in dem Gedicht, die zeigt, wie wichtig die Arbeit der Wäscherinnen ist«, sagte sie.

»Wahrlich, die Menschen sehen aus wie Trauervögel,
voller Schmutz ist das Land, niemand hat weiße Kleider.
Wahrlich, die Welt dreht sich wie eine Töpferscheibe.«

»Sieh mal einer an! Das steht da tatsächlich? Das muss ich Tjah sagen, der tut immer so, als ob es nichts Wichtigeres gibt als einen Steuermann.«
Sie ging mit schaukelnden Hüften auf die Gruppe zu, die sich um die Heimkehrer geschart hatte.
»Soll ich die gebügelte Wäsche in den Zimmern verteilen?«, rief Meret hinter ihr her.
»Ja, tu das.« Diese Erlaubnis hatte sie noch nie gegeben, denn Meret durfte ja das Haupthaus nicht mehr betreten, aber daran dachte Yen jetzt nicht, so erfüllt war sie von der Vorfreude auf ein neckendes Streitgespräch mit dem Steuermann Tjah.
Meret lief ins Bügelzimmer, nahm einen Korb mit gestärkten, gebügelten Kleidern und trug ihn ins Haupthaus, vor aller Augen, aber niemand achtete auf sie, alle hörten mit Lachen und Zwischenrufen der Unterhaltung von Yen und Tjah zu. Ohne sich in einem der Zimmer mit der Wäsche aufzuhalten, ging Meret geradewegs in den Raum, der früher das Arbeitszimmer ihres Vater gewesen war. Auf dem Tisch lag, so wie sie vermutet hatte, die geöffnete Rolle.
Sie zog den Papyrus heraus, entrollte ihn und begann zu lesen:

»Brief an den edlen Priester Rekhmi-re im Haus des Todes beim Tempel des großen Gottes Amun in Theben, gesandt von Nefer-rehu, Verwalter auf dem Königsgut bei der Stadt Memphis.
Mögest du in schönem Frieden leben. Siehe, man bringt dir diesen Brief folgenden Inhalts:
Als mein edler Freund Mai sein Leben auf dieser Welt beendet hatte, kam ich zu dir und beredete mit dir alles, was geschehen sollte, um ihn würdig auf das Leben im Jenseits vorzubereiten und seine Versorgung dort sicherzustellen. Ich teilte dir mit, dass sein Kammerdiener in Theben warten würde, bis sein Herr die Osiris-Gestalt angenommen hätte, um ihn dann in sein heimatliches Grab zu bringen. Inzwischen haben sich Dinge ereignet, die mich hindern diese Verabredung einzuhalten. Gott Hapi, von dem meine Schiffe abhängen, war mir nicht günstig gesonnen und hat mich schwere Verluste erleiden lassen.«
Das ist gelogen, dachte Meret. Alle reden davon, wie erfolgreich er ist. Warum will er sich arm stellen? Sie las weiter:
»Deshalb sehe ich mich außer Stande, dir auch nur einen einzigen Deben zu schicken, und muss dich bitten mit der Summe zufrieden zu sein, die ich dir bereits gegeben habe. Falls die Einbalsamierer mehr wollen, so beauftrage sie, preiswertere Spezereien und weniger Leinenbinden und weniger Amulette zwischen den Binden zu verwenden. Das Herz des Toten kann durch den Ring ersetzt werden, den er trägt, die anderen Innereien durch seine restlichen Schmuckstücke und mehr sind

wohl nicht nötig. Der steinerne Sarkophag, den ich in Auftrag gegeben habe, soll abbestellt werden und der Sargtischler soll den einfachsten Holzsarg herstellen, ohne Schmuck und ohne Malereien und ohne die Maske des Toten auf dem Deckel. Ich benötige allen Platz auf meinem Schiff für den Transport von Waren, es ist also kein Raum für den Transport des Sarges. Außerdem beabsichtige ich das hier vorhandene Grab für mich selbst und meine künftige Ehefrau vorzubereiten. Die Mumie soll deshalb in Theben bestattet werden, so wie es auch der Wunsch meines edlen Freundes Mai war.«

Der Papyrus in Merets Hand zitterte. Die Zeichen tanzten auf und ab, einige Augenblicke lang sah sie nur schwarze Kurven und Striche. Vater sollte nicht heimkehren in das Grab, das er für seine Frau und sich gebaut hatte und wo Nechbet auf ihn wartete? Er sollte im fernen Theben liegen, wo nicht seine Kinder für sein Wohlergehen sorgen konnten, sondern nur fremde Priester? Dieser Lügner! Nie hatte Vater an ein Begräbnis in Theben gedacht! Dann kam ihr ein schrecklicher Gedanke: Wenn Nefer-rehu schon an der Einbalsamierung und am Sarkophag sparte und es bei einem Holzsarg bewenden ließ, würde dann überhaupt genug Geld für die Priester da sein? Und – was noch viel wichtiger war – für ein Grab? Hastig las sie weiter.

»Es war auch sein Wunsch, seine Ehefrau neben sich zu haben. Wenn demnächst auf einer Fahrt von hier nach Theben Platz auf dem Schiff ist, werde ich dir ihre Mumie schicken, die du neben der ersten bestatten kannst.«

Meret ließ sich auf den nächsten Schemel sinken. Sie wollten Mutter aus ihrer Wohnung vertreiben, in der sie Dreitausend Jahre friedlich verbringen sollte. Kein Lebender hatte das Recht, in ein Grab einzudringen! Es war unbarmherzig und böse, Nechbets hilflose Seele derartig zu ängstigen! Verbrecher waren die beiden, Missetäter, Unholde! Sie wollten die Mumie, deren Ruhe nicht gestört werden durfte, nach Theben schicken und dort in ein billiges Grab legen lassen. Vielleicht würden sie sogar den Frevel begehen und die Mumie aus ihren Sarkophagen reißen, dem äußeren aus Stein und dem inneren aus bemaltem Holz, die ihnen Tua so oft beschrieben hatte. Beide Särge waren sehr schwer und würden viel Raum auf dem Schiff wegnehmen und vor allem kostbar, das würde die Gier von Ipuia und Nefer-rehu wecken. Ob sie tatsächlich wagen würden Mutters Sarkophage für ihr eigenes Begräbnis zu bestimmen?

Meret stiegen vor Zorn und Mitleid die Tränen in die Augen. Arme Mutter! Die Tränen tropften auf den Papyrus, verwischten die Tinte und hinterließen eine dunkle Spur. Meret sah, dass unter dem Brief eine Antwort stand:

»Der Priester Rekmi-re im Haus des Todes beim Großen Tempel des Allerhöchsten in Theben spricht zu dem edlen Herrn Nefer-rehu.

Es wird mir nicht möglich sein, deine Wünsche zu erfüllen. Das Geld, das du mir gegeben hast, reicht gerade für das Einbalsamieren und für den einfachsten Holzsarg. Ein Grab kann ich davon nicht kaufen und

Grabspenden ebenso wenig wie die Dienste der Priester. Es bleibt mir nichts anderes übrig, als den Sarg im Wüstenboden zu vergraben, dort, wo die Ärmsten liegen, noch vor den Felsenhöhlen und der Stadt der Toten, wo die Wohlhabenden ihre Gräber haben. Deshalb würde ich dir nicht raten einen weiteren Sarg zu schicken, denn ich könnte ihn nur neben den ersten bringen.«

Der Papyrus glitt aus Merets Händen und fiel auf den Boden. Sie hatte das Gefühl, gleich ohnmächtig zu werden vor Entsetzen. Nichts in ihrem Leben, nicht einmal die Nachricht von Vaters Tod, hatte sie je so erschreckt wie dieser kurze Brief. Er beschrieb das schlimmste Schicksal, das sich ein Mensch vorstellen konnte. Kein steinernes Grab zu haben, in der Erde verscharrt zu werden, das war fürchterlicher als ein ganzes Leben voller Hunger und Armut und Unglück. Denn das Leben war nur ein Augenblick verglichen mit den Dreitausend Jahren im Jenseits.

Jeder Mensch in Ägypten, bis hinunter zum kleinsten Bauern, mühte sich bis zu seinem letzten Atemzug darum, eine Bleibe zu errichten, wo der in Mumienbinden gewickelte Körper samt seinem *ba*, der vogelköpfigen Seele, vor Wind und Wetter und wilden Tieren gesichert war und wo er sein jenseitiges Leben fröhlich verbringen konnte, mit allen Annehmlichkeiten, die er im Diesseits gewohnt war. Der Reiche stattete sein Grab mit kostbaren Möbeln aus, mit Truhen voller Schmuck und Kleidern, mit tönernen Nachbildungen seiner Dienerschar, mit erlesenen Speisen und Weinen. Der Arme

begnügte sich mit einer bescheidenen Kammer oder sogar mit einer Nische in einer Felswand, aber sie bedeutete jedenfalls den entscheidenden Schutz, denn nur wenn die Mumie gesichert war, konnte der Tote sein Leben im Jenseits führen und musste nicht als ruheloses Gespenst durch die Welt geistern.
Merets Entsetzen verebbte und machte flammendem Zorn Platz. Diese beiden Verbrecher, die nur durch Vater zu Geld gekommen waren, lebten in Saus und Braus und verprassten Vaters Reichtum und dachten nicht daran, einen Teil des Vermögens für sein Wohlergehen im Jenseits zu opfern. Sie bereiteten ihm ein schreckliches Los und freuten sich noch daran. Ihr wurde fast übel, wenn sie an die Zufriedenheit dachte, die eben auf den beiden Gesichtern geglänzt hatte.
Auf einmal wurde Meret ganz ruhig. Das Schicksal ihrer Eltern im Jenseits hing jetzt ganz allein von ihr ab, denn sie war die Einzige, die von dem verbrecherischen Plan wusste – außer dem Priester im fernen Theben und dem schien die Angelegenheit gleichgültig zu sein, trotz der Missbilligung, die aus seinem kurzen Brief herauszuhören war. Kein Gruß, keine höfliche Redewendung, kein Segenswunsch – das war unüblich. Aber was hatte er schließlich mit dem edlen Herrn Mai zu schaffen, der für ihn nur einer von vielen hundert Verstorbenen war, die im Laufe der Jahre das Totenhaus des Tempels verlassen hatten?
Ihr Plan stand sofort in allen Einzelheiten vor ihr, als ob sie stundenlang darüber nachgedacht hätte. Sie schnitt die Briefe mit einem scharfen, kleinen Messer ab, das

immer zu diesem Zweck auf dem Schreibtisch lag. Papyrus war kostbar und die unbeschriebenen Teile wurden weiter verwendet. Sie drehte die beiden Briefe zu einer dünnen Rolle zusammen, nicht dicker als eine Schreibbinse, nahm ihre zerschlissene Schärpe ab, wand sie um die Rolle und band sie wieder um ihr Shenti. So schnell würde niemand auf die Idee kommen, dass sich unter dem alten Tuch ein Schriftstück verbarg.

Meret rollte den leeren Teil des Papyrus zusammen, steckte ihn in die Hülle und stellte diese ins Regal. Hier standen viele andere Hüllen, die alle fast genauso aussahen, es würde eine Zeit lang dauern, bis man die eine gefunden hatte. Meret nahm ihren Wäschekorb und ging in Nefer-rehus Zimmer. Ohne zu zögern, öffnete sie die geschnitzte Truhe aus Akazienholz, die neben dem Bett stand. Gold und bunte Steine leuchteten ihr entgegen. Einen einzigen Halskragen hat der Kerl besessen und ein paar Armreifen, die bloß vergoldet waren und so abgewetzt, dass man den Untergrund schon durchschimmern sah, dachte Meret zornig. Das ist alles Vaters Schmuck. Und deshalb habe ich ein Recht dazu, ihn für Vater zu verwenden.

Sie sah sich um. Im Zimmer verteilt standen Schalen und Vasen mit kunstvoll gebundenen Sträußen. Nefer-rehu machte sich nichts aus Blumen und spottete sogar über die Mode, an jeder nur möglichen Stelle Kränze und Gebinde anzubringen, aber Ipuia bestand darauf, weil das ein Zeichen von Reichtum war. Meret suchte eine simple irdene Schale aus, keine kostbare aus Alabaster, goss das Wasser in eine leere Vase und stopfte den

Strauß hinein. Sie legte die Schale mit einem Leintuch aus, füllte es bis zum Rand mit Schmuck und knotete es zusammen. Das würde wohl reichen, um eine Reise nach Theben und ein Grab zu bezahlen!
Sie zog ein paar Efeuranken aus dem Strauß und ordnete sie so in der Schale an, dass das Tuch verdeckt war. Falls jemand sie fragen würde, so würde sie sagen, dass sie im Garten einen Strauß zusammenstellen wollte für das Grab ihrer Mutter. Das war ein gottgefälliges Werk, das ihr niemand verbieten konnte. Aber sie war überzeugt, dass keiner sich um sie kümmern würde. Wenn der Herr und die Herrin nicht im Haus waren, machte sich das Gesinde gerne ein paar schöne Stunden. Es kam jetzt nur darauf an, so schnell wie möglich zum Nil und auf ein Schiff zu kommen.
Meret kippte die Wäschestücke in die Truhe, schloss den Deckel und stellte die Blumenvase darauf. Hoffentlich kam Nefer-rehu so spät und so betrunken nach Hause, dass er nur noch in sein Bett wollte und dem Diener erst am nächsten Morgen erlauben würde den Schmuck einzuräumen. Sie drehte den Wäschekorb um, schob ihn hinters Bett und schmückte auch ihn mit einer Blumenvase. Wenn man nicht genau hinschaute, sah er aus wie ein geflochtenes Möbelstück.
»Kannst du mir sagen, was das heißen soll?«, fragte eine drohende Stimme.
Meret fuhr derartig zusammen, dass sie die Vase umstieß, die mit lautem Klirren zerbrach und ihren Inhalt über den Fußboden ergoss. Meret stand in Blumen und Wasser. Langsam drehte sie den Kopf. Sie hatte die

Stimme bereits erkannt. Im Eingang stand Nefer-rehu, die Kleider verschmutzt, die Arme verschrammt, mit verrutschter, staubbedeckter Perücke, das Gesicht schweißbedeckt und verzerrt vor Wut.

Das Pferd ist durchgegangen und hat den Wagen umgeworfen, dachte Meret befriedigt. Was für ein wunderbares Tier! Aber ihre Schadenfreude dauerte nicht lange, denn Nefer-rehu humpelte auf sie zu und wiederholte seine Frage.

»Ich – ich wollte mir eine Vase holen und – Blumen pflücken für das Grab meiner Mutter.«

»Und da unterstehst du dich in mein Zimmer zu kommen?«, schrie der Verwalter. »Es ist dir doch verboten, das Haupthaus zu betreten!«

Er gab der Schale einen Tritt, doch die rutschte nicht davon und zerbrach auch nicht, sondern bot seinem Fuß Widerstand, was für die Zehen zweifellos sehr unangenehm war. Nefer-rehu stieß eine ellenlange Verwünschung aus, die Meret bis vor einigen Wochen noch nie gehört hatte. Doch sie hatte in letzter Zeit eine Menge ungeahnter Dinge gelernt und merkte jetzt sofort, dass er mittendrin abbrach und erst die Schale und dann sie argwöhnisch musterte.

»Was ist da drin?«

»Efeu. Und Wasser natürlich.«

Seine Hand packte sie plötzlich am Nacken, als ob sie ein junger Hund wäre.

»So? Tatsächlich? Und du willst mir weismachen, dass Wasser klirrt?« Er drückte sie nach unten. »Nimm das Grünzeug weg!«

Langsam zog Meret die Efeuranken von dem Leintuch.
»Knote das Tuch auf!«
Seine Hand verkrampfte sich, als er den Schmuck erblickte. Er bricht mir das Genick, dachte Meret. Oder er erwürgt mich. Sie stemmte sich mit Händen und Füßen gegen den Boden und spannte alle Kräfte an, um ihn abzuschütteln, aber die Hand umspannte ihren Hals wie ein Kragen aus Stein.
»Ich werde dich peitschen lassen, bis dir die Haut in Fetzen vom Körper hängt«, sagte er heiser. »Ich werde . . .«
Er verstummte plötzlich und sein Griff lockerte sich etwas, sodass Meret wenigstens wieder atmen konnte. Auf einmal lachte er, aber es klang nicht fröhlich, sondern rachsüchtig und Meret fühlte einen Schauder über ihren Körper laufen. Herr Nefer-rehu schrie nach Dienern, von denen gleich mehrere erschienen und mit Befehlen eingedeckt wurden.
Mehr als eine Stunde wartete Meret im Hof, mit Händen und Füssen an eine Palme gefesselt, während das Hofvolk aus Küche und Garten und Ställen und Werkstätten zusammenströmte. Die einen, die es schon wussten, teilten den später Kommenden flüsternd mit, welche Ungeheuerlichkeit sich ereignet hatte und dass ein Hausgericht gehalten werden würde. Schließlich wurde ein Sessel mit hoher Rückenlehne und geschnitzten Seitenteilen gebracht und auf die oberste Stufe der Treppe des Haupthauses gestellt. Ipuia erschien und nahm dort Platz. Neben ihr stand Nefer-rehu, frisch gebadet und geölt, mit einer neuen Perücke.

Ipuia hob die Hand und jedes Flüstern verstummte.
»Hier wird Gericht gehalten und als Herrin des Hauses ist es meine Aufgabe, dies zu tun. Dich rufe ich an, Ibisköpfiger, der du das Gesetz der Menschen schriebst, dich, weißer Affe neben der Waage, dich, Herrin Ma'at, die du der Wahrheit vorstehst im Schmuck der Straußenfeder. Die Bittopfer, die wir euch schulden, werden nachträglich vollzogen werden. Ich spreche Recht über dies Haus, das mein ist, und spreche so.«
Sie hatte die Eingangsformel, die jeder Gutsherr am Beginn eines Hausgerichtes sprach, halb laut und fast unbeteiligt heruntergeleiert, aber jetzt hob sie ihre Stimme.
»Diese Meret, die hier vor uns steht, Tochter meines geliebten Mannes – mögen seine Dreitausend Jahre freudenvoll sein –, hat sich eines schweren Verbrechens schuldig gemacht. Ich habe sie behandelt wie meine Tochter, doch sie hat sich meiner Zuneigung als nicht würdig erwiesen. Schon seit langem vergeht sie sich gegen die kindlichen Pflichten durch ihr aufsässiges Wesen und ihre sündige Faulheit. Aus der Güte meines Herzens heraus habe ich ihr die Gelegenheit geboten, sich zu bessern und durch Arbeit zu läutern. Schon längst hätte ich sie aus dem Haus weisen können wegen ihrer Unbotmäßigkeit. Doch ich habe ihr ein Dach über dem Kopf und Speise und Trank gegeben und habe mich in der Hoffnung gewiegt, dass sie sich dankbar zeigen würde für meine Großmut. Aber ich habe mich geirrt. Wie ein toller Hund beißt sie die Hand, die sie streichelt. Unfassbar und erschütternd ist ihre Tat.«

Ihre Stimme zitterte und sie legte die Hand über die Augen, als ob die Trauer sie übermannen würde. Dabei frohlockt sie innerlich vor Freude, dachte Meret. Ich habe ihr endlich den Vorwand geliefert, auf den sie schon lange gewartet hat. Sennedjem hat es mir erklärt. Ich habe Anspruch auf ein Drittel des Vermögens, und das will sie verhindern. Ich weiß, was sie jetzt sagen wird. Aber sie macht es sehr überzeugend, das muss ich zugeben. Ipuia blieb mehrere Minuten gramgebeugt sitzen, dann wischte sie sich ein paar unsichtbare Tränen weg und fuhr fort:
»Ihr kennt den Befehl des Weisen Ptahhotep:

Aber wenn dein Sohn aufsässig ist,
Wenn er in die Irre geht, deine Pläne übertritt,
wenn er sich deinen Regeln widersetzt
und sein Mund geht mit üblen Reden:
So verstoße ihn. Er ist nicht dein Sohn.
Er ist dir nicht geboren.«

Ihre Stimme war immer lauter geworden und klang fast wie der feierliche Singsang der Priester bei den Prozessionen. Alle Leute auf dem Hof waren sehr beeindruckt, das sah Meret ihren Gesichtern an.
»Und dasselbe gilt natürlich auch für eine Tochter«, fuhr Ipuia in demselben feierlichen Ton fort:

»Verstoße sie. Sie ist nicht deine Tochter.
Sie ist dir nicht geboren.«

Sie gab einem Diener neben ihrem Stuhl einen Wink und der trat vor und setzte die schmuckgefüllte Schale auf die zweite Stufe. Die Leute drängten näher heran und reckten die Hälse.

»Der Weise empfiehlt die Verstoßung schon bei Aufsässigkeit und Widersetzlichkeit. Hier aber liegt ein Verbrechen vor, eine Missetat von solcher Schwere, dass sie mit Auspeitschen und Gefängnis oder sogar mit Fronarbeit in den Steinbrüchen bestraft werden könnte. Nur das Andenken an den edlen Herrn Mai und meine Liebe zu ihm lässt mein weiches Gemüt vor einem derartigen Schritt zurückzucken. Doch ich habe jetzt erkannt, dass all meine Güte verschwendet war. Diese Meret ist verderbt bis in den Grund ihrer Seele. Sie ist eine Diebin, eine Räuberin! Sie hat sich nicht gescheut ihre Untat unter meinem Dach, unter dem Dach ihrer Mutter zu begehen. Sie hat meinen Verwandten, den edlen Herrn Nefer-rehu, bestohlen, der mir in selbstloser Weise bei der Verwaltung des Gutes behilflich ist und sich für meine Familie opfert. Und wie dankt ihm das diese ehrlose Person? Sie schleicht in sein Zimmer und entwendet allen Schmuck, den ich ihm als kleinen Dank für seine Hilfe geschenkt habe. Hier ist der Beweis!«

Sie wies mit dramatischer Gebärde auf die Schale.

»Und dieser Beweis ist so erdrückend, dass jede Befragung sich erübrigt. Und keine Entschuldigung ist möglich. Wenn die Diebin nicht überrascht worden wäre, so wäre sie längst mit ihrer Beute verschwunden. Aber Ma'at, die Göttin der Gerechtigkeit, ist auf unserer Sei-

te und hat nicht zugelassen, dass die Ehrlose ihr Verbrechen ausführen konnte. Sie wurde gefangen. Jetzt steht sie vor euch und wagt nicht den Kopf zu heben vor Scham und aus Angst vor ihrer Bestrafung.«
Meret hatte tatsächlich den Kopf gesenkt. Der Abscheu auf allen Gesichtern ringsum trieb ihr das Blut in die Wangen. Mit brennendem Gesicht kämpfte sie gegen die Versuchung an, den Inhalt der Briefe hinauszuschreien. Sie war unschuldig, aber sie würde als noch verderbtere Person dastehen, wenn sie jetzt ihrer Stiefmutter widersprechen oder sie sogar der Lüge und des Verrates an ihrem toten Ehemann bezichtigen würde. Sie trug den Beweis für ihre Unschuld in ihrer Schärpe, aber hier war der falsche Ort, ihn zu zeigen. Sie war umgeben von Dienern, die der Hausherrin zum Gehorsam verpflichtet waren und die der Tochter ihres früheren Herrn nicht helfen konnten, selbst wenn sie gewollt hätten. Es war schlimm, dass alle sie für eine Diebin hielten, aber das musste sie aushalten. Sie musste ihren Beweis versteckt halten.
Ipuia erhob sich, streckte den Arm aus und wies auf Meret. »Ich verstoße dich. Du bist nicht meine Tochter. Ich kenne dich nicht. Mein Haus ist dir verboten, mein Tor bleibt dir verschlossen. Dein Erbe ist mir verfallen. Alle Bewohner meiner Güter sollen dich verjagen, wenn du dich näherst. Im Staub der Straße sollst du schlafen und dich mit den Hunden um den Abfall balgen. Ich kenne dich nicht und will dich nie mehr sehen.«
Sie ließ den Arm sinken. »Ich habe Recht gesprochen

über dieses Haus, das mein ist. Bindet sie los und jagt sie hinaus.«

Sie hätte wohl gerne gesehen, dass jetzt ein Hagel von Püffen und Schlägen und Beschimpfungen über Meret niedergegangen wäre, denn Enttäuschung und Ärger waren ihr deutlich anzusehen, als die Leute schweigend zusahen, wie ein Diener die Knoten an Merets Stricken löste.

Nicht einmal hatte das Mädchen den Kopf gehoben und ihrer Stiefmutter oder dem Verwalter ins Gesicht geschaut. Auch jetzt warf sie keinen letzten Blick auf sie, sondern drehte ihnen sofort den Rücken zu und ging auf das Tor zu. Die Menschen machten ihr Platz und flüsterten miteinander. Frau Ipuia hatte gut und überzeugend gesprochen, aber schließlich wussten alle, wie sie Herrn Mais Kinder behandelt hatte. Und alle kannten Meret von klein auf. Sie war reichlich unbeherrscht, das stimmte, aber auch fröhlich und gutartig, und nie hatte sie einen Menschen schlecht behandelt. Sie hatte das Gesicht ihres Vaters. Und der war der beste Herr gewesen, den man sich wünschen konnte.

Unter dem Tor blieb Meret einen Augenblick stehen und legte die Hand an das Holz. Vielleicht würde es das letzte Mal sein. »Dein Erbe ist mir verfallen.« Das war der entscheidende Satz gewesen. Sie wusste auf einmal, dass die beiden sich etwas ausdenken würden, um auch Antef aus dem Haus zu treiben und ihn um sein Erbteil zu bringen. Die dicke Katze des Torwächters strich um ihre Beine.

»Fort mit dir! Fort mit dir!« Sennedjem lief über den

Hof und fuchtelte mit den Armen. Er war der Erste, der Frau Ipuias Befehl wörtlich nahm. Meret drehte sich um und sah ihm ungläubig entgegen.

»Hast du nicht gehört? Fort mit dir!«, schrie Sennedjem. Aber als er dicht vor ihr stand, grinste er entschuldigend, und während er sich nach der Katze bückte, flüsterte er: »Geh zum Tempel. Tua wartet dort auf dich. Sie ist längst freigesprochen. Die Frau des Oberpriesters hatte sie gebeten mit zu ihrer ältesten Tochter nach Abydos zu fahren. Seit vorgestern ist sie zurück.«

Kapitel 8

Sinufer starrte trübsinnig auf die Kakerlaken und Wanzen, die über die schmutzigen Gefängnismauern krochen, und seufzte. Sein Seufzer war so tief wie die Risse, die sich auf den abgeernteten Feldern unter der sengenden Sonne aufgetan hatten, tief genug, dass ein Mann darin verschwinden konnte, jedenfalls ein so magerer wie Sinufer. Und das hätte ich besser tun sollen, dachte Sinufer und seufzte noch einmal. Ich hätte der Ziege einen ordentlichen Schlag versetzen sollen, damit sie davongerannt wäre, und dann hätte ich mich in einer Erdspalte verstecken sollen. Der Hirte wäre natürlich hinter der Ziege hergerannt und ich hätte Zeit genug gehabt, mich aus dem Staub zu machen – wenn auch ohne Ziege.

Aber sie war so ein prachtvolles Tier gewesen, groß und stark, und die Vorstellung, wie köstlich ihre geschmorten Schenkel schmecken würden, gewürzt mit Zwiebeln und Knoblauch und Kümmel, hatte ihn jede Vorsicht vergessen lassen. Wie lange hatte er kein Fleisch mehr zwischen den Zähnen gehabt? Mehr als einen vollen Monat lang. Die Geschäfte gingen einfach zu schlecht. Die Bauern waren zwar gerne bereit sich von ihm behandeln zu lassen, aber viele waren so arm, dass sie nicht einmal das tägliche Brot hatten – vom Fleisch im Topf gar nicht zu reden. Gott Hapi, der Ernährer, war recht mager gewesen in diesem Jahr, nicht

so schwellend und schlammstrotzend, wie es für eine wirklich gute Ernte nötig war.
An allem war eigentlich Bata schuld, sein alter Gehilfe, der so verfressen war wie ein Schakal und unentwegt Pläne machte, wie sie sich ein Festessen beschaffen könnten. Er hatte die große Ziegenherde beobachtet, die dem Amun-Tempel von Assiut gehörte – wie übrigens die Rinder- und Schafherden auch, die alle auf tempeleigenem Land weideten. Die Ziegen wurden von zwei Hirten bewacht, die sich den lieben, langen Tag mit dem Spiel *Wolf und Schakal* vergnügten und einen altersschwachen Hund die meiste Arbeit tun ließen.
»Die beiden werden nicht einmal merken, dass eine Ziege fehlt«, hatte Bata prophezeit.
»Aber der Aufseher wird es merken. Du weißt doch, dass alle Tiere gezählt und aufgeschrieben werden.«
»Ich weiß auch, dass die Abbilder des edlen Gottes Sobek, die Krokodile, Ziegenfleisch lieben und sich immer mal wieder eine schnappen. Wer kann am Ende eines Monats sagen, ob es zwei waren oder drei?«
Sinufer hatte noch eine Menge Einwände, aber Bata hatte sie alle widerlegt und schließlich hatte Sinufer sich überreden lassen. In der größten Mittagshitze, als Hund und Hirten dösten, hatte Bata die Ziege mit einem Salzstein aus Sinufers Arzneikoffer angelockt, ihr ein Seil um den Hals geknotet und sich gemächlich entfernt, so als ob er nur ein zufällig des Weges kommender Priester wäre – denn in Erinnerung an ihre Studienzeit im Haus des Lebens beim Amun-Tempel von Theben zeigten Bata und Sinufer immer noch die priesterli-

che Haartracht, die in einem kahl geschorenen Schädel bestand.
In einiger Entfernung hatte Bata dem wartenden Sinufer das Seil in die Hand gedrückt und war, immer noch langsam, auf dem Pfad ins Dorf weitergegangen, während Sinufer samt Ziege über die ausgetrockneten Felder lief, erst langsam, dann immer schneller, und das hatte wohl den alten Hund aufgeschreckt, denn der hatte auf einmal zu bellen angefangen und hatte die Hirten geweckt. Der eine war prompt hinter Sinufer hergelaufen, und statt die Ziege preiszugeben und seine eigene Haut zu retten, war Sinufer weitergerannt, das Tier hinter sich herzerrend.
Als er sich umdrehte, um abzuschätzen, ob sein Verfolger ihn einholen könnte, hatte er einen Riss im Boden übersehen, der ihn zu Fall brachte und ihm dabei den Fuß verrenkte. Die Ziege hatte vor dem schreienden Hirten Reißaus genommen und war verschwunden, der Wanderarzt jedoch war ergriffen und ins Tempelgefängnis geschleppt worden. Als Sinufer daran dachte, dass sie vielleicht jetzt doch in Batas Topf schmorte, wurden seine Seufzer noch tiefer.
»Sei endlich still«, sagte der Mann neben ihm ärgerlich. »Ich will schlafen und du weckst mich schon zum zweiten Mal.«
»›Ich glaube, ich habe eine Stimme gehört‹, sagte die Kuh, als sie auf den Schwanz des Leoparden trat«, murmelte Sinufer.
»Dir werden deine dummen Sprüche noch vergehen, wenn du erst vor dem Richtstuhl stehst. Vielleicht ist

das die letzte Nacht, die du mit heilen Gliedern verbringst. Also genieße sie und schlaf!«
»Das würde ich ja gerne. Aber dieses verflixte Handholz hindert mich daran.« Sinufers Handgelenke waren in einen hölzernen Balken mit zwei Öffnungen eingeschlossen. »Es zerrt mir fast die Arme aus den Gelenken und meine Hände sind schon ganz abgestorben.«
»Wenn in der Nacht die Ratten kommen, bist du froh, wenn du's hast, dann kannst du sie damit zusammenschlagen. Ich hab selten in so einem Dreckloch von Gefängnis gesessen. Und verrufen ist es noch dazu. Der Oberpriester von Assiut ist gefürchtet in der ganzen Umgebung. Wenn's nach dem ginge, würde jeder Bauer, der seine Steuern nicht zahlen kann, gleich halb totgeschlagen und jeder Dieb in die Steinbrüche geschickt.«
Sinufer spürte, wie sich sein Magen zusammenzog, und das hatte nichts mit seinem Hunger zu tun. »Was sagst du da? Aber in die Steinbrüche kommt man nur für Mord und Totschlag.«
»Wart's ab«, sagte der andere bloß und wälzte sich geschickt auf die andere Seite, ohne sich vom Handholz daran hindern zu lassen.
Sinufer tat die ganze Nacht kein Auge zu. Daran waren die Ratten schuld und sein brennender Durst und der Schmerz in seinem Knöchel und das Schnarchen seines Zellengenossen, in erster Linie aber die Angst vor dem Richtspruch. Der nächste Morgen bestätigte seine schlimmsten Befürchtungen. Sie bekamen weder Wasser noch Brot, und als sie in der sengenden Sonne vor

dem Richtstuhl warteten, murmelte der andere auf einmal: »Die gute Göttin Ma'at ist nicht auf unserer Seite. Der Widerling ist unser Richter. Jetzt geht's uns schlecht.«
Zwei Soldaten mit Speeren, zwei Priester mit Wedeln und ein Schreiber kamen über den Hof. Ihnen folgte mit unregelmäßigen Schritten ein kleiner, dürrer Mann im weißen Priestergewand. Als erfahrener Arzt sah Sinufer sofort, dass das Hinken aus der Hüfte kam. Geburtsfehler oder Verletzung, dachte er. Der gebeugte Rücken und die langen, dünnen Arme, die bis zu den Knien reichten, gaben dem Mann etwas Affenähnliches. Aber das Gesicht, das er den beiden Angeklagten zuwandte, nachdem er Platz genommen hatte, war das Gesicht eines Raubvogels, beherrscht von kleinen, runden Starraugen und einer hängenden, krummen Nase.
Sinufer hatte auf seinen Reisen durch Ägypten die Wüsten möglichst gemieden, aber jetzt fiel ihm seine Wanderung zur Oase Fayum ein und der Geier, der auf seinen toten Esel gelauert hatte. Er hatte auf einmal das Gefühl, der Mann da oben belauerte ihn genauso gierig. Seine Stimme, die jetzt nach Namen, Beruf und Herkunft des ersten Angeklagten fragte, klang dünn und heiser wie eine schlecht gebohrte Flöte. Der Schreiber, der mit untergeschlagenen Beinen neben dem Richtstuhl auf dem Boden saß, tauchte seine Binse in die Tinte.
»Thutra, Vater unbekannt, Sklave, aus Memphis«, sagte der Mann, der sich mit Gefängnissen auskannte.
»Zeig deine Schulter.«

Der Mann trat vor und der Priester begutachtete das Brandzeichen des Sklaven.
»Du hast zwei Narben neben dem Zeichen, das heißt, du bist schon zweimal entlaufen.« Das war eine Feststellung, keine Frage, und sie schien dem Priester zu genügen. Er hielt sich nicht weiter mit dem Fall auf, sondern erhob sich.
»Ich verurteile den zum dritten Mal entlaufenen Sklaven Thutra aus Memphis zum Abschneiden von Nase und Ohren.«
Sinufer schnappte nach Luft. Das war die Höchststrafe. Man hätte auch dreißig Stockschläge anordnen können. Der Sklave stieß ein lautes Geheul aus und wurde von den Soldaten abgeführt.
»Der Nächste.«
»Sinufer, Sohn des Sinuhe, ehemals Zögling im Haus des Lebens beim Großen Tempel des Amun in Theben.« Vielleicht konnte man den Geier beeindrucken.
»Ich will wissen, was du heute bist.«
»Wanderarzt.«
»Aha.« Der Priester verzog höhnisch den Mund. »Das heißt, du hast die letzten Prüfungen nicht geschafft. Oder bist du von ihnen ausgeschlossen worden?«
Der Mann kannte sich aus.
»Ausgeschlossen«, sagte Sinufer knapp.
»Weswegen?«
»Ich habe meinem Freund geholfen einen Zauber anzuwenden, den wir noch nicht anwenden durften, und der Zauber verkehrte sich und tötete den Patienten.«
Es war um das Mädchen gegangen, das Bata heiraten

wollte. Eines Tages hatte ein Kheft von ihr Besitz ergriffen und hatte sie mit brennenden Stichen gepeinigt, besonders im Bauch und in der rechten Leiste, bis sie schrie vor Schmerzen, und kein Arzt hatte ihr helfen können. In seiner Verzweiflung hatte Bata seinen besten Freund Sinufer überredet den Zauber anzuwenden und wenige Stunden später war das Mädchen tot.

Die dunklen Knopfaugen des Priesters waren starr auf Sinufer gerichtet, ohne ein Zucken, ohne einen Lidschlag. »Was wurde aus deinem Freund?«

Sinufer zuckte mit den Achseln. »Ich weiß nur, dass er auch ausgeschlossen wurde. Damit war unsere Freundschaft zu Ende.«

Bata war womöglich noch irgendwo in nicht allzu weiter Entfernung vom Tempel. Es hatte keinen Sinn, die Priester misstrauisch zu machen und Nachforschungen anzuregen. Dass einer von ihnen beiden gefangen war, war schlimm genug.

Der starre Blick schien ihn zu durchbohren. »Und mit wem ziehst du umher?«

Das wusste man also schon im Tempel. Wieder zuckte Sinufer mit den Achseln. »Mal mit diesem, mal mit jenem. Wer sich gerade findet. Die meisten sind ungeeignet als Gehilfen und ich schicke sie wieder fort. Von dem letzten habe ich mich vorgestern getrennt.«

»Warum?«

Ja, warum? Irgendwie saugen mir diese Raubvogelaugen die Gedanken aus dem Kopf, dachte Sinufer. Außerdem brauche ich Wasser. Ich kann kaum noch die Lippen bewegen. »Er – er hatte Angst, dass die bösen

Geister der Krankheit sich in ihm selbst niederlassen, nachdem ich sie aus den Kranken vertrieben habe.«

Das schien dem Priester zu genügen. »Du weißt, welchen Verbrechens du beschuldigt bist?«

»Ich bin mir keines Verbrechens bewusst. Ich bin über die Felder gegangen und auf einmal ist die Ziege aufgetaucht. Weit und breit war keine Herde zu sehen.« Sinufer sprach undeutlich und stockend. Die Zunge klebte ihm am Gaumen. In der Nacht hatte er lange über seine Verteidigung nachgedacht, aber jetzt kamen ihm seine eigenen Worte unglaubwürdig vor. »Ich habe sie festgebunden, damit sie nicht verloren geht, und wollte sie im nächsten Dorf abliefern.«

Der Priester stieß ein verächtliches Knurren aus. »Durch Leugnen machst du deine Lage nur noch schlimmer. Das Tier trägt deutlich sichtbar das Brandzeichen des Tempels auf dem Fell. Wie sagtest du eben so stolz? Du bist ehemals Zögling im Haus des Lebens beim Großen Tempel des Amun in Theben gewesen? Dann wirst du ja wohl Amuns Zeichen erkennen! Außerdem habe ich die Hirten als Zeugen.«

Die Hirten erschienen und beschworen ihre Aussagen. Der Priester erhob sich und streckte die Hand aus: »Sinufer, Sohn des Sinuhe, du hast dich am Eigentum des Tempels vergriffen. Damit hast du Amun beraubt. Du hast dich eines schweren Verbrechens gegen den Allerhöchsten schuldig gemacht. Du hast die Gesetze der Götter und der Menschen missachtet. Ich verurteile dich zu zehn Jahren Zwangsarbeit in den Steinbrüchen.«

Sinufer schwankte wie unter einem Schlag. Der Durst, dachte er benommen. Die Hitze. Aber er wusste, dass es die Fassungslosigkeit über diesen maßlosen, grausamen Spruch war. Zehn Jahre Zwangsarbeit in den Steinbrüchen! Das kam einem Todesurteil gleich. Die dünnen Lippen des Priesters verzogen sich zu einem schiefen Lächeln. Er weidete sich an Sinufers Entsetzen. Dann machte er den beiden Soldaten ein Zeichen. Sie traten vor und ergriffen Sinufer bei den Armen.

»Nein! Wartet!«, krächzte Sinufer. »Die Strafe ist zu hoch. Sie entspricht nicht den Gesetzen.«

»Was erdreistest du dich? Das Gesetz bin ich! Führt ihn ab!«

Sinufer ließ seine Knie einknicken und hing zwischen den Soldaten. Sie hätten ihn wegschleifen müssen, was sie zweifellos auch getan hätten. Aber inzwischen hatte Sinufer vor lauter Angst seine Stimme wieder gefunden.

»Ich habe das Recht, den königlichen Gerichtshof anzurufen. Der Wesir Pharaos soll entscheiden – er lebe, sei heil und gesund.«

Ob der Wesir bei einem Diebstahl von Tempelgut überhaupt zuständig war, wusste Sinufer nicht genau, aber um eine Aufschiebung des Urteils zu erwirken, würde er noch ganz andere Dinge behaupten. Bei der Erwähnung von Pharao zögerten die Soldaten und blickten den Priester an. Aber der beachtete sie nicht. Er reagierte auch nicht auf Sinufers Worte. Er war auf den Sitz zurückgesunken, seine Hände krallten sich um die Sessellehnen, sodass die Knöchel weiß hervortraten, sein

Mund stand offen und er blickte reglos zur Seite. Sinufer wandte den Kopf.
Über den Weg, der vom Tor der Tempelmauer durch den Vorhof führte, kamen drei Menschen mit Blumengebinden in den Händen, eine ältere, füllige Frau, ein Junge und ein junges Mädchen. Sie waren schon so nah, dass man ihre Gesichter deutlich erkennen konnte. Am auffallendsten war das der Frau, und zwar durch die helle Haut und die großen blauen Augen. Sinufer sah den Priester an. Ob er auch zu denen gehörte, die sich vor dem bösen Blick fürchteten? Aber der starrte nicht die Frau an, sondern die beiden anderen, die ihr gerade bis zu Schulter reichten.
Sie waren sehr jung, fast noch Kinder, mit schmächtigen, ja mageren Gestalten. Sie konnten die Seitenlocke noch nicht lange verloren haben, Sinufer schätzte sie auf zwölf oder dreizehn Jahre. Beide waren verbrannt von der Sonne, das Mädchen zu einem dunklen Braun, der Junge zeigte ein eher ungesundes Rot mit helleren Flecken. Er hatte stumpfbraune, kurze Haare, darunter ein hellhäutiges, dreieckiges Katzengesicht mit schrägen Augen, die so hell waren, dass sie fast gelb wirkten. Das runde Gesicht des Mädchens umrahmten tiefschwarze Haare, die mandelförmigen Augen waren dunkel wie Kohle, die Nasenflügel breit und geschwungen, die Lippen auffallend rot und voll. Beide trugen ein einfaches Shenti und Sinufer konnte nichts an ihnen entdecken, was das fassungslose Starren des Priesters erklärt hätte.
Der schien gar nicht zu merken, dass alle Umstehenden

ihn beobachteten und erstaunt auf seine Antwort warteten. Er folgte den drei Gestalten, die an seinem Stuhl vorbeigingen, mit den Blicken und drehte sich sogar herum, um ihnen nachzusehen. Die drei merkten nichts davon, sie gesellten sich zu einer Gruppe von Männern, die einem Priester Opfergaben und Votivtafeln für das Bild des Gottes im Allerheiligsten von Assiut übergaben.

Endlich drehte der Priester sich um, sah aller Augen auf sich gerichtet und machte eine ungeduldige Handbewegung, die Soldaten, Wedelträger und Schreiber einschloss: »Ihr geht! Sinufer, du bleibst!«

Die Soldaten ließen den Wanderarzt los, der gerade noch die Geistesgegenwart hatte, sich wieder auf die Füße zu stellen. Einen Augenblick lang fühlte er Erleichterung. Er wurde nicht zurück ins Gefängnis geschleift. Irgendetwas hatte einen Aufschub bewirkt. Dann sah er das Gesicht des Priesters und wäre am liebsten den Soldaten nachgelaufen. Es war so weiß und verzerrt wie das einer Leiche nach einem schrecklichen Todeskampf. Die Lippen waren zurückgezogen, die Zähne bleckten in einem irren Grinsen, der Speichel lief durch schwarze Zahnlücken aus den Mundwinkeln. Nur die Raubvogelaugen glühten sehr lebendig.

»Hast du die drei gesehen?«, zischte er.

Sinufer nickte.

»Stell unauffällig fest, wie sie heißen und wo sie sich aufhalten. Unauffällig, hast du verstanden. Und dann komm mir nach.«

Er verschwand durch eine Pforte in einen seitlichen Hof.

Sinufer überlegte kurz, ob er die Füße in die Hand nehmen und verschwinden sollte, aber da trat ein Tempelsoldat aus der Pforte und sah zu ihm hinüber. Der geierköpfige Priester hatte offenbar kein Vertrauen zu seinen Mitmenschen, dachte Sinufer bedauernd, aber das hätte er sich eigentlich denken können. Doch jetzt musste er erst einmal trinken, ganz egal, was der Soldat davon hielt. Er nahm den Wasserkrug, den der Schreiber bei seinem überstürzten Aufbruch vergessen hatte, und tat einen Zug. Der beste Wein konnte nicht köstlicher schmecken! Er musste sich zwingen langsam zu trinken. Nie wieder würde er über abgestandenes Wasser schimpfen! Dann schlenderte er zu der Gruppe hinüber und schob sich in die Nähe der Frau mit den beiden Kindern.

»Wenn mich meine alten Augen nicht täuschen, steht dort Sinufer, der König aller Pillendreher und Sprücheklopfer. Wieso haben dich deine dankbaren Patienten nicht längst Gott Sobek in den Rachen geworfen?«, ertönte eine dröhnende Stimme.

»Weil sie eben dankbar sind und wissen, dass sie mich noch oft nötig haben werden«, entgegnete Sinufer, während er sich vergebens an den Namen des Mannes zu erinnern versuchte. Ein großer, schwerer Kerl war er, mit tiefen Lachfalten um die Augen, einem Doppelkinn und einem mächtigen Brustkasten, auf dem sich die Muskeln wölbten. Das Gesicht kam ihm bekannt vor, aber er sah so viele Gesichter während seiner Wanderungen nilauf und nilab, dass er nicht jedes einzelne behalten konnte.

»Auch ich bin dir sehr dankbar. Aber du wirst mich

nicht erkennen, denn ich habe mich sehr verändert seit deiner Behandlung.« Der Mann lachte und zeigte dabei mehrere Zahnlücken. »Damals hatte ich Backen wie ein Sumpfbiber und hätte mir am liebsten den Kopf an den Masten meines Schiffes zerschlagen vor Schmerzen. Ein böser Geist war in meine Zähne gefahren und hat sich darin aufgeführt wie der Bohrer eines Steinmetzen. Dann hast du mir zwei Zähne ausgerissen und den Geist mit Zaubersprüchen vertrieben. Ah, was war das für ein Gefühl, als die Schmerzen endlich nachließen!«

»Du bist Thoth-nofer, der Kapitän.« Auf einmal erinnerte sich Sinufer. »Und ich habe dich im Hafen von Memphis behandelt.«

»So ist es, so ist es. Und seitdem bin ich fromm geworden und besuche jeden Tempel, bei dem wir übernachten, um die Götter zu bitten mir nie wieder einen bösen Zahngeist zu schicken.«

»Und deine Passagiere nimmst du auch mit?« Sinufer grüßte die Umstehenden mit einer schwungvollen Handbewegung zu Schulter und Stirn.

»Das ist meine Besatzung. Ich habe nur drei Passagiere auf dieser Fahrt, die edle Frau Tua mit ihren Enkeln Antef und Meret.«

Der Junge öffnete den Mund, als ob er etwas sagen wollte, doch dann schwieg er und die drei verneigten sich nur.

»Gott Hapi, der Ernährer, war euch wohlgesinnt, dass er euch meinen alten Bekannten, den edlen Kapitän Thoth-nofer, finden ließ. Er gilt als einer der erfahrensten Kapitäne auf dem Nil. Weder Untiefen noch Strudel noch ganze Herden von Nilpferden können ihn erschüttern.« Sinufer wusste überhaupt nichts von Thoth-nofer, aber wenn ein Mann Kapitän auf einem Nilschiff war, so passten diese Erklärungen bestimmt. Thoth-nofer lächelte geschmeichelt. »Ich hatte noch keine Gelegenheit, Frau Tua meine Fähigkeiten zu beweisen. Bisher ist die Fahrt von Memphis ohne besondere Vorkommnisse verlaufen.«

»Memphis? Eine wunderbare Stadt! Die Waage der Länder, die Grablege der Könige! Ich bin schon oft dort gewesen. Ach, diese Straßen, diese Plätze, diese himmelhohen Mauern. Ergreift dich nicht die Sehnsucht nach den herrlichen Tempeln, Frau Tua, wenn du hier diese bescheidenen Gebäude siehst?«

»Wir leben nicht in der Stadt, sondern außerhalb, in einem kleinen Dorf.« Die Blauäugige sprach mit einem leichten Akzent, so leicht, dass Sinufer ihn nicht einordnen konnte. »Ich mache mit meinen Enkeln eine Wallfahrt und will hier beten um einen glücklichen Verlauf unserer Reise.«

Sie neigte höflich den Kopf und Sinufer hatte das deutliche Gefühl, dass sie kein Interesse an einer Unterhaltung hatte und ihn mit dieser Geste verabschiedete. Er fühlte sich fast ein bisschen gekränkt darüber. Aber weiteres Reden war nicht nötig, denn er hatte ja erfahren, was er wollte.

»Möge eure Reise glücklich sein«, sagte er ebenso höflich. Die Kinder verneigten sich wortlos und alle drei gingen zu dem Priester, der die Opfergaben in Empfang nahm. Sinufer sah, dass sie jeder ein aus Binsen

geflochtenes, mit Lotosblumen verziertes Ankh überreichten, sehr schlicht und gleichzeitig sehr kunstvoll gearbeitet. Er konnte sich nicht entsinnen, je ein Lebenszeichen in dieser Form gesehen zu haben, aber es gefiel ihm – und dem Priester offenbar auch, denn der lächelte und sprach ein paar anerkennende Worte.
Sinufer verabschiedete sich von Thoth-nofer, um einen Patienten im Tempel zu behandeln, wie er behauptete. Vielleicht tat Gott Thoth, der Schutzpatron der Heilkunst, ja ein Wunder und rettete ihn vor den Steinbrüchen. Dann brauchte niemand etwas von dieser Episode zu erfahren. Die Gerüchte reisten schnell auf dem Nil und es war nicht gut fürs Geschäft, wenn man erfuhr, dass der Wanderarzt Sinufer im Tempelgefängnis gesessen hatte.
Der Soldat führte ihn zu einem dämmrigen, kleinen Raum, in dem der geierköpfige Priester auf ihn wartete. An den Wänden standen Regale für Buchrollen, in der Mitte ein Tisch und ein Stuhl, voll gestellt mit Gegenständen, die Sinufer nicht erkennen konnte, denn der Soldat schloss hinter ihm die Tür und der Raum versank im Halbdunkel. Nur eine Lampe auf einem Mauervorsprung warf einen matten, ovalen Lichtschein gegen die Wand.
»Nun?« Das Wort zischte wie eine Peitsche. »Wie heißen sie? Denn ich weiß, wer sie sind. Nie habe ich die Gesichter ihrer Eltern vergessen und die Kinder sind ihre Ebenbilder.«
»Frau Tua mit ihren Enkeln Antef und Meret aus Memphis.«

»Sie ist die Großmutter? Dann werde ich sie nicht verschonen. Ich weiß jetzt alles, was nötig ist. Wir können anfangen.«

Wir?, dachte Sinufer. Anfangen? Womit? Aber er hütete sich laut zu fragen.

»Die Eltern dieser Kinder haben sich eines schweren Verbrechens schuldig gemacht«, flüsterte der andere. »Sie haben die Pläne der Priester zunichte gemacht, die die immerwährende Vermehrung von Amuns Macht und Reichtum sichern sollten. Weißt du, wer Amenophis IV. war?«

Sinufer machte entsetzt das Zeichen der Abwehr mit gekreuztem Zeige- und Mittelfinger. »Der Ketzer? Dessen Name verboten ist?«

Ein einziges Mal hatte ein Lehrer im Haus des Lebens mit Abscheu von dem Pharao gesprochen, der alle Götter Ägyptens durch einen einzigen ersetzen wollte. Und davon, dass die gesamte Priesterschaft des Landes entschlossen war diesen Pharao auszulöschen aus dem Buch der Zeiten. Sein Versuch war in einem blutigen Bürgerkrieg geendet und nach seinem Tod war das Land zurückgekehrt zu den alten Göttern. Erst zwei oder drei Generationen war das her. Den Schülern war verboten worden ihn je zu erwähnen. Nur wenige wagten flüsternd und insgeheim von ihm zu sprechen.

»Echnaton! Den meine ich. Er möge verflucht sein in Ewigkeit.« Der Priester stieß die Worte in höchster Erregung, aber immer noch flüsternd, hervor. »Sein Name wurde an allen Tempeln und Obelisken ausgemeißelt, seine Stadt Amarna vom Erdboden vertilgt. Die

rächende Hand Amuns wird jeden treffen, der auch nur an ihn denkt. Sie hat bereits die vernichtet, die sich dem Priester des Allerhöchsten in den Weg gestellt haben. Die Eltern retteten den Mann, der die Irrlehre von dem einzigen Gott studiert. Doch selbst der höchste Rang wird diesen Mann nicht schützen können. Seine Tage sind gezählt, die Waffe schon bereit, die ihn beseitigt, und ich werde wieder Amuns Werkzeug sein. Nach Jahren im Verborgenen bin ich zurückgekehrt und habe die Vernichtung des Eitlen erneut geplant. Amun tötete bereits die Frau im Kindbett und den Mann durch meine Hand. Und ich werde jetzt die verfluchen, die ihres Blutes sind.«
Seine Worte überstürzten sich, Sinufer hatte Mühe, ihn zu verstehen. Was war das für ein krauses Gerede? Es gab also einen Mann, der sich für Echnatons Lehre interessierte? Und der nicht wollte, dass Amuns Macht und Reichtum immer größer wurden? Was war das für ein Mann? Und was hatte er mit den Eltern der beiden Kinder draußen zu tun? Ob der Geierköpfige von einem Kheft besessen war? Hatten seine Worte nicht irre geklungen? Was meinte er mit Werkzeug und Waffe und Vernichtung?
Sinufer fand keine Antwort auf diese Fragen und beschloss später darüber nachzudenken. Er hatte keine gute Erinnerung an seine Zeit im Tempel, auch an viele Priester nicht, und der Mann vor ihm war gewiss keine Zierde seines Standes. Aber Amun war immerhin der Allerhöchste der Götter Ägyptens. Seine Macht zu untergraben hieß Ägypten dem Untergang zu weihen.

Wenn der Priester der Überzeugung war, dass er Amun diente mit seinem Vorhaben, dann wollte er ihm wohl behilflich sein. Außerdem blieb ihm sowieso nichts anderes übrig.
Der Priester schob den Riegel vor die Türe. »Niemand darf uns unterbrechen. Du weißt, wie du dich als mein Gehilfe zu verhalten hast?«
Sinufer nickte. »Ich folge nur deinen Anweisungen und spreche kein Wort. Ich bleibe stumm, was immer auch geschieht, bis du mir erlaubst zu reden.«
»Gut. Ich habe alles bereitgestellt: frisches Natron, eine Schüssel mit Wasser aus dem heiligen Tempelteich, zwei noch ungetragene Leintücher, einen Krug Öl, meine weißen Sandalen. Ich habe Weihrauch, eine Maske und die Salbe aus Myrrhe hier. Und mein Rasiermesser. Jetzt nimm die Lampe und leuchte mich ab! Es darf kein einziges Haar an mir sein.«
Sinufer nahm die Lampe aus Alabaster, ein ungewöhnliches Stück für so einen kleinen, ärmlichen Tempel. Der Priester musste bessere Zeiten gesehen haben. Vielleicht war er aus einem größeren, reicheren Tempel in diesen hier versetzt worden, in dem gewiss nur tönerne Lampen verwendet wurden. An dem zuckenden Schein merkte Sinufer, dass seine Hand leicht zitterte. Die Aufzählung der Zutaten hatte ihn verstört. Das schien ein großer und mächtiger Zauber zu werden.
Jetzt fiel das Licht auf den spiegelblanken Schädel und die ebenso glatten Schultern und Arme. Sinufer leuchtete den Körper ab. Es war die Pflicht jedes Priesters, sich zweimal täglich von Kopf bis Fuß zu rasieren und

zu waschen, und er würde wahrscheinlich kein Haar finden. Aber zwei Narben sah er, eine verwachsene mit gezacktem Umriss auf der Schulter und eine gerade, tief eingebuchtete an der linken Hüfte, die von einem Lanzenstich herrühren mochte.
Wieder eine Frage für später! Die meisten Priester wurden schon als Kinder für den Dienst im Tempel bestimmt und dort erzogen. Woher also diese Verwundungen? Sinufer kniff die Augen zusammen. Da, am Ende des Rückgrats, waren bei der letzten Rasur ein paar Haare stehen geblieben. Er hob schon die Hand, um nach dem Rasiermesser zu greifen, da flüsterte der Priester:
»Ich werde Seth anrufen, den Gott aus der alten, wilden Zeit, den Zerstörer, der das Chaos liebt.«
Sinufers Hand stockte nur einen Lidschlag lang, dann hob er sie zum Kopf und wischte sich den Schweiß von der Stirn. Wie ein Blitzschlag hatte ihn eine Erkenntnis durchfahren: Wenn dieser Mann, den er eben als Richter erlebt hatte, den Unhold Seth beschwor, dann wollte er Tod und Verderben herabrufen. Sinufer wusste auf einmal, dass den Priester schiere Rachsucht dazu trieb. Er hätte nicht sagen können, warum, aber er war sich so sicher wie bei einem Kranken, dem er am Gesicht ansah, welches Leiden ihn quälte.
Er dachte an die Frau mit den blauen Augen und an die beiden mageren Kinder, wie sie gelassen und würdevoll zu dem Priester getreten waren und ihre Gaben überreicht hatten. Selbst wenn die Eltern ein Verbrechen begangen hatten – und schließlich hatte er nur das

Wort des Priesters dafür –, die drei waren jedenfalls unschuldig! Warum also sollten sie verflucht werden? Sinufer griff nicht nach dem Rasiermesser. Die Haare blieben stehen. Er leuchtete die Beine ab bis zu den Füßen und stellte dann die Lampe auf den Tisch.
»Nimm ein Leintuch und wasche mich mit dem Wasser aus dem Heiligen See«, befahl der Priester leise. »Und dann wasche Hände, Brust und Füße noch einmal. Wasche meinen Mund von innen. Es kommt jetzt auf äußerste Reinheit an.«
Sinufer tat schweigend, was ihm befohlen wurde, während der Priester die Reinigungsgebete murmelte.
»Fülle das Weihrauchgefäß und gib es mir in die Hand.«
In dem Gefäß brannte bereits eine kleine Flamme. Jetzt quoll Rauch aus den Öffnungen des Gefäßes, das Sinufer dem Priester reichte. Der schwere Geruch erinnerte ihn an seine Jahre im Tempel, an Gebete und fromme Gesänge und Opferhandlungen. Sinufer fühlte sich eigentümlich beruhigt. Es war ein heiliger Geruch.
»Nimm nun das Öl und gieße es über meinen Kopf. Öffne den Salbentopf. Und sprich kein Wort!«
Der Priester rieb sich selbst Stirn, Brust, Bauch und Hände mit Salbe ein, nahm eine Prise Natron zwischen Daumen und Zeigefinger und tupfte sie hinter die Ohren und auf die Zungenspitze.
»Nun wickle mich in das andere Leintuch und zieh mir die Sandalen an. Ich bin vollkommen gereinigt. Ich bin in Sicherheit.«
Sinufer atmete tief den vertrauten Weihrauchduft ein.

Er fühlte einen leichten Schwindel. Sein Hunger war verschwunden.
»Öffne den Topf mit grüner Farbe, nimm eine Binse und zeichne das Symbol der Ma'at auf meine Zunge, auf dass ich eintrete in die Halle der beiden Wahrheiten.«
Der Priester streckte die Zunge heraus und Sinufer malte eine grüne Feder darauf.
»Ich befinde mich nun im Gleichgewicht.« Der Priester streckte die rechte Hand nach vorne aus, die linke nach hinten und sprach die Formel, die jedem Zauber voranging. Kein Wort durfte vergessen werden, sonst war die wachsende Macht über den Gott verloren und er konnte sich gegen seinen Beschwörer wenden. »Ich bin ein großer Magier und der Sohn eines großen Magiers. Man kennt mich unter vielen Namen und vielen Formen und meine Form ist in jedem Gott. Ich rufe dich an, der du in der leeren Luft haust, dich, den Schrecklichen, Unsichtbaren, den Allmächtigen, den Gott der Götter, den Verderbenbringer und Verwüster, der ein heiles Haus hasst. Wie du aus Ägypten vertrieben wurdest, wurdest du zubenannt: Der-alles-Zerbrechende-und-nie-Besiegte.«
Der Weihrauch stand in dichten Schwaden in der Kammer. Der Priester hob die waagerecht ausgestreckten Arme ein Stück höher.
»An dich wende ich mich, an Seth, den Aufrührer, an Seth, den Sturmbringer, an Seth mit den roten Haaren und dem Wolfsgesicht. Höre mich an und schenke mir Beachtung, denn ich weiß deinen wahren Namen und du kannst dich nicht weigern zu hören.«

Sinufer spürte einen Schauder über seinen Körper laufen, trotz der stickigen Hitze in der Kammer. Der Priester würde doch nicht etwa die Formel vergessen, die jeder Magier zu seinem Schutz sprechen musste, bevor er den geheimen Namen aussprach? Nein, jetzt griff er nach der Maske und band sie vor sein Gesicht:
»Nicht ich bin es, der dies spricht, noch bin ich es, der es wiederholt, sondern vielmehr die Zauberkraft, die jene drei Feinde angreift, um die es mir geht.«
Dann warf er den Kopf in den Nacken und rief:
»Jo-erbeth, Jo-pak-erbeth, Jo-bolcho-seth, Jo-jo-patathnas, Jo-soro, Jo-nebuto-soaleth . . .«
Ein leises Rauschen erhob sich und wirbelte die Weihrauchschwaden durcheinander. Sinufers Nackenhaare sträubten sich vor Entsetzen. Er konnte nicht anders: Er presste beide Hände auf die Ohren, um die schaurigen Namen nicht zu hören. Er wagte nicht die Augen zu schließen. Die Maske mit den Löchern für Augen und Nase sah noch unheimlicher aus als das verzerrte Gesicht des Priesters. Jetzt reckte er beide Arme in die Höhe und stand reglos. Auch Sinufer rührte sich nicht. Er ließ nur seine Blicke umherwandern in der schaudernden Erwartung, eine Gestalt mit Wolfskopf und Reißzähnen und langen Krallen an Händen und Füßen aus den grauen Schwaden auftauchen zu sehen.
Langsam trat der Priester an den Tisch. Ob die Beschwörung zu Ende war? Sinufer nahm die Hände von den Ohren und schielte auf den Tisch. Der Priester schrieb die Namen Tua, Antef und Meret auf einen Papyrus und schnitt ihn mit einem Messer auseinander,

sodass auf jedem Streifen ein Name stand. Er bohrte das Messer mehrmals durch jeden Streifen.

»Ich bin Seth! Ich bin der, der das geteilt hat, was vereinigt war. Ich bin der, der voller Kraft und groß in der Macht ist. Ich schlage Tua und Antef und Meret mit Kälte und Fieber und durchbohre sie mit Schmerzen. Seth, Seth, Seth!«

Er ließ die zerstückelten Streifen auf den Boden fallen und hob den linken Fuß. Langsam zermalmte er den Papyrus, kniete nieder, strich die Reste mit dem Messer in eine flache Schale und stellte sie auf den Tisch.

»Dies ist ein Zauberspruch, um die Macht über das Schicksal von Tua und Antef und Meret zu gewinnen, in dieser und in der nächsten Welt.« Er griff nach einem Holzspan.

»Dies ist ein Zauberspruch, um die Macht über das Schicksal von Tua und Antef und Meret zu gewinnen, in dieser und in der nächsten Welt.« Er hielt den Holzspan an die Flamme im Weihrauchkessel.

»Dies ist ein Zauberspruch, um die Macht über das Schicksal von Tua und Antef und Meret zu gewinnen, in dieser und in der nächsten Welt.« Er näherte den brennenden Span der Schüssel mit den Papyrusresten und zündete sie an.

Eine kleine Flamme sprang auf und verlöschte wieder. Der Priester stöhnte leise und senkte den Span wieder in die Schüssel. Der Span brannte ab, bis die Flamme seine Fingerspitzen berührte, dann erst erfasste sie die Papyrusfetzen. Der Priester hielt seine Hände über das wachsende Feuer.

»Ich bin der Einzig Große, der Sohn des Einzig Großen, ich bin eine Flamme, der Sohn einer Flamme, dem sein Leben wieder gegeben wurde, nachdem man ihn getötet hatte. Aber die Leben jener dort, meiner Feinde, sollen auf ewig beendet bleiben, denn ich bin Seth, der Herr ihrer Leiden. Sterbt! Sterbt! Sterbt!«
Es klang so schauerlich und endgültig, dass Sinufer die drei Gestalten vor sich sah, so deutlich, als ob sie in dieser Kammer stünden, wie sie sich krümmten vor Schmerzen und zu Boden sanken und im Todeskampf zitterten. Ob wirklich die drei, vier Haare genügt hatten, um diesen grässlichen Todesfluch unschädlich zu machen? Seth war nicht der Gott, der sich um solche Kleinigkeiten kümmerte.
Die Papyrusfetzen waren zu Asche verbrannt. Der Priester öffnete das Weihrauchgefäß, ließ die Asche auf den fast schon verglühten Weihrauch rieseln und schloss es wieder. Beide Männer warteten, bis keine Wolken mehr aufstiegen. Dann nahm der Priester die Maske ab. Sein Gesicht war schweißüberströmt. Er hob die Lampe hoch und betrachtete die Brandblasen an seinen Fingern.
»Die drei haben etwas, das sie schützt. Es muss ein mächtiger Zauber sein. Ich habe ihn fast nicht überwinden können. Aber es ist mir doch gelungen.«
Sein verderbtes, böses Gesicht lächelte. So musste ein Teufel in der Unterwelt aussehen, der neue Qualen für die ewig Verdammten ausheckte, dachte Sinufer schaudernd und wich unwillkürlich zurück, als der Priester ihn ansah.

»Und nun zu dir, Wanderarzt Sinufer. Dein Erscheinen hier und heute und gleichzeitig mit dem meiner Feinde war zweifellos eine Fügung der Götter. Ich bin erst seit kurzem in diesem Tempel, nach vielen Jahren im Ausland, und habe niemanden, den ich bei einem derartigen Vorhaben hinzuziehen konnte, bei dem ich unbedingt einen Gehilfen brauchte.«

Er stellte die Lampe hin, nahm das Messer, wog es in der Hand, bog leicht die Klinge. Das Licht fing sich in der Klinge und sprang in Sinufers Augen. Er blinzelte. »Ausgerechnet in einem Amun-Tempel Gott Seth anzurufen, das entspricht nicht den priesterlichen Regeln. Wahrscheinlich hätte man mich gehindert. Oder ich hätte im Nachhinein große Schwierigkeiten bekommen. Bei dir hingegen gibt es diese Schwierigkeiten nicht.«

Sinufers Gedanken wirbelten wie die Nilkatarakte. Er wusste, was jetzt kommen würde, er hatte inzwischen genug von dem Priester gesehen. Ich bitte dich, Gott Thoth, schick mir einen rettenden Gedanken, betete er.

»Ein Priester steht Wache vor meiner Tür«, fuhr der andere fort. »Er weiß, dass ich eine magische Handlung vornehme, und zwar eine sehr gefährliche, denn er hat meine Vorbereitungen gesehen. Wenn ich ihm gleich deine Leiche zeige, so wird er wissen, dass der Gott dich für einen Fehler bestraft hat. Er wird . . .«

Aber Sinufer ließ ihn nicht ausreden. Er hatte bemerkt, wie die Hand des Priesters sich um den Messergriff spannte. »Du vergisst, dass ich Arzt bin. Er wird sofort wissen, dass nicht Seth mich ermordet hat, sondern du.«

Einen Augenblick lang war der andere aus dem Konzept gebracht. »Was soll das heißen?«
»So denk doch nach! Du weißt doch, wie Seth tötet?«
Ein Schatten von Unsicherheit huschte über das nackte Gesicht. Der Priester krauste die Stirn. »Er tötet auf vielerlei Art.«
»Das mag sein. Aber es gibt eine Art, die typisch ist für ihn. Die einzige Waffe, mit der du mich töten kannst, ist das Messer, das du schon in der Hand hältst. Aber Seth liebt den Würgegriff. So!«
Er hatte sich unmerklich näher geschoben und jetzt flog sein rechter Arm in die Höhe und zur Seite. Sinufer legte alle Kraft in den Schlag, den er gegen den Hals des Priesters führte. Mit der Handkante traf er die magere Gurgel. Der Priester schwankte und wäre zu Boden gestürzt, wenn Sinufer ihn nicht aufgefangen hätte.
»Ich danke dir, Gott Thoth«, flüsterte Sinufer. »Ich danke dir von ganzem Herzen. Und ich flehe dich an, lass ihn so lange ohnmächtig bleiben, bis ich fertig bin.«
Er ließ die leblose Gestalt auf den Boden gleiten, riss das Leintuch in lange Streifen, schleppte den Ohnmächtigen zu dem Stuhl und band ihn an Armen und Beinen daran fest. Dann umschnürte er auch Brust und Becken mit Lehne und Sitz, bis er sicher war, dass jede Bewegung unmöglich war. Aus einem Leinenstreifen formte er einen Knebel, steckte ihn dem Gefesselten in den Mund und zog die Maske wieder über das Gesicht.
Er warf noch einen Blick durch den Raum, löschte die Lampe und nahm die Schüssel mit dem Wasser. Jetzt ruhig, ganz ruhig, ermahnte er sich. Er öffnete die Türe

einen Spalt, schob sich hindurch und winkte den Wache stehenden Priester herbei.

»Die Beschwörung ist beendet«, flüsterte er. »Nur die Dankgebete müssen noch gesprochen werden und deshalb darf nichts Unreines im Raum sein. Er hat mich beauftragt dieses Wasser zum Nil zu tragen, denn es würde den Heiligen See verunreinigen. Auch im Bereich des Tempels darf es den Boden nicht berühren.«

Der Priester warf einen Blick durch den Spalt, sah die sitzende Gestalt mit der Maske und zog hastig die Tür wieder zu, während er die andere Hand mit der Geste der Zauberabwehr von sich streckte.

»Warte, bis ich wiederkomme, und öffne auf keinen Fall vorher die Tür«, befahl Sinufer. »Es kann sein, dass du sonderbare Laute hörst, das ist ein Zeichen dafür, dass die Beschwörung gelungen ist und dass der Gott dies bestätigt. Dann darf sich niemand in die Kammer wagen, bei Gefahr für Leib und Leben.«

»Kein Mensch wird vor deiner Rückkehr die Kammer betreten«, versicherte der Priester.

»Dann begleite mich jetzt zum Tempeltor und sorge dafür, dass mich niemand mehr anspricht, denn nur zu dir durfte ich reden. Von nun an müssen meine Lippen versiegelt sein.«

Einige Zeit später begrüßte Kapitän Thoth-nofer erfreut seinen alten Bekannten Sinufer an Bord und das Schiff setzte mit einem vierten Passagier seine Fahrt nach Theben fort.

Kapitel 9

Glänzend durch Schnelligkeit hieß das Schiff und der Name bewies Kapitän Thoth-nofers Sinn für Humor, denn es war bestimmt der plumpste und langsamste Lastkahn auf dem gesamten Nil, sehr bauchig gebaut, damit viel Ladung hineinpasste, mit einem geschnitzten Ganskopf am Bug und einem schweren Steuerruder am Heck. Die *Glänzend durch Schnelligkeit* hatte Bauholz, Papyrus, Rindshäute, Schiffstaue, zwanzig Sack Linsen, dreißig Fass Dörrfisch, je einen Posten Königsleinen und gemeines Leinen geladen. Außerdem stand die Bildnisstatue eines reichen Bürgers von Theben ganz vorne am Bug, die von einer der berühmten Werkstätten in Memphis gefertigt worden und für das Grab des Reichen in der »Stadt im Westen« bestimmt war.

Es gab auch eine Kajüte an Bord, die aus einem gewölbten, nach vorne offenen Mattenzelt bestand und Schutz vor der Sonne bot, aber Meret und Antef liefen lieber an Bord herum, sahen dem Mann am Ganskopf zu, der mit einer langen Stange die Tiefe des Fahrwassers prüfte, dem Mann am großen braunen Segel, das immer genau in den Nordwind gedreht werden musste, und dem Mann am Steuer, der die Sandbänke und Untiefen umschiffte. Oder sie spielten mit Antefs Mungos, die so gelehrig waren wie Affen. Manchmal, wenn der Wind nachließ, wurden die Ruder eingelegt, dann griff auch

Sinufer zu, denn Thoth-nofer hatte sehr wenig Geld verlangt für die Fahrt und es gab keine Kranken unter der Mannschaft, sodass sich der Wanderarzt nur auf diese Art erkenntlich zeigen konnte.
Während der ersten Tage der Fahrt nach Theben hatte er die Augen nicht von den drei anderen Passagieren lassen können, wobei er sich bemühte sie nur unauffällig zu beobachten. Er hatte stündlich mit dem Ausbruch einer schweren Krankheit gerechnet. Aber es geschah nichts Ungewöhnliches. Die drei ließen sich von Thoth-nofer die Städte und Dörfer und Tempel erklären, die am Ufer vorüberzogen, und das Leben und Treiben auf dem Fluss, der übersät war von Schiffen, die stromauf segelten oder stromab ruderten. Es gab Tempelbarken mit purpurnen Segeln, Lastkähne mit Mannschaft und Fracht aus aller Herren Länder, aneinander gebundene Ketten von Frachtern, die Obelisken und Statuen aus den Steinbrüchen transportierten. Alle wurden überholt von den schlanken, schnittigen Schiffen der Reichen mit weißen Segeln und zwölf Ruderern an jeder Seite, bebaut mit zierlichen Pavillons, in denen starr die vornehmen Herren saßen, die Hände auf den Knien, denn die Mächtigen von Ägypten erkannte man daran, dass sie weder rechts noch links schauten.
An einem Morgen saß Sinufer auf dem Bauholz, das trotz der Frühe schon warm von der Sonne war, und schielte zu Tua hinüber, die Feigenkuchen an Meret und Antef verteilte, obwohl die gerade erst mit ihrem Frühstücksbrot fertig geworden waren. Sie aßen überhaupt ständig, das wurde Sinufer jetzt bewusst. Aber

wieso waren sie dann so mager? Ob dieser unstillbare Hunger das Anzeichen eines Leidens war? Die drei spürten seinen Blick und hoben die Köpfe. Hastig sah Sinufer zur Seite.

»Er hat richtig treue Hundeaugen«, flüsterte Antef.

»Er hat überhaupt Ähnlichkeit mit deinem Schlappohr«, kicherte Meret. »Viele Falten und trauriger Blick.«

»Er heißt nicht Schlappohr! Bloß du nennst ihn immer so. Er heißt Seidenfell!«

»Psst!«, machte Tua und die zwei waren still. »Darf ich dir auch einen Kuchen anbieten, Arzt Sinufer?«

»Oh – ich – hm – danke, das wäre sehr freundlich«, stotterte Sinufer. Sein Proviant für die Schiffsreise war ausgesprochen mager, denn er besaß nur die wenigen Kupfermünzen, die er in seine Schärpe eingeknotet hatte, sein Vermögen bestand aus seinem Arztkoffer und den hatte Bata.

Tua nahm ein grünes Päckchen aus ihrem unerschöpflichen Flechtkoffer und kam zu ihm herüber. Sie hatte einen geschmeidigen Gang mit großen Schritten, als ob sie gelernt hätte lange Strecken zurückzulegen. Wenn man nur von der Küche zum Garten und zum Wäscheplatz und zum Feld geht, dann geht man anders, dachte Sinufer. Sie reichte ihm das Päckchen.

»Ich wickele sie immer in Feigenblätter ein, dann bleiben sie saftig«, sagte sie.

»Möge Re dir leuchten«, murmelte Sinufer und verneigte sich dankend.

Sie blieb vor ihm stehen. »Gibt es irgendetwas, das dich

beunruhigt, Arzt Sinufer? Etwas, das mit uns zusammenhängt?«

Sinufer sah in ihr Gesicht. Ihre Augen waren so blau wie Lotosblumen. Blaue Blüten auf einem stillen hellen Teich. Sinufer merkte, wie die Spannung der letzten Tage von ihm abfiel. Er spürte das warme Holz an seinem Rücken, den Atem des Nordwindes auf seiner Haut, die glatt gescheuerten Planken unter seinen Füßen. Warum nur glaubten die Leute, dass Blauäugige den bösen Blick hatten? Er hatte sich lange nicht mehr so wohl gefühlt. Dann wurde ihm bewusst, dass er sie immer noch ansah und ihre Fragen nicht beantwortet hatte. Er holte tief Atem.

»Ja. Es gibt etwas, das mich beunruhigt. Sehr sogar. Seit ich an Bord bin, frage ich mich, warum ein Priester im Amun-Tempel von Assiut euch verflucht hat. Und zwar mit dem fürchterlichsten Fluch, den ich je gehört habe.« Die Worte liefen über seine Lippen fast ohne sein Zutun. »Und ich frage mich, warum dieser Fluch nicht wirkt und warum ihr immer noch am Leben seid.«

Tua setzte sich langsam neben ihn und presste die Finger gegeneinander, dass die Knöchel weiß hervortraten. »Ein Fluch? Von einem Priester? Und warum?«

»Es ging um die Eltern deiner . . .«, er zögerte, »deiner Enkel.« Waren sie wirklich ihre Enkel? Sie sah viel zu jung aus für eine Großmutter. »Sie haben irgendetwas begangen, ein Verbrechen, ein Sakrileg – ich weiß es nicht genau. Aber dafür wollte der Priester sich an dir und den Kindern rächen.«

Sie saß eine Zeit lang so reglos da wie eine Statue. Dann drehte sie den Kopf. Ihr hellhäutiges Gesicht war noch weißer als ihr Kleid, die Augen wirkten fast schwarz darin.

»Sah er aus wie ein Geier?«, fragte sie flüsternd.

Sinufer fuhr zusammen. »Ja! Das tat er! Kennst du ihn?«

Sie schüttelte den Kopf. »Ich habe ihn nie gesehen. Ich weiß auch seinen Namen nicht. Wir – wir haben wochenlang von nichts anderem gesprochen. Aber wir haben geglaubt, dass er tot ist.«

»Wer ist wir?« Sinufer flüsterte jetzt auch.

»Mai und Nechbet. Die Eltern der Kinder.« Sie sah an Sinufer vorbei auf das Wasser. Dort fuhr ein Leichenzug stromab aus drei zusammengebundenen Schiffen, auf derem letzten ein bunt bemalter Sarg in Menschengestalt stand, umgeben von jammernden Klageweibern. Tua wartete, bis das Heulen sich entfernte und leiser wurde. »Die beiden sind nicht meine Enkel. Ich bin die älteste Schwester von Nechbet und die habe ich großgezogen, obwohl ich selbst fast noch ein Kind war. Und später dann Meret und Antef. Ich liebe sie, als ob sie meine eigenen Kinder wären.« In ihre Wangen kehrte die Farbe zurück, sie schien ihre Fassung wieder gefunden zu haben. »Woher weißt du von dem Fluch?«

»Der Priester zwang mich ihm zu helfen. Ich musste eure Namen erfragen und ihm dann bei dem Zauber zur Hand gehen.«

»Unsere Namen? Waren sie wichtig dabei?«

»Ja! Sehr!« Sinufer kreuzte Zeige- und Mittelfinger in

der Geste der Abwehr. »Es war Gott Seth, den er anrief. Er gab ihm eure Namen preis. Und dann verlangte er euren Tod.«

Zu seinem maßlosen Erstaunen lächelte sie. »Das braucht uns nicht zu schrecken. Wenn du wirklich ganz sicher bist über die Bedeutung unserer Namen.«

Sinufer suchte vergebens nach Worten und nickte nur. Wie konnte sie lächeln, wenn sie ihren Tod vor Augen hatte? Und den der Kinder dazu. Tuas Lächeln vertiefte sich.

»Den Namen Tua trage ich erst, seit ich in Ägypten bin. Meine Eltern waren Beduinen aus den Tälern des Libanon. Sie haben mich Zilla genannt. Der Priester hat also bei seinem Fluch den falschen Namen verwendet. Und beide Kinder tragen ein Amulett, das Pharao berührt hat – er lebe, sei heil und gesund. Sie sind geschützt von seiner göttlichen Kraft. Beruhige dich also, Arzt Sinufer. Der Fluch kann uns nichts anhaben.«

Jetzt lächelte auch Sinufer, allerdings ein bisschen schief. »Du versetzt meiner Eitelkeit einen schweren Schlag. Ich hatte gehofft, dass das Ausbleiben der Krankheit vielleicht auch mein Verdienst sein könnte. Ich habe den Priester nämlich nicht so rasiert, wie es vorgeschrieben ist.«

Tua legte ihm die Hand auf den Arm. »Wer weiß? Vielleicht hat das auch einen Einfluss gehabt. Jedenfalls hast du damit großen Mut bewiesen. Dafür danke ich dir. Und auch dafür, dass du mir von dem Fluch erzählt hast. Wir werden uns nie mehr in die Nähe von Assiut wagen.«

»Ich wusste irgendwie, dass ihr unschuldig seid.«

Sie nickte langsam. »Ja, manchmal weiß man so etwas.«

»Aber ich weiß nicht, was Zilla heißt.«

Sie lachte und stand auf. »Die Zilla ist das stachligste Gewächs, das es auf den Wüsten und Steppen Arabiens gibt.«

»Und die Walnuss hat eine fleischige Hülle, deren Saft ein starkes Färbemittel ist.«

Sie hatte schon einen Schritt von ihm weggemacht. Jetzt drehte sie sich um und sah ihn sprachlos an.

»Du färbst Antef die Haare.« Sinufer sagte das als Feststellung, nicht als Behauptung.

»Du bist der Erste, der das je gemerkt hat.«

»Vergiss nicht, dass ich ein Wanderarzt bin. Zu den kleinen Wehwehchen der Frauen gehört auch der Kummer über graue Haare.«

»Antef hat rote.« Tua seufzte. »Das Färben war der einzige Ausweg, der mir eingefallen ist.«

»Aber den brauchst du nicht mehr! Weißt du denn nicht, dass Pharao rote Haare hat? Er soll aussehen wie Gott Seth persönlich. Und der ganze Hof schwärmt für rote Haare.«

»Das mag sein. Aber Antef ist nicht bei Hofe und wird auch nie dort hinkommen. Er ist nur ein Junge aus Memphis.«

»Aber er wird bald in Theben sein. Alle Mädchen dort werden ihm nachlaufen, du wirst schon sehen.« Sinufer zwinkerte ihr zu. »Rasier ihm die Haare und lass sie in der Naturfarbe nachwachsen.«

»Glaubst du etwa, dass ihm das gefallen wird? Mit den

Mädchen, meine ich.« Er nickte lächelnd. Sie sah zu Antef und Meret hinüber, die beide ihre Perücken abgenommen hatten und sich ausgiebig kratzten. »Aber rasieren muss ich sie ohnehin, sie haben sich nämlich Läuse eingefangen in den letzten Wochen, die armen Kinder. Es ist uns allen dreien schlimm gegangen, seit Mai tot ist. Doch das liegt jetzt alles hinter uns, Amun sei Dank. Ich kann die beiden wieder aufpäppeln und auf andere Gedanken bringen. In ihrem Alter vergisst man schnell.«

Sie wollte sich wieder abwenden und er streckte schnell die Hand aus. Irgendetwas hatte ihn beunruhigt an ihren Worten – einen Lidschlag lang hatte er sogar ein unbestimmtes Erschrecken empfunden, aber jetzt war keine Zeit, dem nachzuspüren. Er würde später darüber nachdenken. Jetzt wollte er weiter mit ihr reden.

»Willst du mir nicht erzählen, was geschehen ist? Und welche Pläne ihr habt in Theben? Ich habe Freunde und Verwandte dort, vielleicht kann ich euch irgendwie behilflich sein.«

Tua setzte sich zögernd wieder neben ihn und blickte ihn an. Er hatte wirklich treue Hundeaugen und sah so faltig und melancholisch aus wie Antefs alter Hund. Er hatte ihr aus freien Stücken von dem Fluch erzählt und sie gewarnt. Vielleicht war es der Wille der Götter, dass der Arzt Sinufer ihren Weg kreuzte. Tua nickte. Sie hatte einen heiligen Eid geschworen und den musste sie halten. Aber über alles andere konnte sie reden.

Sie redeten viel in den nächsten Tagen. Antef und Meret saßen oft bei ihnen, denn sie liebten die Geschichten aus Tuas und Nechbets Jugend und konnten sie immer wieder hören. Sinufer merkte durchaus, dass Tua einige Bereiche aussparte. Warum war sie mit Mai und Nechbet freigelassen worden? Wie war das reiche Gut in ihren Besitz gekommen?

Aber Sinufer stellte keine Fragen, sondern war mit dem zufrieden, was er erfuhr. Am liebsten hätte er natürlich etwas über den Priester und die Vorgeschichte des Fluchs gehört, aber auch die erwähnte Tua mit keinem Wort. Es gelang Sinufer auch nicht, sich zu erinnern, warum er bei ihrem Gespräch über den Fluch erschrocken war. Erst beunruhigte ihn das, aber schließlich vergaß er es über all ihrem Erzählen.

Meret berichtete von ihren Wochen als Schweinehirtin und Wäscherin, Antef von seiner Zeit im Stall und am Schaduf und von dem Abend seiner Flucht, als er die beiden Pferde in einem alten Stall versteckt hatte und zum väterlichen Landgut geschlichen war, wo Sennedjem ihm Merets Verstoßung geschildert und ihn zum Tempel geschickt hatte. Dort galt Antef als Mais Erbe und konnte die beiden Pferde verkaufen und die Fahrt nach Theben buchen. Sinufer erzählte von seiner Ausbildung im Tempel, von seinen Wanderungen durch Ägypten, von früheren Nilfahrten und seiner Reise zur Oase Fayum – und natürlich von seinen zahllosen Patienten. Am Ende der Fahrt nach Theben waren die vier Freunde geworden.

Sie standen dicht gedrängt im Bug der *Glänzend durch Schnelligkeit*, gleich neben der Statue für das Grab des

reichen Thebaners, als Amuns Berge, dunkelgelb, rostrot und scharf gezackt, am Horizont auftauchten, lange bevor eine Biegung des Stromes den Blick auf die Ausläufer der Stadt der Lebenden und die Stadt der Toten freigab, die sich viele tausend Ellen lang an beiden Ufern des Nils erstreckte.
Überwältigt von Staunen sahen Antef und Meret die zahllosen Tempel und Paläste, die Säulenhallen und Alleen, die Obelisken und Statuen, die Tortürme mit vergoldeten Flügeltüren und vergoldeten Fahnenstangen, von denen purpurne, glänzend grüne und tiefblaue Tücher wehten. Auch die Türen und Simse und Säulenvorbauten der Häuser leuchteten in allen Farben.
»Hier ist der Nabel der Welt«, sagte Sinufer stolz. »Die Stadt Theben wird gerühmt und bewundert bis an die Grenzen des Erdkreises. Keine andere ist so groß und so reich und so schön. Niemand weiß genau, wie viele Menschen hier wohnen. Manche sagen, es sind 100 000, aber es können auch doppelt oder sogar dreimal so viele sein. Hundert Tore hat Theben an seinen Stadtmauern und Tempeln. In Amuns Großem Haus ist der Saal mit Silber gepflastert und in seinen Schatzhäusern messen die Priester das Gold in Scheffeln. Und eine Allee läuft zwischen den Tempeln, fünftausend Ellen lang, mit lauter Amuns-Widdern besetzt zur Rechten und zur Linken. Pharaos Wohnsitz am Ufer drüben ist eine eigene Stadt mit Palästen und Parks und Alleen und Seen und selbst die Stadt der Toten im Westen ist bevölkert von Lebenden, die dort Gold und Edelsteine und kostbare Hölzer für die Gräber verarbeiten.«

Das Gedränge der Schiffe im Hafen war unbeschreiblich. Die Kapitäne überschrien sich gegenseitig, um einen Landepflock für ihre Schiffe zu ergattern, an Land priesen die Händler mit lauten Stimmen die Vorzüge ihrer Waren und boten den Ankommenden Sandalen, Mützen und Honigkuchen an, noch ehe sie ihre Schiffsplanken verlassen hatten, Herden blökten, die ein- oder ausgeladen wurden, Gaukler ließen ihre Instrumente erklingen, Reisende und ihre Freunde riefen sich Gruß- oder Abschiedsworte zu – es war ein ohrenbetäubender Tumult und ein Gedränge wie auf einem Jahrmarkt. Tua war froh, dass sie mit Antef und Meret dem Wanderarzt folgen konnte, der sie durch Gassen und Straßen führte, auf denen es von Menschen nur so wimmelte.

Ganz Theben schien auf den Beinen und in Geschäften unterwegs zu sein und fast ebenso zahlreich wie die Ägypter waren die Menschen aus allen vier Weltgegenden, die an Haut- und Haarfarbe und an ihren Trachten als fremdländisch zu erkennen waren. Sinufer zeigte ihnen Schwarze aus Kusch*, Beduinen vom Roten Meer, Libyer aus den Oasen der westlichen Wüste in bunten Röcken und starr vom Kopf stehenden Zöpfen, Hatti-Männer** mit Haarbeuteln und engen Hemden, Mitanni-Händler in den Fransentüchern Babels, Kauf- und Seeleute von den Inseln im Großen Grünen*** und von Mykene. Sie drängten sich in den

---

* *Sudan*

** *Hethiter*

*** *Mittelmeer*

engen, schmutzigen Gassen der Armenviertel und auf den breiten Prachtstraßen, wo sie allerdings von den Dienern der Reichen beiseite gescheucht wurden, die vor geschmückten Sänften einherliefen, oder den Vorreitern ausweichen mussten, die mit Trompetengeschmetter den vergoldeten Wagen eines Mächtigen ankündigten.

Sinufer bahnte den dreien einen Weg durch das Gedränge und führte sie schließlich in eine Schänke in einem der ärmeren Viertel in der Nähe des Flusses, die »Zum Krokodilsschwanz« hieß und die seit jeher der Treffpunkt der Studenten aus der Schule des Lebens im Tempel war. Dort fand er zu seiner Erleichterung eine Nachricht von Bata vor und machte sich sofort auf, um ihn zu treffen. Als er Stunden später mit Bata zurückkam, seinen lange vermissten Arztkoffer munter in der Hand schwenkend, sah er Antef auf der Straße vor dem »Krokodilsschwanz« und winkte ihm von weitem zu.

»Ihr könnt bei Batas Onkel wohnen. Er hat ein Zimmer frei. Ihr . . .«

Antef stürzte auf ihn zu. »Amun sei Dank! Da bist du endlich! Ich warte schon ewig auf dich. Erst wollte ich dich suchen, aber ich habe mich verlaufen. Tua ist krank.«

Etwas Schweres, Kaltes verknäulte sich in Sinufers Magen. Der Fluch? Hatte er doch gewirkt? Hastig lief er hinter Antef her und zog Bata mit sich, die Treppe hinauf auf das flache Dach der Schänke, wo eine laue Brise vom Nil her wehte. Tua lag auf der Seite, den geflochtenen Korb als Polster unter dem Kopf, die Brüstung im Rücken. Me-

ret kniete neben ihr und wrang ein Tuch in einer Schüssel aus, mit dem sie ihr Gesicht und Arme kühlte.
Trotz des rosenfarbigen Scheins der untergehenden Sonne sah Tuas Gesicht grau aus. Als sie Sinufer erblickte, versuchte sie zu lächeln, aber es gelang ihr nur, die Lippen ein bisschen von den Zähnen zurückzuziehen. Schweißtropfen standen auf ihrer Stirn und auch ihre Arme und Hände waren feucht, wie Sinufer merkte, als er sie abtastete.
»Sie hat sich übergeben«, sagte Meret. »Danach ging es ihr besser, aber jetzt wird es wieder schlimmer.«
Tua stöhnte, als Sinufers Hände ihren Bauch berührten.
»Da sind die Schmerzen? Hier?«
Tua schrie laut auf, als seine Finger ihre rechte Seite neben dem Hüftknochen drückte. Sinufer sah Bata an und der nickte beklommen. Sie kannten die Krankheit seit vielen Jahren. Sie war der Anlass zur ihrer Verstoßung aus dem Arztstudium gewesen. Batas Freundin hatte dieselben starken Schmerzen in der rechten Seite gehabt und war gestorben, trotz des angewandten Zaubers. In den Jahren ihrer Wanderschaft hatten sie immer wieder Patienten mit denselben Merkmalen gehabt: starke Schmerzen rechts, hohes Fieber. Die meisten Kranken waren gestorben, nur wenige waren am Leben geblieben. Sinufer und Bata hatten die Arzneien und Zaubersprüche der wenigen bei den Folgenden angewandt, aber sie hatten nicht geholfen – oder nur selten. Sie hatten neue probiert und weiter verwendet, aber bis heute hatten sie weder eine Medizin noch einen Zauber entdeckt, die zuverlässig halfen.

Tua sah Sinufer an, dann Bata, dann wieder Sinufer. Sie sprach kein Wort, aber Sinufer wusste, dass er ihr die Wahrheit sagen musste.

»Ich weiß nicht, ob ich dir helfen kann«, sagte er ruhig. »Ein böser Geist hat sich in deinem Bauch eingenistet. Ich werde dir Mohnsaft geben gegen die Schmerzen. Und dann werde ich alle Zaubersprüche anwenden, die einmal Erfolg gehabt haben, aber das ist nur eine Hoffnung. Wenn die Götter wollen, dass du lebst, wirst du leben.«

Sie sah ihn an und bewegte lautlos die Lippen und er merkte, dass sie ihn verstanden hatte und leise bei sich den Satz vollendete, den er wegen Meret und Antef nicht ausgesprochen hatte: »Und wenn sie das nicht wollen, werde ich sterben.«

Er holte das Gefäß mit Mohnsaft aus seinem Koffer und flößte ihr einen Löffel ein. Dann schrieb er in winzig kleinen Zeichen einen Zauberspruch auf einen schmalen Papyrusstreifen, rollte ihn zusammen und schob ihn unter ihr Gewand, gerade über die schmerzende Stelle, tränkte das Tuch wieder mit Wasser und legte es darauf. Die Tinte würde sich auflösen und durch die Haut sickern und den bösen Geist hoffentlich vertreiben, wenn nicht beim ersten, dann vielleicht beim zweiten oder dritten Mal.

Nach einiger Zeit entspannte sich Tuas Gesicht und Antef und Meret, die sie angstvoll beobachtet hatten, atmeten auf. Sinufer ließ sich nicht täuschen, denn die Schweißtropfen rollten noch immer über Tuas Stirn und ihre Haut war jetzt glühend heiß. Er wusste, dass der Mohnsaft anfing zu wirken, und zog sie vorsichtig in eine sitzende Lage, als sie ihn darum bat. Tua lächelte die Zwillinge an.

»Es geht mir auf einmal viel besser. Aber ich würde mich noch besser fühlen, wenn ihr mir die Nachricht bringen würdet, dass wir mit meiner Kette ein Grab für Mai kaufen können.« Sie hob die Kette aus dicken, blau glasierten Tonperlen vom Hals, die sie nie ablegte, und hängte sie Meret um. »Geht zu dem Priester, der den Brief geschrieben hat. Zerbrecht eine Perle und zeigt ihm dann die Kette. Nechbet hat sie mir geschenkt. Ich habe die Perlen darauf gefädelt, um das Gold zu verbergen.«

Meret und Antef zögerten.

»Ihr könnt Tua am meisten helfen, wenn ihr tut, was sie sagt. Wenn sie sich nicht aufregen muss, wird sie am schnellsten wieder gesund.« Sinufer versuchte überzeugend zu klingen. Er merkte, dass Tua den beiden das Kommende ersparen wollte. »Bata wird mit euch gehen und euch helfen den Priester zu finden. Vergesst nicht zu fragen, ob die Mumie bereit ist fürs Begräbnis. Und wartet im Haus von Batas Onkel auf uns. Dort können wir Tua besser pflegen als hier. Ich werde gleich eine Sänfte bestellen, dann kommen wir auch dorthin.«

Er warf Bata einen Blick zu und wusste, dass sein Freund einen harmlosen Schlaftrunk für die beiden mischen würde, wenn sich die Ankunft der Sänfte verzögerte. Bata erhob sich und ging mit Antef und Meret die Treppe hinunter. Die beiden flüsterten miteinander

und kamen dann zurück, während sie die Amulette von ihren Handgelenken nestelten.
»Du hast immer gesagt, dass ein großer Zauber darin wohnt, nicht?« Antef knotete Tua das Lederband ums Handgelenk. »Du brauchst ihn jetzt nötiger als wir.«
»Nimm meines als Ersatz für Mutters Kette.« Meret band Tua das Lederband um den Hals. »Sie wird im Jenseits die Götter anrufen, um dich zu schützen.«
Tua legte erst Meret, dann Antef die Hände auf den Kopf und sagte etwas in einer fremden Sprache. Die beiden streichelten behutsam ihre Schultern und liefen dann hinter Bata her, der an der Treppe auf sie wartete.
Tua lehnte sich zurück und sah ihnen nach. »Hast du das gesehen? Sie haben mir ihre Amulette gegeben, den Ohrring, den Prinz Ramses ihren Eltern geschenkt hat, weil sie einen Mordanschlag auf ihn verhindert haben. Eine Binse und eine Biene aus Gold. Was starrst du mich so an?«
»Prinz Ramses? Du meinst – Pharao?« Sinufer war so überwältigt, dass er die übliche Segensformel vergass.
Tua nickte langsam. Die Schmerzen waren noch da, aber wie durch ein Tuch gedämpft. Sie kannte die Wirkung des Mohnsaftes, die nach einiger Zeit nachlassen würde. Sie musste jetzt reden.
»Sie haben Pharao das Leben gerettet?«, wiederholte Sinufer fassungslos. »Aber wer wollte ihn ermorden?«
»Der geierköpfige Priester. Deshalb wollte er sich doch an uns rächen.« Tua wandte den Kopf und sah Sinufer an. »Ich habe einen heiligen Eid geschworen, dass ich Meret und Antef nie verraten werde, was ich dir jetzt

sage, Arzt Sinufer. Ich habe geschworen bei meinem Leben und bis heute ist kein Wort über meine Lippen gekommen. Aber mein Leben geht zu Ende, das spüre ich, und ich kann meine Dreitausend Jahre nicht freudenvoll verbringen, wenn ich mein Geheimnis mit mir nehme.«

Ihre Stimme war immer leiser geworden und Sinufer kniete sich neben sie und stützte sie. Sie lehnte den Kopf gegen seine Schulter. Aus der Schankstube unten drangen Stimmengewirr und Gelächter und plötzlich ein Lied, in das viele Stimmen einfielen:

»Genieße den Tag,
dessen werde nicht müde!
Denn niemand nahm mit sich,
woran er gehangen,
und niemand kommt wieder,
der einmal gegangen.«

Tua lächelte. Die Schmerzen waren verschwunden, eine große Müdigkeit hüllte sie ein. »Dasselbe Lied haben sie gesungen, immer wieder, damals, in der Nacht, als Meret und Antef geboren wurden. Nie werde ich diese Nacht vergessen.« Sie summte leise ein paar Töne der Melodie mit. »Damals hat alles angefangen. Oder nein, eigentlich schon früher. An dem Tag, der mir die Freiheit brachte. Ich wünschte, ich könnte dir jede Einzelheit erzählen.«

»Das brauchst du nicht! Erzähl mir nur das Nötigste. Streng dich nicht an.«

Tua schloss die Augen. Wie viele Jahre waren seit diesem Tag vergangen? Dreizehn?
Sie sah Ranofer, wie er auf den Hof sauste, dass das Geflügel auseinander stob, völlig außer Atem, und eine Aufregung im Gesicht, dass Tua nicht schimpfte, sondern erwartungsvoll näher kam. Ranofer war der jüngste Hütejunge auf dem Gut im Nildelta, ein magerer, kleiner Kerl, der von allen gehänselt wurde, weil er so stotterte. Er fuchtelte mit den Händen, hüpfte herum wie ein Geißlein, schnappte nach Luft und keuchte: »B-beim g-großen A-amun!« Dann rannte er zur Küche, zu den Ställen, in den Gemüsegarten, wobei er unentwegt »B-beim g-großen A-amun!« schrie, bis sich fast das ganze Gesinde im Hof versammelt hatte.
Ausnahmsweise machte sich niemand über ihn lustig, alle warteten gespannt, dass er endlich ein vernünftiges Wort herausbrachte. Das tat er erst, als Gebu erschien.
»Ist ein böser Geist in dich gefahren? Du hältst mir die Leute von der Arbeit ab!«, rief er wütend und klatschte Ranofer rechts und links seine Pranken ins Gesicht.
Der Kleine hörte auf zu schreien, zu fuchteln und zu hüpfen und rang sich endlich zu einem verständlichen Satz durch.
»Es ko-kommt Be-besuch!« Seine Stimme schlug um, er quietschte wie ein Ferkel: »Ho-her Besuch! Ho-hohe H-herren in Kö-königsl-l-leinen.«
»Doch nicht zu uns, du Depp!« Gebu holte schon zu einem neuen Schlag aus, da ging ein Raunen durch das Gesinde auf dem Hof.

Ranofer hob stumm die Hand und zeigte zum Tor. Gebu wandte den Kopf und seine Augen quollen fast aus den Höhlen vor Staunen. Zwei Soldaten mit ledernen Helmen und Ledergamaschen marschierten durch das Tor. Sie hielten die Augen starr geradeaus gerichtet, gingen im Gleichschritt ein Stück vorwärts, machten dann eine halbe Drehung und traten einander gegenüber, wobei sie ihre Speere auf den Boden stemmten.

Das Gesinde wich zurück und drängte sich aneinander. Durch die Gasse, die sich so gebildet hatte, kamen als Nächste zwei weiß gekleidete Männer, Wedel aus Straußenfedern in den Händen, die sie langsam hin- und her- bewegten. Straußenfedern! Die konnten sich nur die ganz Reichen leisten!

Hinter ihnen schritten langsam und würdevoll sechs sehr geschminkte und geschmückte Frauen. Sie sahen viel vornehmer aus als die Gutsherrin, aber es mussten Dienerinnen sein, denn sie trugen alle große, vergoldete Körbe in den Händen. Zum Schluss kam ein langer, hagerer Mann. Sein goldener, mit Edelsteinen besetzter Halskragen blitzte und funkelte und seine Gewänder waren tatsächlich aus Königsleinen, denn sie waren so hauchzart, dass man durch das Oberkleid den Leibrock und sogar das Lendentuch erkennen konnte. Er trug eine schwarz gelockte Perücke, die weit über die Schultern reichte, und in einer Hand einen goldenen Stab mit einem Knauf aus Kristall. Seine bemalten Augen musterten hochmütig das schweigende Gesinde, den Hof und die angrenzenden Gebäude, dann schnalzte er lei-

se mit der Zunge. Ein Wedelträger trat vor und verkündete:
»Der Gesandte des Mächtigen Horus, der auf dem Thron der beiden Länder regiert – er lebe, sei heil und gesund –, der Träger des Königlichen Siegels, Edler des Palastes, der Königliche Hofmeister Graf Nebit wünscht den Herrn dieses Hauses zu sprechen.«
Tiefe Stille folgte seinen Worten. Einen Augenblick lang rührte sich niemand. Als Erster fand Gebu die Gewalt über seine Glieder zurück und verbeugte sich bis zum Boden. Alle Gutsleute taten es ihm nach.
»Dein untertänigster Diener preist sich glücklich – äh – deinem Befehl Folge leisten zu dürfen.« Gebu sprach stockend und suchte nach Worten. Höfliche Floskeln gehörten normalerweise nicht zu seinem Sprachschatz.
»Dein untertänigster Diener erlaubt sich sein unwürdiges Angesicht auf die Suche nach Herrn Heqet – äh – zu begeben.«
Er hastete davon und stolperte über seine eigenen Füße. Nicht einmal die lachlustige Küchenmagd kicherte. Alle warteten mit gekrümmten Rücken, bis ein lautes Schnaufen ankündigte, dass Gebu den Gutsherrn gefunden hatte und mit ihm auf den Hof gelaufen kam. Herr Heqet hatte in aller Eile seine beste Perücke aufgestülpt, sie saß schief auf dem Kopf und ließ ein Stück von seinen eigenen Haaren sehen. Er verneigte sich tief und streckte ehrerbietig die Handflächen nach oben.
»Möge dein Haus in Wohlstand leben«, sagte Graf Nebit kurz.
»Der du dem Hofe Pharaos vorstehst, oh Herr, du

Größter unter den Größten der Länder, das Herz deines Dieners quillt über vor Freude bei deinem Anblick«, flüsterte Herr Heqet mit versagender Stimme. »Kinder und Kindeskinder werden jauchzen über die Ehre, die diesem unwürdigen Hause zuteil wurde durch den Segen deiner Erscheinung und deines gnädigen Wunsches.« Es fiel ihm nicht ein, nach dem Grund des hohen Besuches zu fragen, denn das stand ihm nicht zu und wäre höchst ungehörig gewesen. Der edle Herr würde ihm schon mitteilen, was er für nötig hielt.

»Zu deinem Hause gehören der Diener Mai und die Dienerin Nechbet?«

Herrn Heqets Kopf fuhr in die Höhe. »Mai und – äh –, gewiss. Es ist, wie du sagst.«

»So rufe sie herbei.«

Herr Heqet richtete sich auf und blickte sich suchend um und mit ihm alle auf dem Hof. Nur die Soldaten blieben unbewegt. Ein Flüstern lief um und dann wichen die Leute zur Seite, sodass der Graf in einer Ecke des Hofes einen jungen Mann und ein Mädchen in einfachen Shentis aus grobem Stoff sehen konnte. Sie hatten sich bei den Händen gefasst und standen reglos.

»Kommt her!«, sagte Herr Heqet heiser.

Mai und Nechbet setzten sich langsam in Bewegung, Schritt vor Schritt, als ob sie in einem Traum gefangen wären. Und dann geschah etwas Unerhörtes. Als sie vor dem königlichen Hofmeister angelangt waren und noch ehe sie sich zu Boden werfen konnten, neigte dieser vor ihnen den Kopf. Ein Stöhnen brach aus allen Kehlen.

»Es ist Pharaos Schöner Wille und Befehl, dass ich euch seinen Dank überbringe für die Rettung seines einzigen Sohnes. Ihr habt unermessliche Trauer abgewendet vom Großen Haus und von ganz Ägypten. Es ist Pharaos Wunsch, dass eure Fesseln zerrissen seien und euer Leben in Knechtschaft beendet. Ihr werdet Wohnung nehmen auf einem der königlichen Güter und dieses wird euch zu eigen gegeben werden samt allem Land und allen Dienern.«
Das allgemeine Aufseufzen klang wie ein Windstoß. Dann senkte sich eine Stille über den Hof, als ob jeder den Atem anhielte. Der Schrei eines Falken ertönte in der Ferne. Von den Feldern drang überlaut das Quietschen der Schadufs. Ein Hahn in der Hofecke krähte wie eine Fanfare.
Die Töne rissen Tua aus ihrer Erstarrung. Sie blickte sich unsicher um. Der Hof, auf dem sie jetzt schon so lange lebte, kam ihr auf einmal ganz unwirklich vor. Nicht im Traum hätte sie sich eine derartige Entwicklung der Dinge vorstellen können. Nechbet und Mai hatten mit niemandem über das Erlebnis in den Sümpfen gesprochen, außer mit ihr, und sie waren alle drei der Ansicht gewesen, dass die Ohrringe des Prinzen eine angemessene Anerkennung waren. Ramses hatte zwar noch von einem weiteren Lohn gesprochen, aber wie sollte er die beiden finden? Er kannte nur ihre Namen und es gab bestimmt viele Mais und Nechbets auf den Gutshöfen und in den Dörfern der Gegend.
Mai räusperte sich. Tua sah, dass sein Gesicht rot war vor Verlegenheit und dass er nach Worten suchte. Ich

würde auch nicht wagen so einfach das Wort an einen Gesandten des Horus zu richten, dachte sie. Man durfte gewiss nicht mit ihm reden wie mit einem normalen Menschen. Mai räusperte sich noch einmal.

»Darf dein untertänigster Diener eine Frage stellen?«

Der Graf nickte fast unmerklich.

»Hat man den Geierkopf – äh –, den Priester gefangen?«

Um die schmalen Lippen des Grafen spielte ein winziges Lächeln, sein Gesicht verlor ein bisschen die statuenhafte Unbeweglichkeit.

»Deine Sorge gereicht dir zur Ehre. Ein ganzes Regiment Soldaten hat die Sümpfe durchkämmt und jede Insel, jedes Dickicht durchsucht. Es wäre unmöglich gewesen, ihnen zu entkommen. Sie haben den Verräter nicht gefunden. Aber stattdessen mehrere Krokodile.«

»Oh, das ist gut. Das ist sehr gut!« Mai seufzte erleichtert. »Es wäre zu schrecklich, wenn er noch am Leben wäre.«

»Er war bestimmt von einem Kheft besessen. Der Prinz hätte immerzu Angst vor ihm haben müssen«, rief Nechbet. »Ist er auch nicht schwer verletzt? Er war so blutig.«

Der Blick des Grafen war jetzt ausgesprochen freundlich. »Seine Königliche Hoheit hat zwar viele Schnittwunden davongetragen, aber er achtet Schmerzen gering. Wie die Göttin Sachmet ist er in seiner Stärke, wie die Göttin Neith in seiner Tapferkeit. Die königliche Eilbarke bringt ihn bereits nach Theben.« Diese Worte sprach er feierlich wie ein Gebet, wie immer, wenn er

seinen königlichen Herrn und dessen Familie erwähnte. Dann setzte er in normalem Ton hinzu: »Habt ihr vielleicht noch einen Wunsch, den ich euch erfüllen kann?«
»Noch einen – aber Hoher Herr, äh, Edler des Palastes, du hast uns mehr gegeben, viel mehr, als wir verdienen und als wir jemals . . .«
Mai unterbrach sich, weil Nechbet ihn nachdrücklich in die Seite stupste.
Der Graf lächelte jetzt tatsächlich. »Nun?«
Nechbet lächelte schüchtern zurück. »Könntest du bitte auch Tua freilassen, Edler des Palastes, und mir erlauben sie mitzunehmen? Sie ist wie eine Mutter für mich.«
Tua spürte Hände im Rücken, die sie nach vorne schoben, vorbei an Herrn Heqet, der überwältigt den Ballen aus feinstem Leinen und die Weinkrüge betrachtete, die vor ihm niedergelegt wurden. Von dem Gegenwert der königlichen Gaben konnte er ein halbes Dutzend neuer Sklaven kaufen.
»Zilla! Schläfst du? Zilla! Hörst du mich?«
Widerstrebend tauchte Tua aus ihren Erinnerungen auf. Wer rief sie da beim Namen ihrer Kindheit? Sie öffnete die Augen und sah ein Männergesicht über sich gebeugt. Aber das war nicht Herr Heqet! Und auch nicht der königliche Haushofmeister! Viele Falten und trauriger Blick. Das hatte Meret gesagt. Meret? Die war doch noch gar nicht geboren? Aber nein! Was dachte sie da für einen Unsinn! Meret war dreizehn Jahre alt.
»Deine Medizin ist gut, Arzt Sinufer. Sie hat mich zu-

rückgetragen auf dem Strom der Zeit. Und sie hat mir die Schmerzen genommen. Ich kann jetzt reden.« Sie sprach undeutlich, denn der Mohnsaft schläferte ihre Gedanken ein und lähmte ihre Zunge, aber das merkte sie nicht. »Ein königlicher Gesandter hat Mai und Nechbet freigekauft als Dank für die Rettung von Prinz Ramses vor dem Mordanschlag des Priesters. Und mich auch. Wir haben ein großes Gut bei Memphis bekommen und waren die reichsten Leute weit und breit. Mais Stellung und Ansehen waren so groß, dass die Priester ihm erlaubten Antef zu behalten. Aber Mai war überzeugt, dass der Prinz schuld war an der Zwillingsgeburt und an Nechbets Tod, und als Antef rote Haare bekam, hat er sich bestätigt gefühlt. Er hat mich schwören lassen, dass ich den beiden nie von den Amuletten erzähle. Er war überzeugt, dass Ramses ihnen Unglück bringen würde. Vielleicht hat er Recht, ich weiß es nicht. Beti ist gestorben, auch Mai ist tot und bald werde ich bei ihnen sein.«
Auf einmal blitzte die Erinnerung in Sinufers Kopf auf, nach der er so lange vergebens gesucht hatte. Er schloss die Augen und versuchte sich die Szene in der dämmrigen Zelle im Tempel von Assiut ins Gedächtnis zu rufen, die heiseren, hastigen Worte des Priesters, das krause Durcheinander von Verwünschungen und Andeutungen und Drohungen.
»Der Geierkopf hat gesagt: ›Amun tötete die Frau im Kindbett und den Mann durch meine Hand.‹ Ja, das hat er gesagt, da bin ich sicher.«
Tua starrte ihn an und versuchte seine Worte zu begrei-

fen, trotz des Nebels in ihrem Kopf und den wieder aufflammenden Schmerzen. »Sprichst du von dem geierköpfigen Priester? Aber das ist nicht möglich. Meret und Antef haben gehört, wie der Verwalter von Mais Tod gesprochen hat. Er ist an Krämpfen gestorben, die ein böser Geist ihm geschickt hat. Und es ist nur ein dicker Soldat bei ihm gewesen.«

Sie stöhnte leise, ihre Zähne schlugen aufeinander. Ihre Haut glühte und doch begann sie zu zittern, als ob ein kalter Wind sie erschauern ließe.

»Denk nicht darüber nach«, sagte Sinufer beruhigend. »Ich werde mich darum kümmern. Ich werde herausbekommen, was es zu bedeuten hat, verlass dich darauf. Sage mir nur, was du von mir erwartest.«

»Kümmere dich um die Zwillinge. Gib ihnen die Amulette zurück, aber sage ihnen nicht, warum ihre Eltern sie erhalten haben und was sie bedeuten.«

»Was bedeuten sie?«

»Den Zugang zu Pharao. Die Träger von Binse und Biene sollen jederzeit vorgelassen werden. Das hat er zu Mai und Nechbet gesagt. Aber sprich nicht darüber. Verrate mein Geheimnis nicht. Das darfst du erst, wenn die Zwillinge in Not geraten. In so große Not, dass sie königliche Hilfe brauchen. Nur dann darfst du sprechen.«

Sinufer nahm ihre Hand. »Ich werde alles tun, was du willst. Ich werde für die beiden sorgen, so gut ich kann, auch wenn ich nur ein armer Wanderarzt bin. Das verspreche ich dir.«

Tua versuchte mit ihren gedunsenen Lippen zu lä-

cheln. »Du bist der klügste und beste Mensch, den ich je kennen gelernt habe, Arzt Sinufer. Ich bin sehr dankbar, dass du es bist, der mir beim Sterben hilft.«
Er spürte, wie ihm die Tränen in die Augen stiegen. »Kaum habe ich dich gefunden, so musst du mich schon verlassen. Ich hätte es wissen müssen. Meine Mutter hat mich am 23. Tag des Monats Thoth geboren, an dem Re über den Tod der Götter trauert. Die Kinder dieses Tages haben ihr Leben lang Unglück.«
Sie legte ihm leicht die Hand auf den Kopf. »Ist es nicht eher ein Glück, dass wir uns getroffen haben?«
»Was hast du den Zwillingen gesagt, bevor sie gingen?«, fragte Sinufer leise.
»Dasselbe, was ich dir jetzt sage.« Sie sprach stockend, mit großen Pausen zwischen den einzelnen Worten. »Mögen alle Götter meiner Heimat dich segnen. Mögen alle Götter Ägyptens dich vor Gefahren schützen. Möge dein Herz vor Kummer bewahrt bleiben. Mögen deine Dreitausend Jahre freudenvoll sein.«
Das waren die letzten Sätze, die Sinufer von ihr hörte, denn in den nächsten Stunden hielten die Schmerzen sie gepackt und schüttelten sie, dass sie an allen Gliedern zuckte. Er versuchte ein paar Mal ihr Mohnsaft einzuflößen, aber sie konnte ihn nicht mehr schlucken. Er verbrannte Räucherwerk und ließ sie den betäubenden Duft einatmen, da beruhigte sie sich für kurze Zeit und flüsterte, aber es waren Worte in einer fremden Sprache, und als sie die Augen öffnete, erkannte sie Sinufer nicht. Die Lider fielen ihr bald wieder zu und sie stöhnte in halber Bewusstlosigkeit vor sich hin, nur

manchmal schrie sie mit versagender Stimme, wenn der böse Geist in ihrem Leib sie marterte.
Als die Nacht verging und der Himmel heller wurde, sah Sinufer über der Wüste am Rande der Stadt einen Geier schweben. Er spürte, wie eine Welle von Zorn sein Gesicht färbte, so rot wie der Sand der Wüste, so rot wie die Berge hinter Theben, und Rachsucht erfüllte ihn mit einer Hitze, die ihm kaum schwächer schien als das Fieber, das Tua verbrannte. Da schwor er bei allen Göttern Ägyptens, dass er den Priester finden und bestrafen würde, der sie verflucht hatte.

Kapitel 10

Ich muss mit dir reden, Sinufer.« Meret gähnte so, dass ihr die Tränen in die Augen stiegen.
»Hat das nicht Zeit bis morgen? Du siehst sehr müde aus. Du würdest jetzt besser schlafen.«
»Nein, es hat keine Zeit. Morgen früh muss ich der Meisterin die Antwort bringen.«
Sinufer warf ihr einen scharfen Blick zu. Dann fuhr er fort die getrockneten Blätter des Hennastrauches zu sortieren. »Wir brauchen einen Mörser, Antef. Nimm den mittleren. Und du kannst das Harz kneten, Bata, und zu Kugeln rollen. Nun, Meret, ich höre.«
Meret gähnte noch einmal ausgiebig und rieb sich mit beiden Händen das Gesicht. Sie war wirklich sehr müde, denn sie machte seit Tagen Überstunden, um die bestellten Unterformen für die Blumengestecke anzufertigen. Das höchste Fest des Jahres näherte sich, der Tag der Nilschwelle, an dem das neue Jahr begann. Die ganze Stadt würde in einem Blumenmeer versinken und alle Gärtnereien Thebens arbeiteten auf Hochtouren.
Meret stand auf und räusperte sich. »Ich möchte jetzt eine kleine Rede halten. Deshalb unterbrecht mich bitte nicht, sondern wartet, bis ich fertig bin.«
Sinufer schob Antef schweigend einen Stapel Blätter zu und bedeutete ihm mit einer Handbewegung sie im Mörser zu zerstampfen. Dann sah er Meret an und nickte.

»Ich bin dir von Herzen dankbar, Sinufer, dass du uns aufgenommen hast, als Tua von uns gegangen ist – mögen ihre Dreitausend Jahre freudenvoll sein. Du hast für uns gesorgt wie ein Vater für seine Kinder. Du hast Antef erlaubt dich auf deinen Krankenbesuchen zu begleiten und du hast die Meisterin überredet, dass sie mich in ihre Gärtnerei aufnimmt.«

Meret sah Sinufer nicht an, sondern starrte auf die weiß gekalkte Zimmerdecke und sprach so flüssig, als ob sie die Worte dort ablesen würde. Am Nachmittag, beim Binden der Schilfringe für die Blumenkränze, hatte sie ihre Rede auswendig gelernt. »Du sagst immer, dass wir viel mehr verdienen, als wir dich an Essen und Trinken kosten, und du schreibst sogar an jedem Wochenende eine Summe auf, die wir gespart haben. Aber die sieben Wochen von Tuas Einbalsamierung sind bald vorbei und wir haben noch lange nicht genug, um ihr ein Grab zu kaufen. Ich glaube fast, wir werden nie genug haben. Und an ein Grab für Vater und für sie können wir gar nicht denken. Die goldene Kette hat gerade für Vaters Sarg und für Tuas Wickelung und ihren Sarg gereicht.«

Meret räusperte sich noch einmal. »Und deshalb habe ich mich entschlossen das Angebot der Meisterin anzunehmen. Sie will mir eine Felsennische kaufen, wenn ich als Sklavin in ihre Dienste gehe. Sie ist nicht groß, die Nische, meine ich, aber zwei Särge würden gerade hineinpassen.«

»Beim großen Amun, Mädchen, bist du . . .«, fing Sinufer an, aber Antef unterbrach ihn.

»Nein, bitte, warte noch, ich will auch etwas sagen.« Er ließ den steinernen Stößel sinken, mit dem er die Hennablätter zu Staub zerrieb. »Wir sind doch gestern in dem großen Gut gewesen, bei dem Obergärtner, nicht? Du hast ihm seine Medizin abgemessen, als wir mit der Beschwörung fertig waren, und ich hab draußen auf dich gewartet. Da ist der Verwalter vorbeigekommen, und wie er Huij und Tuij gesehen hat, wollte er wissen, wie ich sie gezähmt habe.«

Die beiden Schleichkatzen hoben die Köpfe und reckten die spitzen, langen Schnauzen in die Höhe, als sie ihre Namen hörten. Sie waren noch nicht ganz ausgewachsen, aber niemand hätte sie mehr für Ratten gehalten, eher für zwei große Wiesel mit auffallend breiten, buschigen Schwänzen.

»Dann hat ein Gärtner zwei Affen vorbeigeführt zum Dattelnernten und die sind gleich zu mir gekommen und haben sich nicht mehr um ihn gekümmert, obwohl er gebrüllt hat wie ein Ochse. Der Verwalter hat mir angeboten, dass ich alle Tiere des Gutes abrichten soll. Ich hab gesagt, dass ich dein Gehilfe bin, und er wollte sofort mit dir reden, aber sein Herr hat ihn rufen lassen. Der ist bestimmt sehr reich, so wie das Haus aussah. Und wenn Meret sich als Sklavin verkauft, dann tu ich das auch und dann haben wir bestimmt genug für ein schönes Grab. Für Vater und für Tua. Und können auch einen besseren Sarg für sie kaufen.«

Sinufer sprang auf und schlug sich mehrmals mit der Faust in die Handfläche, wobei er sich sichtlich beherrschte nicht loszuschreien. Dann setzte er sich wie-

der und sortierte weiter die Blätter und die Rindenstücke, als ob nichts geschehen wäre, aber Antef sah, dass er überhaupt nicht auf seine Finger achtete und alles durcheinander brachte.
»Bist du dir eigentlich darüber im Klaren, dass ich noch nie in meinem Leben so gute Geschäfte gemacht habe wie jetzt, wo ich einen rothaarigen Gehilfen habe?«, fragte er schließlich.
Antef nickte unglücklich. Die roten Haare zögen alle bösen Geister an, hatte Sinufer seinen Patienten erzählt. Er setzte Antef nur noch dort ein, wo er sich einer Heilung sicher war, und innerhalb weniger Wochen galt der Wanderarzt als Wunderheiler, zunächst nur bei seinen üblichen Patienten, den Armen, aber inzwischen waren auch die Reichen auf ihn aufmerksam geworden.
»Und bist du dir darüber im Klaren, dass du mit dem Feuer spielst, mein Freund?« Bata strich die Kugeln, die er geknetet hatte, mit einer Feder in einen Lederbeutel. Sie waren mit Eukalyptusaroma versetzt, und wenn man sie kaute, wurde der Atem frisch und rein und eine raue Kehle wieder geschmeidig. »Ich habe dir das schon einmal gesagt, aber du hast dich taub gestellt. Du bist ein Wanderarzt, genau wie ich, denn wir haben die letzten Prüfungen nicht. Wenn wir über Land ziehen, lässt man uns ungeschoren. Aber hier kommen wir den anerkannten Ärzten ins Gehege und den Priestern auch und du müsstest eigentlich wissen, dass weder die einen noch die anderen erfreut darüber sind. Ich bin heute im Tempel gewesen bei meinem alten Freund, dem Priester Inteb, und er hat mich nach-

drücklich gewarnt und mir geraten, dass wir wieder auf Wanderschaft gehen sollten, je eher, je besser.«
Bata schob das restliche Harz zur Seite, stützte die Ellenbogen auf seine massigen Schenkel, legte den Kopf auf die Hände und sah Sinufer beschwörend an. Er ergriff jede Gelegenheit, sich vor der Herstellung von Arzneien zu drücken.
»Aber ich bin nicht nur deshalb besorgt. Irgendetwas stimmt nicht im Tempel, das sagt Inteb auch. Einige Priester reden nur noch miteinander und hören auf, wenn andere dazukommen. Einige machen dunkle Andeutungen, aber weichen aus, wenn sie genauer gefragt werden. Andere stehen hinter Ecken und Pfeilern, als ob sie spionieren würden. Es ist, als ob jemand etwas plant, sagt Inteb, aber er weiß nicht, wer und mit wem. Bloß, dass es nichts Gutes ist.«
»Ach, hör auf«, sagte Sinufer ärgerlich. »Du bist ein alter Schwarzseher. Bloß wenn's ums Essen geht, da riskierst du was. Also halt den Mund und sei zufrieden, denn so satt wie in den letzten Wochen sind wir schon lange nicht mehr gewesen. Was geht uns der Tempel an? Da gibt's hunderte von Priestern und ein paar komische Käuze sind immer darunter. Jetzt geh in den ›Krokodilsschwanz‹ und hol einen großen Krug Bier, für heute haben wir genug gearbeitet.«
Zu seinem Erstaunen sprang Bata nicht auf wie sonst immer bei diesen Worten. »Inteb sagt, es ist anders als sonst«, beharrte er und blieb sitzen. »Nicht die üblichen Eifersüchteleien und Zank und Tratsch. Es ist etwas Großes. Etwas Gefährliches.«

Sinufer seufzte. »In Hathors Namen, dann hol einen Krug Wein. Anders kriege ich dich wohl nicht aus dem Haus. Ich bin schon halb verdurstet.«
Jetzt erhob sich Bata endlich und watschelte hinaus. Sinufer sah die Zwillinge durchbohrend an. Sie hatten sich sehr verändert in den letzten Wochen. Ihre Magerkeit war verschwunden, obwohl beide gewachsen waren und auf Bata hinunterschauen konnten. Es hatte Sinufer überrascht, wie bereitwillig und geschickt sie ihre tägliche Arebeit erledigten und nie von ihrem früheren Reichtum sprachen. Sie waren keine Kinder mehr.
»Ich halte nichts von euren Plänen! Ihr habt wohl den Verstand verloren? Sich als Sklaven verkaufen! Wenn Tua das erfährt, wird sie mir als Geist erscheinen und mich bedrohen.«
»Das wird sie sowieso«, sagte Meret patzig. »Sie muss ja herumgeistern, denn sie hat kein Grab. Und deshalb werde ich mich doch verkaufen, du kannst sagen, was du willst.«
»Sie meint es nicht so, Sinufer.« Antef gab Meret einen unmerklichen Stups. »Sie ist so aufbrausend wie eine Nileule, hat Tua immer gesagt. Genau wie Vater. Aber im Grunde hat sie Recht. Wir müssen für Vater und Tua ein Grab beschaffen, das ist das Allerwichtigste. Und es gibt keinen anderen Weg.«
»Doch, es gibt einen«, sagte Sinufer langsam. Tua hatte ihm erlaubt zu reden, wenn die Zwillinge in Not waren. Gab es etwas Schlimmeres als ein Sklavendasein? Ja, es gab etwas, das wusste er so gut wie Antef und

Meret. Nämlich das Leben nach dem Tode ohne den Schutz des Grabes. Deshalb verstand er, dass die Zwillinge sogar ihre Freiheit dafür opfern wollten. Aber Pharao brauchte nur einen einzigen Satz zu sprechen, dann würden Mai und Tua ein prächtigeres Grab besitzen, als sie je erträumt hatten. Die Binse und die Biene aus Gold, die in den Amuletten verborgen waren, gewährten Zutritt zum Herrscher über Unter- und Oberägypten.

»Es gibt einen Weg«, wiederholte Sinufer. »Ich werde euch jetzt erzählen, was Tua mir anvertraut hat, bevor sie starb.«

Am nächsten Morgen brachte ein Fährmann die Zwillinge über den Nil. Er hatte ihnen zugewinkt, als er Antefs rote Haare gesehen hatte, und sie eingeladen kostenlos mit ihm zu fahren, denn Sinufer hatte ihn kürzlich von einem Geschwür befreit und er erhoffte sich von Antefs Anwesenheit auf seinem Kahn eine weitere Abwehr böser Geister. Außerdem war die Fahrt bereits von der königlichen Bauverwaltung bezahlt, denn die Fracht war für die Siedlung vor dem Tal der Könige bestimmt, wo Künstler, Handwerker und Arbeiter die königlichen Gräber errichteten.

Die beiden hockten sich zwischen die Säcke mit Dinkel und Gerste. Der Fährmann schwätzte munter vom Opet-Fest, und als er erfuhr, dass seine Fahrgäste noch nie daran teilgenommen hatten, war er überhaupt nicht mehr zu bremsen. Aus ganz Ägypten kämen die Leute jedes Jahr, tausende und abertausende, ach was, nicht zählen könnte man sie, denn an diesem Tag verließ der große Gott Amun sein Allerheiligstes im Tempel von Karnak und zog, zusammen mit der Göttin Mut und ihrem gemeinsamen Sohn Chons, durch die Stadt und dann auf drei goldenen Barken den Nil hinunter zum Tempel von Luxor, gefolgt von Pharao und seinem gesamten Hofstaat, begleitet von Sängern und Musikanten und Akrobaten und Priestern und Soldaten. So viel Pracht und Prunk gab es, so viel Glanz und Gold, dass einem die Augen förmlich aus dem Kopf quollen und man nur einen Bruchteil von allen Herrlichkeiten fassen konnte, auch wenn man sich fast den Hals verrenkte und in die Höhe hüpfte und den ganzen Tag auf den Beinen war, und die nächsten Tage auch, denn erst nach drei Wochen ging der feierliche Zug wieder zurück zu Wasser und zu Lande zum Tempel von Karnak.

Was man da zu sehen bekäme, das allein würde schon genügen, um in Begeisterung zu verfallen, meinte der Fährmann. Aber nicht nur der Anblick der Götter und von Pharao und allen Großen seines Hofes, die zu Fuß hinter den heiligen Sänften und Barken einherschritten, sodass man sie richtig betrachten konnte, versetzte die Menschen in einen Festtaumel. Denn in allen Tempeln bogen sich die Opfertische unter der Last von gebratenen Gänsekeulen und Rinderlenden, von Honigkuchen und Dattelbrot, von gegrillten Fischen und Geflügel, von allen Leckerbissen, die nur in den Häusern der Reichen serviert wurden – und selbst der ärmste Wasserträger konnte davon essen, so viel er wollte.

Und Freibier gab es in unvorstellbaren Mengen, gutes, starkes dunkles Bier, sodass am Abend kein Mensch mehr nüchtern war und alle das Gefühl hatten, die ewige Seligkeit sei angebrochen.
So schwätzte der Fährmann, aber die Zwillinge hörten nur mit halbem Ohr zu, denn die hohe weiße Mauer kam immer näher und darüber leuchteten die bunten Dächer der Palaststadt. Beide waren blass vor Aufregung und dachten sehnsüchtig an die Gewänder aus feinem Leinen, die sie bei Ipuia hatten zurücklassen müssen. Sie hatten nur einen Kittel aus derbem Stoff, zwar frisch gewaschen und gebügelt, aber sie sahen doch recht ärmlich aus, obwohl ihnen Sinufer etwas Öl zum Massieren von Haut und Haaren gegeben hatte und sogar etwas dunkle Augenschminke.
Wenn wir wenigstens Perücken hätten, dachte Meret. Und Ledersandalen. Aber andererseits sind die Bastsandalen auch nicht schlecht. Ich habe sie selbst geflochten und die Meisterin sagt, sie hat noch nie ein so hübsches Muster gesehen, außer das auf den Halsbändern und Leinen von Huij und Tuij. Ich finde, wir hätten die zwei besser zu Hause lassen sollen. Aber Antef hatte Angst, dass sie auf Geflügelfang gehen, wenn er nicht auf sie aufpasst, und außerdem würden wir vielleicht wirken wie zwei vornehme junge Leute mit Jagdhunden, meint er. Das ist mal wieder typisch Antef. Ein Blick auf unsere Kleider und unsere Haare genügt, daran ändern auch Huij und Tuij nichts und die sehen sowieso nicht aus wie Hunde. Hör auf zu grübeln, du dumme Gans, ermahnte sie sich schließlich ärgerlich.

Es ist völlig egal, wie wir aussehen, denn wir haben Pharaos Amulett, und das hat mehr Bedeutung als eine Perücke mit Goldlocken und ein Kragen aus Edelsteinen.

Der Fährmann ließ die Zwillinge in der Nähe der Palaststraße aussteigen und fuhr dann weiter zu der Anlegestelle, wo die Lastesel der Arbeitersiedlung warteten. Die beiden gingen langsam über die lange, gepflasterte Straße auf das doppelflügelige Tor zwischen zwei Türmen zu, dessen goldene Beschläge in der Sonne blitzten.

Es herrschte ein ziemliches Getümmel von Schaulustigen, die einen Blick auf ankommende oder abfahrende Mitglieder des Hofes erhaschen wollten, von Händlern, die Schmalzgebackenes, gefärbtes Zuckerwerk, Gedenk-Skarabäen und zollhohe Statuetten des Pharaos anboten, von Bettlern und spielenden Kindern, von Wagenlenkern und ihren Gespannen, deren Besitzer den Palastbezirk nur zu Fuß hatten betreten dürfen. Zwei Reihen von Soldaten standen gestaffelt vor den Tortürmen und Soldaten standen auch längs des Weges, von dem ein Stück bis hin zu einer Biegung zu erkennen war.

»Hier sind viel zu viele Menschen, findest du nicht?«, fragte Antef nervös. »Und vor allem zu viele Soldaten. Sollen wir nicht lieber schauen, ob es irgendwo ein kleineres Tor gibt?«

Meret nickte bloß und sie gingen die endlos scheinende Mauer entlang, bogen um eine Ecke und fanden tatsächlich ein anderes Tor, mit nur einem Flügel und niedrigeren Türmen. Aber auch hier gab es Soldaten,

allerdings nur zwei vor und zwei hinter dem Eingang. Sie trugen goldene Kopftücher, hatten jeder einen Speer vor sich auf den Boden gestemmt und blickten starr geradeaus. Alle vier waren jung.
»Lass es mich erst allein versuchen«, schlug Meret vor. »Vielleicht sind sie zu einem Mädchen freundlicher.«
Antef sah sie erstaunt an und wollte schon protestieren. Dann fiel ihm auf, eigentlich zum ersten Mal, wie hübsch sie war mit ihren kohlschwarzen, mandelförmigen Augen, der breiten Nase und den vollen roten Lippen. Die kurzen Haare standen so dicht wie eine Perücke um ihren Kopf, die Blumen in ihrem Haarreif wirkten wie Schmuckstücke.
»Na gut. Versuch's.«
Als Meret näher kam, streckten die beiden ersten Soldaten die Speere zur Seite, sodass die Spitzen sich berührten und den Eingang versperrten.
»Möge Re euch leuchten«, grüßte Meret höflich.
Die beiden gaben keine Antwort, wandten nicht einmal die Augen in ihre Richtung.
Meret besann sich auf die Floskeln, die sie an den Musterbriefen in der Schule gelernt hatte. »Mit der Stärke des Löwen bewacht ihr das Tor, mit der Klugheit der Schlangen prüft ihr den, der Einlass begehrt. Dass ich nicht erschrecke vor der Macht, die ihr ausübt, und mich nicht stammelnd verwirre in meiner Rede, ist nur der Bitte zu danken, die ich an euch richten will, denn gerecht ist die Bitte und wohl begründet und in Sicherheit wiege ich mich wie ein Säugling, der von der Amme gewiegt wird, dass ihr sie erfüllen werdet.«

Die beiden Posten drehten die Köpfe und starrten sie an. Meret hob graziös den rechten Arm, legte die Hand mit einem eleganten Schwung auf die linke Schulter, senkte tief den Kopf und richtete sich dann wieder auf. Wie gut, dass ich immer einen solchen Spaß am Auswendiglernen hatte, dachte sie befriedigt. Seit ihrem Gedichtvortrag auf dem Floß der Wäscherinnen hatte sie nicht mehr so viel Eindruck gemacht wie mit diesem etwas abgewandelt zitierten Bittbrief eines Beamten an seinen Vorgesetzten.

Die beiden Posten musterten sie. Das Mädchen trug ein einfaches Gewand aus grobem Stoff, aber immerhin Sandalen an den Füßen, wenn auch keine aus Leder, und die Art, wie sie sprach und grüßte, bewies ganz eindeutig, dass sie kein Kind des Volkes oder gar eine Sklavin war. Sie trug einen dünnen, geflochtenen Reif im Haar, der mit Lotos- und Kornblumen besteckt war, ein recht ungewöhnlicher, aber kleidsamer Kopfschmuck. Hm. Sie war keine Schönheit, aber irgendwie reizvoll.

»Und wie lautet deine Bitte?«, fragte der eine Soldat.

Meret zögerte. Ob jetzt noch weitere Höflichkeiten nötig waren? Ach was. Die beiden Wächter waren sicher nur die erste Hürde, die sie auf dem Weg ins Innere des Palastes zu nehmen hatten.

»Laut Pharaos Befehl – er lebe, sei heil und gesund – sollen die Träger von Binse oder Biene jederzeit zu ihm vorgelassen werden. Ich trage die Binse und möchte dich untertänigst bitten mich vor sein Angesicht zu führen.«

Die beiden Soldaten waren so fassungslos, dass sie die Speere sinken ließen. Der eine sah einen Augenblick lang so aus, als ob er in Gelächter ausbrechen würde, der andere hob die Linke mit der Geste des Abwehrzaubers.

»Hat ein böser Geist von dir Besitz ergriffen, Mädchen? Ich soll dich vor den lebenden Gott bringen, den Abkömmling der Sonne, den Sohn des großen Amun? Ich werfe mich zu Boden, wenn er vorüberfährt, und danke Sachmet, der Göttin des Krieges, dass sein Schatten auf mich fällt. Ich würde mich eher in ein Krokodilsbecken stürzen als seine Gegenwart durch meinen und deinen Anblick zu beleidigen.«

Meret griff in ihren Ausschnitt und zog eine lange, dünne Lederschnur hervor, an der das goldene Schmuckstück hing.

»Ich trage die Binse«, wiederholte sie ruhig. »Also folge dem Schönen Befehl, denn so ist es Pharaos Wille.«

Die beiden Soldaten waren sichtlich beeindruckt. Man hatte ihnen beigebracht jedem Kommando zu gehorchen und das Mädchen hatte einen Ton wie ein Feldwebel. Der eine hörte auf zu lachen, trat näher und betrachtete den Ohrring. Er pfiff leise durch die Zähne und machte seinem Kameraden ein Zeichen.

»Frag den Hauptmann!« Dann wandte er sich an Meret. »Wir gehören zu den Bogenschützen. Wir sind nur als Aushilfe hierher geschickt worden und kennen die Befehle für die Torwächter nicht«, sagte er höflich. Er war lang und hager, aber seine muskulösen Arme und Beine verrieten den soldatischen Drill. Sein mageres,

sonnenverbranntes Gesicht zeigte jetzt sogar den Anflug eines Lächelns. Meret lächelte zurück.
»Die Bogenschützen sind die wichtigste Abteilung des königlichen Heeres, nicht?« Die Blumenbinderinnen in der Gärtnerei tratschten von früh bis spät über die Soldaten und ihre Aussichten und die Möglichkeit einen kennen zu lernen. »Wirst du eines Tages der Lenker eines Streitwagens sein?«
Sein Lächeln wurde breiter. »Eines Tages vielleicht. Es müsste allerdings einen Krieg geben und ich müsste . . .«
Aus der Wachstube im Torturm kam eine wütende Stimme: »So ein Schwachsinn! Binse und Biene! Ihr fallt auch auf alles rein! Scheucht sie weg, und zwar schnell!«
Das Lächeln verschwand vom Gesicht des Soldaten.
»Er irrt sich!«, sagte Meret beschwörend. »Bei der Göttin Ma'at, ich spreche die Wahrheit!«
»Ich würde dir gerne glauben. Aber selbst wenn – ich muss dem Befehl gehorchen.«
In diesem Augenblick ertönte das Getrappel von Pferdehufen und ein Rappe mit buntem Zaumzeug und nickenden Straußenfedern auf dem Kopf trabte den Weg aus dem Palastbezirk herunter. Er zog einen leichten zweiräderigen Wagen, in dem ein junger Mann stand. Meret sah mit einem Blick, dass seine Perücke bis zur Brust reichte, dass ein bunt glänzender Kragen um seinen Hals lag und seine bloßen Arme mit breiten Goldreifen geschmückt waren. Sie sah auch, dass ein Hauptmann aus der Wachstube trat und sich tief verneigte.

Sie war mit wenigen Schritten an dem überraschten Posten vorbei, stand mitten auf dem Weg und hob mit einer bittenden Geste beide Hände. Der Wagenlenker hätte ein Meisterfahrer sein müssen, um um sie herumzukurven, und das war er offensichtlich nicht, denn er zügelte sein Pferd. Meret nahm ihre Zuflucht zu einem weiteren Musterbrief.

»Der du dem Gefolge Pharaos angehörst, edler Herr, du Großer unter den Großen der Länder! Du gleichst dem Re, der über den Himmel fährt in seiner Barke. Ägyptens Steuer bist du und des Reiches Boot fährt nach deinem Willen. Dein Erbarmen komme über mich wie die Sättigung, die den Hunger stillt, und ebne mir den Weg zu Pharao – er lebe, sei heil und gesund –, denn er selbst gab den Befehl, den Träger seiner goldenen Binse vorzulassen.«

Der junge Mann, der den ersten Sätzen mit einem gelangweilten Ausdruck gelauscht hatte, als ob er solche Huldigungen gewöhnt sei, stutzte jetzt und beugte sich sogar aus seinem Wagen, um das emporgehaltene Schmuckstück zu betrachten.

»Von welchem Befehl sprichst du?«

»Es ist ein sehr alter Befehl, edler Herr, und es kann sein, dass er vielleicht in Vergessenheit geraten ist, denn der Kronprinz Ramses gab ihn vor mehr als dreizehn Jahren, als der Göttliche Sethos noch die Kronen der beiden Länder trug, bevor er zu seinem Vater Re an den Himmel versetzt wurde.«

Der junge Mann richtete sich wieder auf. »Vor dreizehn Jahren wurde ich geboren, und zwar als Sohn des

Kronprinzen. In meinem ganzen Leben habe ich noch nie etwas von einem derartigen Befehl gehört.«
Er sah Meret zum ersten Mal richtig an und in seine auffallend großen, schön geschnittenen Augen kam ein solcher Ausdruck von Verachtung, dass sie sich vorkam wie geohrfeigt.
»Ich weiß nicht, woher du das Schmuckstück hast. Wahrscheinlich hast du es gestohlen, aber das interessiert mich nicht. Eins aber weiß ich sicher. Mein königlicher Vater hat nie einen derartigen Befehl gegeben und es wäre eine Beleidigung Seiner Majestät, wenn er deinen nichtswürdigen Anblick ertragen müsste. Du kannst den Göttern danken, dass ich dich nicht verhaften lasse für deine Unverschämtheit, du Schlampe. Such dir deine Kunden in den Schänken am Fluss, da gehörst du hin.«
Meret spürte, dass Antef auf einmal neben ihr war und dass der Hauptmann, der die Rede des Prinzen abgewartet hatte, mit ausgestreckten Armen auf sie zu kam, als ob er sie packen wollte. Aber mehr als alles andere spürte sie die feuerheiße Welle von Wut, die sie ergriff.
»Die Schänken am Fluss scheinen dein bevorzugter Aufenthaltsort zu sein, so wie du sprichst.«
Sein Kinn sackte nach unten. Einen Augenblick stand er mit offenem Mund da. Dann errötete er noch heftiger als sie. »Verschwinde, sonst bekommst du meine Peitsche zu spüren.«
Meret rührte sich nicht. Sie hatte das Gefühl, als ob die Wut ihr gleich Flügel verleihen, sie in die Höhe heben und ihm entgegenschleudern würde, damit sie ihre Nägel in sein leeres, hochmütiges Gesicht schlagen

konnte. Er hob seine Peitsche, aber in diesem Moment machte das Pferd einen Satz rückwärts, sodass er das Gleichgewicht verlor, die Peitsche fallen ließ und sich mit beiden Händen an der Brüstung der Kutsche festklammern musste.

Antef rief ein Kommando und der Rappe bäumte sich auf und brach zur Seite aus. Der leichte Wagen schleuderte herum. Der Prinz flog heraus. Die Soldaten stürzten zu ihm und hoben ihn in die Höhe, zwei rannten dem entschwindenden Pferd samt Wagen hinterher. Nur der Hauptmann stand da wie versteinert und starrte Antef an. Er war ein großer, schwerer Mann mit einem Gesicht wie aus Fels gehauen, in dem eine rote, pulsierende Narbe das einzige Lebendige war.

»Bei Amun!«, stöhnte Antef. »Hauptmann Zahotep! Komm, nichts wie weg!«

Die Zwillinge drehten sich um und rannten, aber das Klatschen von Sandalen verriet, dass der Hauptmann hinter ihnen herkam. Antef stieß einen langen Pfiff aus, die drei ersten Töne von *Genieße den Tag*. Huij und Tuij sprangen die Böschung hoch.

»Fasst!«, keuchte Antef. »Fasst zu!«

Hinter ihnen ertönte ein Schrei, dann ein dumpfes Geräusch wie von einem Fall, dann lautes Fluchen. Die Zwillinge rannten weiter, bogen um die Ecke der Palastmauer, verminderten ihr Tempo nicht. Sie hatten einen guten Vorsprung, aber ihr Entkommen würde davon abhängen, ob Zahotep wieder auf die Füße kommen würde oder wie schnell die Soldaten sich an die Verfolgung machen würden.

»Ich kann nicht mehr!«, japste Meret schließlich. »Wir fallen nur auf, wenn wir so rennen.«
Sie hockten sich an die Böschung und verschnauften. Kein Verfolger tauchte an der Mauerecke auf. Vor dem Haupttor wogte noch immer die Menschenmenge.
»Wir fallen sowieso auf. Es sei denn, du hast ein Messer bei dir und kannst mir den Kopf rasieren. Zum Teufel mit den roten Haaren! Aber weißt du, was? Das Pferd war Schwarz-wie-die-Nacht. Er hat mich gleich erkannt. Hast du gemerkt, wie er mir gehorcht hat? Ohne ihn hättest du Peitschenhiebe gekriegt. Aber wie kommt er bloß in den Palast? Wahrscheinlich werden die schönsten Pferde aus ganz Ägypten dort hingebracht.«
Huij und Tuij tauchten hechelnd auf, die Leinen hinter sich herschleifend, und sprangen zu ihnen hinunter. Sie ließen sich von Antef loben und streicheln, schlichen dann weiter nach unten und löschten ihren Durst am Nil.
»Ich habe eine Idee!«, rief Meret. »Los, zieh dich aus. Wir sind Papyrussammler oder Fischer oder Korbflechter.«
Sie fuhren aus Kleidern und Sandalen, schnürten sie mit Halmen zusammen und umhüllten sie mit Sumpfgras, sodass sie aussahen wie gesammelte Futterbündel. Dann beschmierten sie sich Haare, Gesichter und die nackten Körper mit Schlamm. Meret gab Acht, dass kein einziges rotes Haar von Antef mehr zu sehen war, und schleuderte ihren Blumenkranz in den Nil. Innerhalb von wenigen Minuten erinnerte nichts mehr an

die beiden Bittsteller von der Palastpforte. Sie wateten am Ufer entlang, bis sie auf einen Fischer trafen, der sie gegen Hilfe beim Einholen der Netze auf die andere Seite des Nils bringen wollte.

Nach einiger Zeit sahen sie in der Ferne die mächtige Gestalt von Hauptmann Zahotep, der einem Trupp Soldaten Befehle zubrüllte. Die Soldaten umstellten die Menge vor dem Haupttor und gingen langsam von Grüppchen zu Grüppchen. Antef und Meret sahen sich nur an und arbeiteten weiter. Die Soldaten schwärmten aus und durchsuchten auch die Umgebung und das Flussufer, schenkten aber den drei lehmverkrusteten Fischern keine Beachtung und konnten auch Huij und Tuij nicht sehen, die im Schilf geduldig und reglos ein Wasserhuhn belauerten.

Zum Erstaunen der Zwillinge verlor Bata kein Wort über ihr Aussehen, als sie am Abend das kleine Häuschen betraten. Er saß am Tisch, einen Bierkrug vor sich, und starrte trübsinnig in eine Zimmerecke. Er wandte nicht einmal den Kopf, als die vier hereinkamen.

»Er hat ja nicht hören wollen.« Es klang fast wie ein Selbstgespräch. »Wie oft hab ich ihn nun schon gewarnt! Aber er hat einfach nicht hören wollen. Das hat er nun davon. Diesmal geht's ihm an den Kragen, da bin ich sicher.«

»Aber Bata! Was redest du da? Wo ist Sinufer?«

Batas Seufzer war so tief wie der Nil bei Hochwasser. »Im Gefängnis.«

»Du – du machst Witze.«

»Sehe ich so aus?« Er drehte ihnen sein trauriges, run-

des Gesicht zu. »Angeblich hat der Vorsteher der Ärzteschaft sich beschwert. Aber mein Freund Inteb hat mir verraten, dass die Priester dahinter stecken. Nicht alle natürlich. Aber einer oder mehrere, die Einfluss haben. Sie haben Sinufer erwischt, als er bei einem Kranken war, und haben ihn vom Fleck weg verhaftet.«
»Aber was können die Priester gegen ihn haben?«, fragte Meret empört. »In den Tempel gehen jeden Tag tausende von Bittstellern und Kranken. Es gibt gar nicht genug Priester für alle. Vorgestern, als ich die Kränze gebracht habe, da standen lange Schlangen von Menschen im Vorhof und alle wollten ein Opfer bringen. Da kommt es doch auf die paar nicht an, die zu Sinufer gehen.«
Bata nahm einen tiefen Zug aus dem Krug. »Je mehr er hat, je mehr er will – kennst du das Sprichwort nicht? Die Priester glänzen vor Öl und sind so feist wie Mastgänse, aber trotzdem ist es ihnen leid um jede Spende, die ihnen entgeht. Und die berühmten Ärzte sind genauso. Wenn Sinufer bei den Armen geblieben wäre, da hätten sie ihn ungeschoren gelassen. Aber in letzter Zeit haben ihn auch Reiche geholt und diese Honorare wollen die Ärzte sich nicht entgehen lassen.«
»Was sollen wir denn jetzt machen?« Antef rubbelte sich den Lehm aus den Haaren. »Wir müssen ihm doch irgendwie helfen!«
Bata leerte den Krug und rülpste laut. »Vielleicht können wir ihn freikaufen. Aber ich weiß nicht, womit. Oh Hathor von Dendera, du Herrin der Trunkenheit, sende mir einen guten Gedanken.«

Er stierte noch eine Zeit lang vor sich hin, dann legte er den Kopf auf die Tischplatte und fing an zu schnarchen. Und obwohl die Zwillinge grübelten, bis ihnen die Augen zufielen, kam ihnen auch kein Einfall.

Kapitel 11

Am nächsten Morgen gingen Meret und Antef zum Hafen. Sie hatten beschlossen noch einmal ihr Glück beim Palast zu versuchen. Vielleicht gab es irgendwo in der endlosen Mauer eine Stelle, wo man hinüberklettern konnte, oder einen Eingang, der nicht von Soldaten bewacht war, oder die Möglichkeit, sich unter eine Schar von Dienern oder Lieferanten zu mischen. Die Aussichten dafür waren gering, aber Pharao war ihre einzige Hoffnung.

Sie suchten an jedem Anlegepflock nach dem freundlichen Fährmann, aber sie sahen kein bekanntes Gesicht. Sie gingen ein Stückchen weiter zum Marktplatz und schoben sich durch das Gedränge zwischen den Ständen in der Hoffnung, einen Patienten von Sinufer zu treffen, der ihnen den Fährlohn vorstrecken würde. Antef hielt Huij und Tuij an kurzer Leine, sie reckten die Nasen in die Höhe und schnupperten aufgeregt die Fülle von Wohlgerüchen, die von den Theken mit frischem und gedörrtem und gepökeltem Fleisch und Fisch, von den Garküchen und Bierschänken aufstiegen.

»Siehst du den Honigverkäufer da drüben?« Antef zeigte an einer Frau zwischen hochgetürmten Melonenbergen und einer anderen mit einem Korb Äpfeln vorbei auf einen Mann, der unter einem Sonnendach Krüge in allen Größen und Formen auf einer niedrigen

Platte aufgebaut hatte. Es war leicht zu erraten, was in den Krügen war, denn sie waren umschwirrt von Bienen. »Der wird mich bestimmt kennen. Er hatte Würmer in seinem Bauch und Sinufer hat sie vertrieben. Komm, den fragen wir.«
Sie umrundeten einen Barbier, einen Korbflechter und einen Töpfer und warteten ungeduldig, dass der Honigverkäufer einer unentschlossenen Hausfrau die Vorzüge der einzelnen Honigsorten lange genug erläutert hatte und sie endlich mit ihrem Krug verschwinden würde.
Meret spürte auf einmal, dass jemand sie anstarrte. Sie hob den Kopf – und blickte geradewegs in die Augen des Prinzen, den sie gestern angefaucht hatte. Und der wegen Antefs Kommandos aus dem Wagen gestürzt war. Bei Amun! Es ging aber auch wirklich alles schief. Denn er hatte sie erkannt, das sah man seinem wütenden Gesicht an. Jetzt drehte er sich um, wahrscheinlich auf der Suche nach einem Marktpolizisten.
Sie legte Antef schon die Hand auf die Schulter, um ihn wegzuziehen, da zupfte ein kleines Mädchen den Prinzen am Arm und sagte etwas zu ihm, wobei sie von einem Bein auf das andere hüpfte und lachte. Meret wurde auf einmal bewusst, dass der Prinz nur eine sehr einfache Perücke, ein Gewand aus ziemlich grobem Leinen und keinen Schmuck trug. Und die Kleine sah ebenso aus, nicht gerade ärmlich, aber doch recht schlicht. Was tat überhaupt ein Prinz auf einem Marktplatz, mitten in einer Menschenmenge, ohne eine Garde von Soldaten und Hofbeamten um sich herum? Die

Geschichte von Prinz Ramses und ihren Eltern fiel ihr plötzlich ein, die Sinufer ihnen vorgestern Abend erzählt hatte. Der Prinz hatte sich einfach weggeschlichen vom Hof und niemand hatte gewusst, wo er war. Ob die beiden da drüben etwas Ähnliches gemacht hatten?

Eine Bewegung ging über den Marktplatz, Ausrufe von Schrecken und Bewunderung ertönten, die Menschen wichen zur Seite, um einen Weg freizumachen, schoben und drängten. Meret verlor den Prinzen und das kleine Mädchen aus den Augen. Sie drehte sich um. Eine Reihe von Polizisten geleitete einen Zug von Menschen und Tieren zum Hafen. An der Spitze schwankten Kamele mit hochmütigen Gesichtern über langen Hälsen, verzierte Ledersitze auf den Rücken, in denen Mädchen mit wallenden dunklen Locken saßen. Zierliche Esel folgten, nicht grau, sondern silberweiß, mit Knaben in bunt gestreiften Gewändern, deren Kopftücher von Goldreifen gehalten wurden. Dann schleppten Diener grün glasierte Amphoren und Blöcke aus rötlich schimmerndem Metall. Umgeben war der Zug von bärtigen Männern in wallenden farbigen Mänteln mit Kapuzen, die die Tiere führten oder Trupps von Dienerinnen beaufsichtigten.

Die Hafenleute und Marktgeher und Gassenjungen wussten sofort, dass dieser Zug die angekündigte Delegation des Fürsten von Amurru sein musste, gaben ihre Kommentare ab und stellten Vermutungen an. Der Fürst wollte nämlich Pharaos berechtigten Zorn über sein Schielen nach anderen Verbündeten dadurch besänftigen, dass er ihm eine Reihe von adeligen Kindern als Geiseln schickte, die am Königshof erzogen werden und gleichzeitig das Wohlverhalten ihrer fürstlichen Eltern garantieren sollten.

»Die können froh sein, dass sie in ein zivilisiertes Land kommen«, sagte der Honigverkäufer zu Antef. »Als Erstes wird man ihnen ägyptische Kleider geben. Und ihnen die Wolle vom Kopf scheren. Sie triefen bestimmt vor Schweiß. Diese dicken Haare und Gewänder sind doch einfach unappetitlich.«

Meret stellte sich auf die Zehenspitzen, um zu sehen, was die Schreckens- und Bewunderungsrufe hervorgerufen hatte, denn die Thebaner waren Delegationen aus aller Herren Länder gewöhnt und so leicht nicht in Erstaunen zu versetzen. Zwei Bedus führten ein Ochsengespann, das einen Karren mit einem Käfig zog, in dem mehrere gefleckte Leoparden umeinander strichen.

»Sie tragen lederne Halsbänder, also sind sie zur Jagd abgerichtet«, erklärte der Honigverkäufer. »Das war ein schlauer Einfall von dem Fürsten. Er weiß bestimmt, dass Seine Majestät ein begeisterter Jäger ist.«

Hinter dem Karren ging ein Mann, der einen Vierfüßler mit braunem, zottigem Fell an der Leine führte. Das Tier reichte ihm fast bis zur Taille, hatte einen großen, runden Kopf mit langer Schnauze, einen mächtigen Rücken und säulenähnliche Beine, mit denen es sich in einem eigentümlichen Wiegegang fortbewegte. Dieses Tier war es, das die allgemeine Aufregung verursachte. Als es näher kam, drängten die Leute zurück.

»Ein Prankenhieb von dem und du rührst dich nicht mehr.«
»Der frisst einen Menschen zum Frühstück und einen zum Nachtmahl.«
»Sieh dir die Reißzähne an! Das sind die reinsten Krummdolche!«
»Ich frage mich bloß, warum er nicht in einem Käfig ist? Wenn der sich losreißt, gibt es ein Blutbad.«
Meret drehte sich zu dem allwissenden Honigverkäufer um. »Was ist das für ein Tier?«
»Ein Bär. Komm bloß nicht in seine Reichweite, für den bist du nur eine Vorspeise.«
Der Bär blieb auf einmal stehen, drehte den Kopf in ihre Richtung und witterte. Dabei stieß er ein tiefes Brummen aus.
Der Honigverkäufer lachte nervös und machte unwillkürlich ein paar Schritte rückwärts. »Ja, das glaub ich, dass du mich gerne besuchen würdest. Für Honig lässt du alles andere stehen.«
Meret spürte auf einmal einen festen Griff um ihren Ellbogen. »Hab ich dich endlich, du Schlampe. Wie würde es dir gefallen, wenn ich dich den Polizisten übergeben würde? Als Diebin und Lügnerin, die sich den Eintritt in die geheiligte Residenz des Herrschers erschwindeln wollte, um dort wer weiß welche Verbrechen zu begehen.«
Die unverschämten Anschuldigungen brachten Meret so in Zorn, dass sie überhaupt keine Angst spürte. »Wenn das bedeuten würde, dass du deine öligen Finger von mir nimmst, so wäre ich darüber sehr erleich-

tert. Ein Polizist riecht bestimmt besser als du. Parfümierst du dich eigentlich mit dem Sekret des Sumpfbibers?«
Wie gestern sackte ihm das Kinn herunter und er stand mit offenem Mund da. Offensichtlich war er eine raue Behandlung nicht gewöhnt. Und schlagfertig war er auch nicht. Aber das kleine Mädchen neben ihm lachte und klatschte vor Vergnügen in die Hände.
»Da hast du's, Ineni. Ich habe dir gleich gesagt, dass dein neues Parfüm zu stark ist. Aber auf mich wolltest du nicht hören. Sekret des Sumpfbibers. Das ist gut. Das muss ich mir merken.«
Meret zwinkerte ihr zu. »Vergiss es lieber. Ineni scheint diese Bezeichnung nicht zu schätzen.«
»Du unverschämtes Weibsstück. Für dich bin ich Prinz Ineni und ich werde dich ...«
»Psst! Sei still! Jetzt hast du dich verplappert.« Die Kleine funkelte ihn an. »Du bist auch wirklich zu dumm. Es darf doch niemand wissen, wer wir sind.«
Sein Gesicht war rot vor Wut. »Halt endlich den Mund, Shesu! Diese Verbrecherin gehört ...«
Meret konnte sich denken, was er sagen würde, und hatte keine Lust, sich weiter beschimpfen zu lassen. Am Ende würde er tatsächlich einen Polizisten rufen. Mit einem plötzlichen Ruck versuchte sie ihren Ellbogen aus seinem Griff zu befreien. Aber er hielt sie umklammert. Früher hätte sie jetzt vielleicht gekratzt oder getreten, aber bei den Wäscherinnen hatte sie andere Kniffe gelernt. Sie drehte sich zu ihm herum, schlang den freien Arm um seinen Hals und presste sich an ihn.

Sie spürte, wie er sich vor Abscheu verkrampfte. Sofort ließ er ihren Arm los und versuchte sie wegzustoßen. »Was fällt dir ein?«, keuchte er. »Bist du wahnsinnig?«
Noch während er sprach, schwang sie ihn herum und gab ihm einen kräftigen Schubs. Er stolperte rückwärts und prallte gegen den Bärenführer, der immer noch dabei war, das Tier zum Weitergehen zu bewegen. Der Bedu, ohnehin am Ende seiner Geduld, holte aus und verabreichte dem jungen Mann ein paar kräftige Ohrfeigen. Ineni stieß einen Wutschrei aus und hieb mit beiden Fäusten auf den Bärenführer ein. Ein Schlag traf die Kehle. Der Mann brach zusammen, die Leine entglitt seinen Händen. Der Bär wiegte sich hin und her und richtete sich plötzlich auf den Hinterbeinen auf.
Der Anblick war Furcht erregend. Die Menschen schrien auf und stoben nach allen Richtungen auseinander. Körbe fielen um, Früchte und Gemüse rollten über den Boden, Stände brachen zusammen und begruben die ausgelegten Waren unter sich, Töpferwaren gingen zu Bruch, Handwerker ließen ihre Werkzeuge im Stich. Innerhalb weniger Minuten lag der Marktplatz verlassen da, alle Menschen, sogar die Polizisten, waren in den angrenzenden Häusern und Gassen verschwunden. Nur die Mitglieder der Bedu-Karawane standen wie festgewurzelt.
Aber sie waren nicht die Einzigen, die auf dem Marktplatz zurückgeblieben waren. Einige Schritte von dem Bären entfernt lag ein kleines Mädchen. Sie war auf einer zerplatzten Frucht ausgerutscht und hingefallen und versuchte jetzt benommen in die Höhe zu kommen.

»Beweg dich nicht! Bleib still liegen! Stell dich tot! Bei Ischtar! Beweg dich nicht!«
Meret und Antef, die eine Gasse hinunterliefen, blieben stehen und drehten sich um. Das war Tuas Sprache! Die Leute der Karawane sprachen syrisch. Aber wen mochten sie anreden? Die Zwillinge drückten sich an den Hauswänden entlang zurück und spähten um eine Ecke auf den Marktplatz. Und da sahen sie das Kind am Boden, das mit kalkweißem Gesicht den Bären anstarrte, der wie eine dunkle, schwankende Alptraum-Gestalt über ihm stand.
»Shesu!,« schrie Meret. »Beweg dich nicht! Mach die Augen zu! Er tut dir nichts, wenn du still liegen bleibst.«
Das Mädchen schien sie nicht zu hören. Ihre aufgerissenen Augen blieben auf den Bären gerichtet.
»Oh, großer Amun! Heilige Göttin Hathor, steh mir bei!«, stöhnte Meret. »Das ist alles meine Schuld! Wenn ich den Kerl nicht gestoßen hätte . . .« Sie rang die Hände.
»Mach die Augen zu, Shesu!«, schrie sie noch einmal. »Dann siehst du ihn nicht mehr. Tu, was ich sage, bitte! Du schläfst jetzt ein und dann wirst du wach und alles ist vorbei.«
Shesus Hände verkrampften sich zu Fäusten, als ob sie alle Kräfte anspannen würde. Dann schloss sie die Augen und ließ den Kopf auf den Boden sinken.
»Amun sei Dank! Hathor sei Dank!«, flüsterte Meret. »Oh, bitte, bitte, helft ihr, dass sie sich nicht bewegt.«
»Er hat doch gesagt, dass er alles andere stehen lässt für

Honig, nicht?«, fragte Antef, und ehe Meret begriffen hatte, was er damit meinte, ging er schon auf den verlassenen Stand des Honigverkäufers zu, Huij und Tuij noch immer an der Leine. Die beiden kniffen die Schwänze zwischen die Hinterbeine und hatten den Bauch fast am Boden vor Angst, aber als Antef mit ihnen sprach, hoben sie gehorsam die Köpfe und stießen ein fauchendes Knurren aus.
Der Bär, der immer noch auf den Hinterbeinen stand, wandte den Kopf, öffnete das Maul und brüllte. Es klang wie ein Laut aus den tiefsten Tiefen der Unterwelt. Merets Knie zitterten derartig, dass sie kaum noch stehen konnte.
»Tu's nicht, Antef, tu's nicht!«, flüsterte sie tonlos.
Ein vielstimmiges Stöhnen ertönte. Meret hob den Kopf und sah, dass sich an der Brüstung jedes Hausdaches die Menschen drängten. Alle Augen waren auf Antef gerichtet, der den größten Krug auf dem Honigstand nahm und den Verschluss öffnete. Wieder sprach er mit Huij und Tuij, die maunzten noch einmal, so laut sie konnten, und schossen dann wie zwei Pfeile auf Meret zu. Antef neigte den Krug, dass der Honig auf den Boden floss, und hielt ihn weiter so, während er langsam rückwärts ging, ohne den Bären aus den Augen zu lassen.
Der Bär war durch die Stimmen und das Rennen der Schleichkatzen und durch Antefs Bewegung von dem Mädchen abgelenkt. Außerdem stieg ihm der Honigduft in die Nase. Seine Ohren zuckten, sein großer, dreieckiger Schädel wandte sich zur Seite. Er sank nach

vorn, zurück auf alle viere, und schaukelte auf die goldene Spur zu, die sich über den Marktplatz zog. Schmatzend begann er zu lecken. Antef ließ den Honig immer weiter auf den Boden fließen. In gehöriger Entfernung von dem reglos daliegenden Mädchen steckte er seinen Arm in den Krug, sodass er bis über den Ellbogen mit Honig überzogen war und hockte sich auf die Fersen. Der Bär kam schleckend langsam näher.
Meret presste die Hände zusammen und betete lautlos, ohne zu wissen, welche Götter sie um Hilfe anflehte. Dann sah sie, dass der Abstand zwischen dem Bären und Shesu immer größer wurde. Sie schob sich zu der kleinen Palme in der Nähe und band die Leinen von Huij und Tuij am Stamm fest. Sie schrak zusammen, als die Blätter der Krone raschelten und rauschten. Ein nacktes Bein in einer Ledersandale erschien, dann ein zweites. Der Prinz rutschte ungeschickt den Stamm hinunter.
»Du kannst sie jetzt holen, glaube ich«, hauchte Meret. »Der Bär ist abgelenkt.«
Er wich zurück. »Du bist doch von einem Kheft besessen, ich wusste es gleich«, flüsterte er. »Kein normaler Mensch geht jetzt auf diesen Platz.«
Meret sah ihn an. Sie wusste, dass ihre Augen die gleiche Verachtung zeigten wie seine, als er sie gestern so kalt betrachtet und heute beschimpft hatte, und sie sah, dass er in ihren Augen las, denn er errötete und ballte die Fäuste. Sie drehte ihm den Rücken zu und musterte den Platz. Die fürstliche Karawane stand immer noch reglos, Antef saß auf seinen Fersen, den Arm im Honig-

krug, und der Bär watschelte schmatzend auf ihn zu, den Rücken ihr zugewandt, die Schnauze am Boden. Meret gab sich einen Ruck, löste sich aus dem schützenden Schatten des Hauses und huschte auf den Platz, wobei sie voller Angst das riesige, schaukelnde Hinterteil des Bären im Auge behielt. Sie wusste, dass alle Augen auf den Dächern jetzt auch auf sie gerichtet waren, aber das half nur wenig. In einigen Schritten Entfernung von Shesu hielt sie an. Vielleicht würde das Mädchen schreien, wenn sie eine Berührung spürte, und das wollte sie nicht riskieren.

»Du kannst die Augen jetzt aufmachen, Shesu«, flüsterte sie. »Er ist weg. Komm schnell mit mir.«

Das Kind öffnete die Augen und sah sie an, rührte sich aber nicht. Meret kniete sich neben sie, schlang die Arme um sie und zog sie in die Höhe. Die Kleine fing an zu zittern, ihr Gesicht zuckte.

»Warte noch ein bisschen«, flüsterte Meret eindringlich. »Gleich kannst du weinen, so viel du willst. Aber lass uns erst von diesem Platz sein.«

Shesu drehte den Kopf und sah den Bären. Ihr Zittern wurde stärker, sie schwankte. Meret packte sie bei den Schultern.

»Du bist das tapferste Mädchen, das ich kenne. Du bist so tapfer wie ein Löwenjäger. Dein Vater wird stolz auf dich sein. Jetzt komm mit mir. Du musst mir sagen, wie ich gehen soll, denn ich will ihn im Auge behalten.«

Shesu löste den Blick vom Hinterteil des Bären, sah Meret an und schluckte. Dann nickte sie, griff nach der ausgestreckten Hand und setzte sich in Bewegung. Meret ging rückwärts, das Gesicht dem Bären zugewandt und tat so, als ob sie sich von ihr führen ließe. Aber der Bär bemerkte die beiden gar nicht. Er folgte immer noch schleckend und schmatzend der Honigspur. Er hatte zwar ein ausgiebiges Frühstück gehabt, sein Pfleger sorgte dafür, dass er immer satt und deshalb friedlich war, aber Honig war keine Nahrung, sondern reines Vergnügen.

Jetzt hob sich die Spur ein bisschen und der Untergrund änderte sich, von harter Erde zu etwas Weichem, Nachgiebigem. Doch der Honig schmeckte unverändert köstlich und der Bär leckte eifrig weiter. Antef spürte die raue Zunge an seinem Arm und begann ruhig und gleichmäßig zu sprechen. Der Bär stellte die Ohren nach vorn und hob den Kopf.

Einige Herzschläge lang blickten die beiden sich an. Antef sah eine braunrote Zunge, mehr als zwei Hände lang, daneben gelblich verfärbte, messerscharfe Zähne, die in zwei Reihen in dem offenen Maul standen, eine röhrenförmige, behaarte Schnauze, darüber runde, durchdringende Augen. Aus dem Schlund drang ein heißer Gestank von Fäulnis. Antef sammelte all seine Kraft und legte sie in seinen Blick, mit dem er unverwandt und ohne auch nur zu blinzeln in die schwarzen Augen sah, während er immer weitersprach, immer dieselben Worte:

»Ich bin dein Freund. Ich habe Honig für dich. Du bist mein Freund. Du liebst meinen Honig. Ich liebe dich. Gleich gehst du mit mir.«

Der Bär senkte die Augen und leckte. Antef kam lang-

sam, ganz langsam auf die Knie, stemmte die Fußspitzen gegen den Boden und richtete sich Stückchen für Stückchen auf. Dabei drehte er behutsam seinen Arm, damit der Bär auch die Unterseite abschlecken konnte. Mit der anderen Hand griff er nach der Kette, die von seinem Halsband baumelte. Als der Arm sauber war, nahm Antef den Honigkrug und ließ den Bär daran schnuppern. Dann zog er leicht an der Kette und ging zu der Gesandtschaft hinüber. Der Bär folgte ihm, die Nase witternd gegen den Krug ausgestreckt.
Ein riesenhafter Bedu trat vor, streckte beide Arme in die Höhe und sah, während er sich langsam drehte, die dicht gedrängt stehenden Menschen auf den Dächern an. Sie begriffen, dass er ihnen ein Zeichen geben wollte, und warteten schweigend. Er senkte die Arme in einer beschwörenden Geste und legte dann beide Hände auf den Mund. Und jeder verstand, dass man jetzt nicht schreien und lachen und jubeln durfte, trotz aller Erleichterung und Begeisterung, sondern dass ein Tumult das Raubtier erschrecken und wild machen könnte. Aber ein Flüstern erhob sich, ein an- und abschwellendes, mühsam gebändigtes Murmeln, in dem die Leute sich unterdrückt Luft machten.
Shesu und Meret waren langsam über den Platz gegangen und in die Gasse eingebogen.
»Ich muss jetzt nicht mehr weinen.« Die Stimme des Mädchens war klein und zittrig, aber ohne Tränen. Sie drängte sich eng an Meret und sah zurück. »Oh! Bei Amun! Er leckt an seinem Arm! Wie kann er das nur aushalten? Wieso rennt er nicht weg? Oh, sieh nur!

Jetzt hat er die Kette. Er führt ihn weg.« Sie schlang die Arme um Meret und brach jetzt doch in Tränen aus. »Hast du gesehen? Er hat rote Haare! Gott Seth hat ihn geschickt zu meiner Rettung. Bestimmt verwandelt er sich gleich in einen Vogel und fliegt davon.«

Meret begann zu lachen, ebenfalls etwas zittrig. Sie merkte auf einmal, wie die schreckliche Anspannung nachließ. Sie lachte lauter. Vielleicht konnte sie nie mehr aufhören zu lachen.

»Das glaube ich nicht«, kikste sie mit sich überschlagender Stimme. »Er heißt Antef und ist mein Bruder und kann bestimmt nicht fliegen.«

»Tatsächlich? Wie wunderbar. Komm, lass uns schnell zu ihm gehen. Ich muss unbedingt mit ihm reden.«

»Hör auf zu schwätzen und komm jetzt endlich«, sagte Ineni ungeduldig. »Wir können froh sein, dass uns niemand erkannt hat. Lass uns schnell verschwinden.«

»Verschwinden? Was fällt dir ein? Ich will mich bei ihm bedanken. Und du musst ihm ein Geschenk machen.«

Ineni packte sie grob an den Armen und schüttelte sie. »Hast du eigentlich den Verstand verloren? Ich habe mich von dir beschwätzen lassen, dass ich dich mitnehme, weil du unbedingt einen richtigen Markt sehen wolltest, aber das war das erste und das letzte Mal in meinen Leben, das kannst du mir glauben. Wenn du nicht sofort mitgehst, lasse ich dich hier stehen und du kannst sehen, wie du über den Nil kommst.«

Shesu stampfte mit dem Fuß auf. »Das traust du dich nicht. Ich werde Mutter alles verraten.«

»Dann werde ich dich so verprügeln, dass du nicht mehr sitzen kannst. Und ich werde haarige Spinnen in deinem Zimmer verstecken. Jede Nacht eine andere.«
»Du hast eine recht ordinäre Neigung zur Gewalt, scheint mir«, sagte Meret spöttisch.
Ineni presste die Lippen zusammen, zog einen Ring vom Finger und warf ihn ihr vor die Füße. »Gib den dem Jungen. Es soll mir niemand nachsagen, dass ich mich nicht gebührend bedanke.«
Meret rührte sich nicht und sah ihn verächtlich an, aber Shesu bückte sich und hob den Ring auf. »Bitte, nimm ihn. Und der ist von mir.«
Sie drückte Meret beide Ringe in die Hand und schloss deren Finger darum. »Bitte, du musst ihm sagen, wie sehr ich ihm danke. So warte doch, Ineni! Du bist gemein. Ich komme ja schon. Wie heißt du?«
»Meret.«
Das Mädchen hielt noch immer ihre Finger umschlossen, als ob sie Angst hätte, dass Meret die Ringe fortwerfen würde. Ihr zartes Gesicht glühte, die Flügel der gebogenen, kleinen Nase bebten, die Tränen hatten die Augenschminke zu breiten schwarzen Ringen verwischt. Meret vergaß ihren Ärger über den hochmütigen Bruder und lächelte sie an.
»Du siehst aus wie eine kleine Eule.«
Shesu hob auf einmal Merets Hand an ihr Gesicht und drückte ihre Stirn dagegen. »Ich kann dich nicht so belohnen, wie ich gerne möchte. Aber ich danke dir!«
Dann rannte sie hinter Ineni her.

Kapitel 12

Die Wasser des Nils flossen eilig dahin, dunkelbraun, fast schwarz gefärbt von den Schlammmassen, die sie mit sich führten, und Meret fand, dass diese Farbe ihrer Stimmung genau entsprach. Seit Stunden wanderte sie im Hafen herum, auf der Suche nach dem freundlichen Fährmann, aber der wollte einfach nicht auftauchen. Die Wäscherinnen, die am Morgen mit ihren Körben zum Fluss gezogen waren, kamen jetzt schon zurück und sie war immer noch hier und nicht am anderen Ufer.

Trübsinnig erinnerte sich Meret daran, wie fürchterlich ihr das Leben vorgekommen war, als sie selbst auf dem Wäschefloß hatte arbeiten müssen, und wie sie die Götter angefleht hatte um eine Änderung dieser Lage. Und jetzt? Fast war sie geneigt sich auf das Floß zurückzuwünschen. Tua war tot und hatte kein Grab, genau wie Vater, Sinufer saß im Gefängnis und – was noch viel schlimmer war – seit gestern Nachmittag war auch Antef verhaftet. Ob ihr Vater Recht gehabt hatte mit seiner Vermutung, dass Ramses ihnen Unglück bringen würde? Aber Pharao war ihre letzte Hoffnung, und wenn sie nicht einen Weg zu ihm fand, dann wusste sie nicht, wie sie Antef und Sinufer aus dem Gefängnis befreien sollte.

Sie betrachtete das Floß der Wäscherinnen und überlegte, ob sie es einfach losbinden und sich ans andere

Ufer treiben lassen sollte. Aber der Nil füllte sein Bett bis zum Rand, in den nächsten Tagen würde er über die Ufer treten und die Strömung war schon jetzt so reißend, dass sich nur ein erfahrener Fischer mit Segel und Ruder und Steuer aufs Wasser wagen konnte. Selbst wenn sie nicht unterging mit dem Floß, so würde die Strömung sie bestimmt bis nach Koptos oder vielleicht sogar bis nach Abydos tragen und da konnte sie Antef und Sinufer noch weniger helfen als hier auf dem falschen Ufer.

Dabei hatte gestern alles so hoffnungsvoll ausgesehen. Sie waren zum Tempel gerannt und hatten sich bis zum Haus des Gewahrsams durchgefragt und Antef hatte bei einem sehr bedeutend aussehenden Priester – denn er trug ein Leopardenfell über den Schultern – Sinufer auslösen wollen.

»So einfach geht das nicht. Zuerst muss ein Schreiber deinen Antrag aufsetzen«, hatte der Priester erklärt. »Natürlich gegen entsprechende Gebühren. Der Schreiber gibt einen Teil davon an den Gerichtssekretär weiter, der an den Inspektor, der an den obersten Protokollbeamten und der entscheidet dann, ob er dem Richter vorgelegt wird. Kannst du das überhaupt bezahlen?«

Antef hatte ihm den Ring des Prinzen gezeigt. Während der Priester ihn in den Händen drehte, war mit seinem Gesicht eine Veränderung vorgegangen und Meret war unwillkürlich Schritt für Schritt zurückgewichen, aber Antef hatte nur Augen für den Ring gehabt und nichts gemerkt. Auf einmal hatte ihn der

Priester am Nacken gepackt und gezischt, dass er ein vermaledeiter Dieb sei und den Tempel mit Diebesgut entweihen wolle, denn der Ring trage das Zeichen Pharaos – er lebe, sei heil und gesund – und unmöglich könne ein Gassenjunge wie er . . . Und dann hatte er sich unterbrochen und Antef schärfer ins Auge gefasst.
»Du bist der rothaarige Gehilfe des Ehrlosen, der sich die Aufgaben der Ärzte und Priester angemaßt hat. Du hast ebenso gegen die Gesetze des Tempels verstoßen wie er. Du bist verhaftet.«
Aber ehe die herbeieilenden Tempelwächter ihn packen konnten, hatte Antef einen Satz gemacht, den Ring aus der Hand des Priesters gerissen und ihn mit einer weit ausholenden Bewegung auf den Hof geworfen. Alle Priester hatten nach oben geblickt, auch Meret, aber sie hatte kein Blitzen gesehen und kein Klirren gehört.
»Bring mir Huij und Tuij!«, hatte Antef geschrien, aber dabei in eine andere Richtung geblickt, in die der Priester sofort zwei Wächter schickte. Meret war langsam zu der Tempelmauer mit dem haushohen, eingemeißelten Ohr gegangen, in das die Gläubigen ihre Bitten flüstern konnten, damit Amun sie besser hörte. Sie hatte eine Zeit lang dort gestanden, in einer Gruppe von Betenden, und hatte aus den Augenwinkeln beobachtet, wie mehrere Wächter Stück für Stück den Boden nach dem Ring absuchten, aber ohne Erfolg.
Sie war dann mit den Betern aus dem Tempel gegangen, ohne dass jemand ahnte, dass sie die Zwillingsschwester des gerade Verhafteten war. Sie war nach

Hause gerannt, hatte die beiden Schleichkatzen in einen großen Korb gesetzt und unter einer Palme im Tempelbezirk freigelassen.
»Sucht Antef! Sucht Antef!«
Huij und Tuij waren den Palmenstamm hinaufgelaufen, von dort auf eine Mauer gesprungen und auf der anderen Seite verschwunden. Bestimmt haben sie Antef gefunden, aber was das nützen soll, kann ich mir nicht vorstellen, dachte Meret, während sie zum wer weiß wievielten Male die Landepflöcke abging. Warum bloß gab es hier so viele Schiffe? Bestimmt waren es hunderte. Vielleicht war der Fährmann an einem Ende der Mole gelandet oder abgefahren, während sie am anderen suchte.
Sie setzte sich müde auf eine Taurolle. Es roch nach warmem Wasser und Schlamm und fauligen Hanfseilen. Ob sie den letzten Ausweg wählen und einem der Schmuckhändler auf dem Markt Shesus Ring anbieten sollte? Aber auch er trug das Zeichen Pharaos, das hatte sie inzwischen festgestellt, und damit riskierte sie ebenfalls ihre Verhaftung.
»Bier brauen können sie, die Ägypter, das muss ihnen der Neid lassen.« Die Männerstimme in ihrem Rücken klang ein bisschen betrunken. »Und kochen können sie auch. Diese gebratenen Täubchen mit Minze waren köstlich. Aber ansonsten sind sie ein sittenloses Volk. Schau dir bloß diese Gewänder an! Genauso gut könnten sie nackt gehen.«
»Das tun sie ja auch«, sagte ein zweiter Mann mit schwerer Zunge. »Die Sängerin eben in der Schänke

hatte bloß eine Kette um die Hüften. Und siehst du die Fischer da drüben? Nicht mal einen Lendenschurz haben sie, ob Männlein oder Weiblein.«
Meret kam auf einmal zu Bewusstsein, dass die beiden in Tuas Sprache redeten. Sie fuhr herum. Ein baumlanger Kerl und ein kleinerer Gedrungener, beide mit krausen, schwarzen Bärten, waren in bunte, bodenlange Gewänder gehüllt, umwallt von Kopftüchern, die von Filzringen gehalten wurden!
Meret sprang auf. Der eine hatte gestern die Leute mit Gesten aufgefordert Ruhe zu bewahren. Und der andere war der Bärenführer. Der hatte sich nach einiger Zeit hochgerappelt und angeordnet, dass den Geparden lederne Kappen aufgesetzt wurden und dass sie angeleint und aus dem Käfig gebracht wurden, sodass man den Bären hineinführen konnte. Der Bärenführer hatte durch den Schlag vor die Kehle seine Stimme verloren und konnte gerade noch flüstern. Er sprach auch jetzt sehr leise, fast tonlos. Wahrscheinlich würden ihm Batas Eukalyptuskugeln gut tun. Aber das hatte Zeit.
Meret stürzte auf die beiden zu. »Bitte, geht nicht weiter. Hört mich an. Im Namen der großen Ischtar.« Das war die einzige ausländische Göttin, die ihr im Moment einfiel. Hatte nicht einer gestern ihren Namen gerufen? »Ich bin in einer schrecklichen Lage und ich brauche eure Hilfe. Mein Bruder hat gestern den Bären beruhigt, auf dem Marktplatz, als ihr auf dem Weg zum Hafen wart.«
Der Bärenführer grinste erfreut. »Tapferer kleiner Kerl. Wirklich ungewöhnlich umsichtig. Irgendein Trottel

hätte das arme Viech am Ende erschossen, aus lauter Angst, dass es wen umbringt. Dabei war es unser wichtigstes Geschenk für Pharao, denn er hat noch keinen Bären in seinem Tiergehege.«

»Ich fühle mich sehr erfreut, weil mein Bruder euch auf diese Art Hilfe spenden konnte.« Meret stolperte durch die ungewohnten Satzkonstruktionen. Hoffentlich verwendete sie nicht die falschen Wörter. »Auch der Bruder des kleinen Mädchens war dankbar, das auf dem Marktplatz gestürzt war. Er hat Antef – so heißt mein Bruder – einen Ring geschenkt. Aber man hat geglaubt, dass Antef den Ring gestohlen hat und jetzt ist er im . . .« Götter, was hieß Gefängnis? Sie machte mit Gesten das Binden von Händen und Füßen nach. Die beiden Bedus nickten. »Und deshalb muss ich zu Pharao, denn nur er kann ihn befreien.« Wieder nickten die beiden. Amun sei Dank. Sie kamen gar nicht auf die Idee, dass Pharao wichtigere Aufgaben hatte. Wahrscheinlich lag in ihrer Heimat die Entscheidung über Freiheit und Leben und Tod bei den Hirtenkönigen. »Und deshalb möchte ich euch sehr herzlich bitten mich mit in den Palast zu nehmen.« Meret presste beide Hände aufs Herz, um die Dringlichkeit ihrer Bitte zu unterstreichen.

Der Riese sah sie mit schwimmenden Augen an und tätschelte ihr erfreut den Kopf. »Wie schön, nach all dem unverständlichen Gebrabbel vernünftige Sätze zu hören. Woher sprichst du unsere Sprache?«

»Die Familie meiner Mutter stammt aus Syrien. Sie wurde nach Ägypten geraubt.«

»Syrien?«, krächzte der Bärenführer. »In Qadesh lebt ein Schwesterkind der Mutter meiner ersten Frau.«
Die Blicke des Riesen waren inzwischen von Merets Gesicht nach unten gewandert. Das Bier hatte seine Aufmerksamkeit nicht gerade geschärft. »Es wäre besser gewesen, du wärest in deine Heimat zurückgekehrt. Wenn du in Syrien wärest, würdest du nicht so unanständig herumlaufen«, sagte er streng. »Das kann man ja kaum als Kleid bezeichnen, was du da trägst. Schämst du dich eigentlich nicht?«
Meret sah verwirrt an ihrem bloßen Oberkörper herunter und schüttelte den Kopf. Schämen? Das war ein Wort, das sie nicht kannte. Aber die Mädchen gestern auf den Kamelen, die waren von Kopf bis Fuß in lange Gewänder gehüllt gewesen, das fiel ihr jetzt ein. Die armen Dinger! Die mussten sich ja halb totschwitzen bei dieser Hitze.
Der Riese nahm auf einmal sein bunt besticktes Schultertuch und legte es ihr um Kopf und Oberkörper. »Gib ihr auch ein Tuch, Laban. Das kann sie sich um die Hüften schlingen. So, jetzt siehst du schon besser aus. Außer Gesicht und Füßen ist nichts zu sehen. So wie sich das gehört.«
Die Tücher rochen streng nach Schweiß und Schaf und waren bestimmt voller Ungeziefer, aber von solchen Nebensächlichkeiten durfte man sich jetzt nicht irritieren lassen.
»So wie sich das gehört«, bekräftigte Laban heiser. »Jetzt können wir dich mitnehmen.«
Sie gingen leicht schwankend zur Hafenmauer und rie-

fen laut zwei Worte, die sie wohl auswendig gelernt hatten, »Fähre« und »Palast«. Meret folgte ihnen, fast schwindelig vor Erleichterung. Auf einmal war nicht mehr das dunkle Nilwasser ein Spiegel ihrer Stimmung, sondern der strahlende Himmel. Sie fuhr ans andere Ufer! Und wenn alles gut ging, würde sie sogar ohne Schwierigkeiten in den Palastbezirk kommen.
Auf dem Weg zum Großen Tor redete sie eifrig mit den beiden Bedus und erkundigte sich nach »unserer gemeinsamen Heimat«. Die beiden sollten gar nicht daran denken, dass sie nicht zu ihnen gehörte. Munter schwätzend, gingen sie an den Wachen vorbei.
»He! Ihr da! Halt! Wer seid ihr?«
Die drei blieben stehen und sahen sich um. Dann wies der Bärenführer mit dem Zeigefinger auf seine breite Brust und sagte: »Laban.« Und dann: »Pharao.« Er dachte angestrengt nach, zuckte dann mit den Schultern und näherte seine Hände dem Boden, wobei er sich hin- und herwiegte, die Zähne fletschte und brummte.
»Das ist der Bärenführer. Einer von den Sandhasen, die gestern gekommen sind«, sagte ein Soldat. »Und die anderen gehören dazu. Lass sie vorbei.«
Aber der erste Soldat hatte eine andere Auffassung von den Pflichten eines Wächters.
»Und du?«, fragte er streng.
Der Riese wiederholte die Pantomime seines Landsmannes, nannte sich Yussuf und zeigte mit Gesten an, dass er der Führer der Karawane war.
Der Soldat nickte. »Und du?«

Meret verneigte sich tief, sodass ihr der Schal weit über die Stirn rutschte. Bei den Bedus waren die Frauen unterwürfig und sie wollte sich dieser Sitte gerne anpassen, denn soeben trat Hauptmann Zahotep aus dem Torturm und musterte die Straße zwischen Anlegeplatz und Palast. Bei Sobek! Wieso war er heute hier und nicht an dem kleinen Tor?
Meret hob den Kopf nicht. »Zilla!«, murmelte sie und zeigte auf sich. Diesen Namen hatte sie erst auf der *Kraft durch Schnelligkeit* erfahren. Tua würde sich bestimmt freuen, dass sie ihn jetzt verwendete. Meret machte in der Luft die Gebärde des Haarekämmens und Zöpfeflechtens. »Tochter – Fürstin Amurru – heißen Ischtarzillaischtar«, radebrechte sie und schnurrte ihre kühne Namensschöpfung so schnell herunter, das sie echt klang.
»Sie ist Zofe bei einem von diesen Bedu-Mädchen«, sagte der lässige Soldat. »Nun lass sie schon durch.«
»Und zwar ein bisschen flott!«, schnauzte der Hauptmann, ohne den Blick von der Straße zu nehmen. »Die Sandhasen stinken nach Stall. Wenn sie noch lange da stehen, haben sie uns ihr Ungeziefer angehängt.«
Der Pflichtbewusste winkte sie weiter, aber sie mussten zur Seite springen, denn eine Kutsche rollte in flottem Tempo durch das Tor. Die Posten verneigten sich tief. Meret zog den bunten Schal noch weiter übers Gesicht, aber diese Vorsichtsmaßnahme war nicht nötig, denn Prinz Ineni hatte grundsätzlich keinen Blick für Dienstboten oder Leute auf der Straße.
Meret beschlich ein unbehagliches Gefühl, dass er aus-

gerechnet jetzt in den Palast zurückkehrte. Ihr wäre wohler gewesen, sie hätte sich vorstellen können, er wäre auf die Jagd gegangen. Oder zu den Schänken am Flussufer. Pah. Der unverschämte Kerl! Sie würde keinen Gedanken an ihn verschwenden.

Nach einiger Zeit dachte sie tatsächlich nicht mehr an ihn, denn die Pracht des Palastes nahm sie gefangen. Sie kam sich vor wie in einem Zaubergarten, in dem schwellende Rasenflächen, lichte Gehölze, kleine und große Teiche, Brunnen und Wasserläufe, Tempelchen und Gartenhäuser, Blumenbeete und hohe Hecken einander abwechselten. Auf Weingärten folgten Dattelhaine; tiefblauer Rittersporn und scharlachroter Salbei leuchteten vor dunklen Tamarisken; im Schatten blühender Gebüsche standen niedrige Tische mit bändergeschmückten Weinkrügen und Fruchtschalen. Manchmal sah sie bunte Säulenreihen und weiße Mauern hinter den Bäumen schimmern, dann flache Gebäude, in denen sie nach den herumwuselnden Dienstboten Küchen, Bäckereien, Werkstätten und Stallungen erkannte. Die Wege gabelten und schlängelten sich und boten immer neue Aussichten.

Einmal glaubte sie den Hauptmann Zahotep zu erkennen und duckte sich unwillkürlich hinter einen Strauch, aber er drehte ihr den Rücken zu. Ihm entgegen kam ein kleiner Mann in militärischer Kleidung, dessen dicker Bauch gar nicht zu seinen mageren Armen und Beinen passen wollte. Er ging rasch, etwas hinkend und mit gesenktem Kopf – wie in Gedanken versunken. Meret sah nur wenig von seinem Gesicht, denn er trug eine sehr aufwändige Perücke, deren dichte Fransen bis zu den Augenbrauen reichten. Die Augenbrauen waren auch sehr dicht und schwarz und Mund und Kinn wurden von einem ebenfalls sehr dichten schwarzen Spitzbart verdeckt, wie ihn die assyrischen Händler trugen.

Zahotep verlangsamte seine Schritte, aber der andere ging in unvermindertem Tempo und irgendwie geistesabwesend weiter. Komisch, dass sie sich nicht grüßten. Die Mitglieder der Palastwache kannten sich doch sicher alle. Aber vielleicht machte der Kleine nur einen Besuch. Wie kam Zahotep überhaupt in den Palast? Darüber hatte sie gestern schon mit Antef gerätselt.

Der Kleine verschwand um eine Wegbiegung, aber Zahotep blieb nach ein paar Schritten stehen, bückte sich und fingerte an seiner Sandale herum, wobei er verstohlen zurückschaute. Dann richtete er sich auf, ging den Weg zurück und bückte sich wieder nach seiner Sandale. Meret kniff die Lider zusammen. Antef sagte immer, dass sie Augen hätte wie ein Falke, jedenfalls sah sie deutlich, dass der Hauptmann etwas vom Boden aufhob, das aussah wie eins der Amulette, die Sinufer immer auf einem schmalen Streifen von einem Papyrusblatt schrieb und dann zusammenrollte. Eine Botschaft! Aber warum blieben die zwei nicht stehen und redeten miteinander? Zahotep blickte sich verstohlen nach allen Seiten um, las den Papyrus und ging dann schnell in seiner alten Richtung weiter.

Meret verließ ihren Platz hinter dem Busch und gesellte sich wieder zu ihren beiden Begleitern, die unschlüssig an einer Weggabelung standen und schließlich zögernd weitergingen. Meret merkte, dass sie die Orientierung verloren hatten. Als sie an einen gewundenen Pfad kamen, dessen Belag blau glitzerte, blieben sie stehen. Laban schob mit dem Fuß die schimmernden Steine durcheinander, dass sie in allen Schattierungen funkelten. »Das ist der Weg zu Pharaos Wohnung. Den sind wir gestern geführt worden, denn ich hab mich über den blauen Kies gewundert.«

»Sieht eher aus wie gemahlene Edelsteine. Lapislazuli, schätze ich.« Yussuf betrachtete den Weg. »Aber wir wollen nicht zu Pharaos Wohnung, sondern in unser Quartier. Und das ist neben dem Tiergehege. Ich glaube, ich weiß jetzt, wie wir gehen müssen. Dieses ägyptische Bier vernebelt einem den Verstand.« Er sah Meret an. »Aber du wolltest zu Pharao, stimmt's? Hier bist du ganz in seiner Nähe. Du brauchst nur . . .«

»Psst!«, machte Meret und legte den Finger auf den Mund. Jenseits der hohen, gestutzten Lorbeerhecken, die den Pfad wie eine Mauer säumten, näherten sich Stimmen und Schritte.

»Wer ist denn heute die Glückliche?«

»Denk doch ein bisschen nach! Prinzessin Anch-iri natürlich. Die muss immer etwas Ausgefallenes haben. Die Erste sitzt am liebsten am Lotosteich und die Zweite im goldenen Pavillon, das ist wenigstens nahe am Palast und man rennt sich nicht die Füße ab. Aber das ist dem Silberstimmchen natürlich zu normal. Wenn die Sykomore blüht, will sie druntersitzen und den

Duft genießen. Und wir müssen alles hier herausschleppen.«

Sie redeten bestimmt von der Ersten und der Zweiten Großen Königlichen Gemahlin, überlegte Meret. Und mit Silberstimmchen war sicher eine Nebenfrau gemeint.

»Seit wann nennst du sie Silberstimmchen? Sie klingt doch wie eine Elster.«

Das war eine dritte Stimme, ebenfalls weiblich. Die beiden ersten kicherten. »Seine Majestät nennt sie so. Ich habe es selbst gehört. Allerdings hat sie da gesungen.«

»Na, jedenfalls scheint er seine Begeisterung zügeln zu können. Sonst würde er sie öfter sehen.«

»Umso mehr wird sie aus diesem Stelldichein machen wollen. Also wehe uns, wenn etwas fehlt. Da kommen Merya und Pai mit dem Spieltisch und den Stühlen. Hast du die Liste, Tamaket? Dann lasst uns jetzt alles abzählen. Wenn die Sachen vollständig sind, können wir die Wächter rufen, damit sie die Wiese abriegeln.«

Sie begann mit eintöniger Stimme eine Litanei von Gegenständen aufzusagen: eine Alabaster-Amphore mit Weißwein. Eine vergoldete Kanne mit Wasser. Eine vergoldete Schale mit Granatäpfeln. Aber Meret hörte nicht mehr zu. Sie wusste, dass jetzt ihre große Gelegenheit gekommen war. Pharao traf sich mit einer Prinzessin namens Anch-iri unter der großen Sykomore, die ihre ausladende Krone über den Weg, die Hecken und wahrscheinlich auch über die Wiese dahinter breitete. Sobald die Dienerinnen verschwunden waren,

würden die Wächter kommen und alles verscheuchen, was sich blicken ließ.
Meret verspürte ein Kitzeln in der Magengrube. Sie würde sich nicht blicken und also auch nicht verscheuchen lassen. Sie würde sich verstecken und einen günstigen Augenblick abwarten und sich dann Pharao zu Füßen werfen. Und sie kannte auch schon ihr Versteck. Antef wäre zwar besser dafür geeignet gewesen mit seiner Schwindelfreiheit und seiner Begabung zum Klettern. Das Kitzeln in ihrer Magengrube verstärkte sich, als sie den dicken Stamm und die haushohen Äste der Sykomore betrachtete. Doch Antef war nicht da, und wenn sie ihre Angst nicht überwand, dann würde er im Gefängnis bleiben und sogar verurteilt werden – aber daran wollte sie jetzt nicht denken.
Sie sah Laban und Yussuf an, die am Stamm der Sykomore lehnten, gähnten und geduldig darauf warteten, dass sie etwas sagte. Die Dienerinnen waren fertig mit der Überprüfung, denn eine sprach von den Wächtern, die geholt werden sollten, und dann entfernten sich ihre Schritte.
»Ich werde hier auf Pharao warten.« Meret zog die beiden Tücher herunter und überreichte sie ihren Besitzern mit einer Verbeugung. Alle Stoffe waren teuer und sie wollte die freundlichen Männer nicht berauben. »Es war sehr großzügig von euch, sie mir zu geben, und ich bin euch wirklich dankbar. Aber ich darf Pharao nur in einem ägyptischen Gewand gegenübertreten, denn ich muss als Ägypterin mit ihm sprechen, damit er mich versteht, und nicht in der Sprache meiner Heimat.«

Das war einzusehen. Yussuf und Laban nickten und legten sich die Tücher wieder um.
»Aber bevor er kommt, werde ich mir einen breiten Kragen und einen Kopfschmuck aus den Blättern der Sykomore flechten, dann sind meine Brüste verdeckt und meine Haare auch.«
Laban grinste beifällig. »Wie Urmutter und Urvater im ersten Garten. Die nahmen Feigenblätter und machten sich Kleider.«
Meret verstand nicht, was er damit sagen wollte, aber es war jetzt keine Zeit, Fragen zu stellen. Jeden Augenblick konnten die Wächter kommen.
»Würdest du mich bitte auf den untersten Ast heben, Yussuf? Alleine komme ich nicht hinauf.«
Der Riese fasste sie um die Mitte und schwang sie auf den Ast, als ob sie eine Puppe aus Schilfgras wäre. Meret fasste mit beiden Händen nach den Ästen über ihrem Kopf, zog sich daran in die Höhe und kletterte, vorsichtig und jeden Schritt sichernd, nach oben.
»Man sieht dich nicht mehr«, rief Yussuf. »Komm erst herunter, wenn du anständig aussiehst.«
»Dein Wunsch ist mir Befehl«, versicherte Meret.
Wenn die beiden doch bloß endlich gehen würden! Die Wächter würden bestimmt misstrauisch werden, wenn sie auf zwei Bedus trafen, die mit einem Baum redeten und gestikulierten. Sie kletterte noch ein paar Äste weiter nach oben. Je höher sie war, desto unsichtbarer würde sie sein. Erleichtert hörte sie, wie knirschende Schritte sich auf dem Kies entfernten und wenig später Marschtritte näher kamen. Bei Amun! Das war knapp!

Die Soldaten machten so viel Lärm, dass Meret noch weiterkletterte ohne Angst, das Geräusch könnte sie verraten. Sie entdeckte eine breite Astgabel, die eine ideale Sitzfläche bot, ließ sich dort nieder und hielt sich mit beiden Händen fest. Sie saß wie in einer Laube, umgeben von handtellergroßen Blättern und dichten Zweigen. Sie befahl sich nach unten zu schauen. Schließlich musste sie spätestens dann den Blick in die Tiefe wagen, wenn Pharao erschien, da war es besser, sie gewöhnte sich jetzt schon daran.

Sie neigte den Kopf. Bei Amun! So hoch hatte sie sich das nicht vorgestellt. Sie wusste aus der Schule, dass Sykomoren höher werden konnten als Palmen, nämlich über zehnmal so hoch wie ein Mensch, aber es war ein sehr sonderbares Gefühl, das am eigenen Leib zu spüren. Sie schluckte und zwang sich die Augen offen zu halten.

Tief unter ihr breitete sich ein rundes Rasenstück, umgeben von Hecken, Sträuchern und Blumenbeeten aus. Im Schatten des Baumes lagen Kissen auf einer bunten Decke, daneben standen zwei Klappstühle neben einem Spieltisch auf dem Gras und außerdem all die Schalen, Krüge, Karaffen, Becher und Teller, die die Dienerinnen eben erwähnt hatten. Soldaten durchsuchten systematisch alles Buschwerk, stachen an dichten Stellen sogar mit den Speeren hinein, durchkämmten dann die angrenzenden Teile des Gartens. Einer stieß seinen Speer sogar durch die Decke der Lotosblätter, die einen nahen Teich bedeckte.

Meret hätte fast gelacht. Wer sollte sich denn da verstecken? Aber das Lachen verging ihr, denn jetzt betrat ein Soldat die Lichtung und musterte sie gründlich. Sein Blick blieb an der Sykomore hängen, lief den Stamm hinauf und wanderte über die Krone. Einen Lidschlag lang hatte Meret das Gefühl, dass er ihr direkt in die Augen blicken würde. Es war der junge Posten von gestern vom Seitentor. Der Schreck fuhr ihr heiß durch den Körper. Sie schloss hastig die Lider. Sei nicht verrückt, Mädchen, ermahnte sie sich. Er kann dich unmöglich sehen. Du bist völlig zugedeckt von Blättern, er muss dich für einen Teil des Baumes halten.

»Beeilt euch!«, rief jemand. »Sie kommen!«

Als sie es wagte, wieder die Augen zu öffnen, war die Lichtung menschenleer. Sie sah, dass ihre Hände zitterten, und spürte den Schweiß auf ihrem Gesicht. Sie atmete tief ein und aus, aber noch ehe sie wieder Luft holen konnte, ertönte unter ihr eine Stimme, begleitet von Rascheln und Rauschen:

»Einen Augenblick! Komme sofort!«

Meret presste sich an den Stamm. Oh Göttin Isis, die du den Horusknaben in den Sümpfen verborgen hast, tu ein Wunder! Verwandle mich in einen Ast! Mach mich unsichtbar!

Aber kein Wunder geschah und das Rauschen und Rascheln kam näher.

»Ken? Wo bist du?« Die Stimme war nur ein zischendes Flüstern, wahrscheinlich war Seine Majestät schon ganz in der Nähe.

»Auf dem Baum!«, ertönte es gedämpft unter ihr.

Also Ken hieß er.

»Typisch! Du musst immer alles übertreiben. Jetzt komm gefälligst!«

»Zu Befehl!« Wieder ein Rascheln. Und dann ein Flüstern. »Bei Amun!«

Meret spürte eine Hand an ihrem Fuß. Sie musste kichern, sie konnte einfach nicht anders. »Hör auf! Ich bin kitzlig.«

Er ließ ihren Fuß los und starrte zu ihr hoch, als ob sie eine Erscheinung wäre.

»Du?« Er hatte sie also auch erkannt.

»Ich flehe dich an, verrat mich nicht!«, flüsterte Meret hastig. »Ich will doch nichts Böses. Ich muss Pharao sprechen, jetzt noch mehr als gestern. Mein Bruder ist verhaftet.«

Er schüttelte den Kopf. »Es tut mir Leid. Ich muss dich zum Hauptmann bringen.«

Mit einem Schritt war Meret auf dem Zweig über ihr, dann auf dem nächsten. »Das wirst du nicht!«, zischte sie. »Ich werde nämlich bis in die Krone klettern, da sind die Zweige so dünn, dass sie mich noch tragen, aber dich nicht. Sie werden unter dir wegbrechen. Und außerdem kannst du sowieso nicht hinunter, denn Pharao ist bestimmt schon auf der Wiese. Was glaubst du, was er mit dir macht, wenn du ihn störst? Ha! Er wird denken, du willst ihn bespitzeln!«

Sie kletterte hastig höher. Ken hatte schon die Arme gereckt, um ihr nachzukommen, aber jetzt hielt er inne und sah nach unten. Seine Hände krallten sich um den Ast, dass die Knöchel weiß hervortraten.

»Oh nein!«, stöhnte er. »Oh nein!«

Eine Frauenstimme zwitscherte und lachte, aber so weit entfernt, dass oben kein Wort zu verstehen war.
»Ich habe jetzt stundenlang gesessen und Gesandtschaften empfangen, meine Blume. Ich brauche Bewegung. Lass uns erst zum großen See gehen und schwimmen.«
Die Stimme klang laut und voll wie ein Tempelhorn, in das die Priester bei Prozessionen bliesen. Meret beugte sich vor und schaute nach unten. Sie sah am Ende einer fürchterlichen, endlosen Tiefe ein rotgoldenes Leuchten, das sich über den blauen Glitzerpfad entfernte – und dann kreisten bunte Punkte vor ihren Augen und mit einem Ächzen sank sie zusammen.
»Halt die Zweige fest!,« flüsterte sie. »Lass nicht los!«
Aber sie spürte, wie ihr Bewusstsein schwand und ihr Griff sich lockerte. Ken hörte sie ächzen und flüstern, sah, wie sie schwankte, und war schon bei ihr und packte sie.
»Was ist mit dir?«
»Schwindelig«, murmelte Meret. »War noch nie auf einem Baum.«
»Dann mach gefälligst, dass du wieder runterkommst.«
Sie rührte sich nicht. »Kann nicht. Habe Angst. Kann mich nicht bewegen.«
Er hätte sie am liebsten geohrfeigt. Die Götter hatten ihm eine Frist geschenkt, in der er ungesehen verschwinden konnte, und jetzt machte ihm dieses verwünschte Mädchen einen Strich durch die Rechnung. Ihr Gesicht war grau und mit Schweiß überzogen, sie hing auf dem Zweig wie knochenlos und hatte offen-

sichtlich nicht einmal die Kraft, sich aufrecht zu halten. Sie würde hinunterstürzen, wenn er sie losließe. Er seufzte tief. Dann nahm er ihre Arme, legte sie sich um den Hals und fasste sie um die Mitte.
»Na, komm! Ich helfe dir.«
Ihr Kopf rollte auf seiner Schulter hin und her. Schon nach zwei, drei Schritten keuchte er. »Mach dich nicht so schwer, Mädchen. Ein Kornsack ist ein Leichtgewicht gegen dich.«
Schwerfällig wie eine Riesenraupe bewältigten sie die beiden nächsten Äste.
»So geht es nicht. Schling deine Beine um meine Hüften, ich muss beide Hände freihaben. Na los, das wirst du doch wohl können.«
Meret hörte die Befehle undeutlich durch den Nebel in ihrem Kopf. An ihren Oberschenkeln spürte sie seine Hände, die sie hochhoben, und kreuzte gehorsam die Knöchel. Jemand trug sie. Jemand brachte sie von den schwankenden Ästen, von der schrecklichen Höhe hinunter. Sie musste ihn nur festhalten. Sie durfte erst loslassen, wenn nichts mehr schwankte. Sie würde die Augen erst öffnen, wenn sie sicheren Boden unter den Füßen hatte.
Aber als er sagte: »Jetzt haben wir's gleich geschafft!«, schielte sie doch über seine Schulter nach unten. Da war der Rasen! Da standen Stühle und Tischchen. Da waren Decken und Kissen und Geschirr. Und alle in normaler Größe und fast greifbarer Nähe. Wie mit einem Zauberschlag verschwand der Nebel aus ihrem Kopf. Sie konnte wieder denken. Und das war be-

stimmt nötig, denn sobald sie unten war, würde sie blitzschnell handeln müssen.

»Kannst du stehen?«

Sie nickte nur, suchte mit den Füßen nach einem Halt, löste die Finger von seinen Schultern. Sie standen auf dem untersten Ast. Er nahm ihr Hände.

»Lass dich fallen. Ich halte dich.«

Meret schob sich nach vorn, schwebte in der Luft und er ließ sie langsam hinunter. Er musste wirklich sehr stark sein. Ihre Füße erreichten den Boden. Lauf los!, dachte sie. Aber da landete er schon neben ihr.

»Jetzt komm! Nichts wie weg!«

Sie schwankte ein bisschen und schlang wie Halt suchend beide Arme um seinen Hals. »Oh, ich danke dir! Ich danke dir so sehr!«

Ganz anders als Prinz Ineni gestern, verkrampfte er sich weder, noch wich er zurück oder versuchte sie fortzustoßen. Er legte die Arme um sie und drückte sie an sich.

»Schon gut!«, murmelte er. »Das war doch nichts. Ich hätte noch lieber . . .«

Meret hätte eigentlich gerne gewusst, was er noch lieber getan hätte, aber es gab Dinge, die wichtiger waren. Sie hatte sich nicht bis in Pharaos nächste Nähe vorgearbeitet, um sich jetzt abführen zu lassen. Sie spannte ihren Körper an und stieß ihm mit aller Kraft das Knie in den Unterleib. Er ächzte, ließ sie los und krümmte sich. Sie gab ihm einen Stoß, der ihn zu Boden schickte. Das sah sie nicht mehr, sie hörte nur das Geräusch, denn sie rannte schon in die Richtung, in die das rotgoldene Leuchten eben verschwunden war.

Kapitel 13

Hinter Meret ertönte ein Krächzen. Wahrscheinlich hatte der Tritt Ken die Stimme verschlagen. Sie rannte weiter. Der blaue Glitzerpfad schlängelte sich um blühende Büsche, an einem Springbrunnen vorbei, zwischen hohen Hecken entlang, dann über ein Rasenstück mit einem bunten Pavillon, in dem eine vornehme Gesellschaft saß und sie anstarrte – Meret nahm sie kaum wahr. Sie rannte.

Und da ertönte ein Brüllen hinter ihr wie von einem wütenden Stier. »Halt! Stehen bleiben! In Pharaos Namen!«

Ken hatte offenbar seine Stimme wieder gefunden. Einen Moment herrschte Stille, dann ertönten von überall her Stimmen und Schritte.

»Halt!«, brüllte Ken noch einmal. »Stehen bleiben!«

Vor Meret öffnete sich eine Rasenfläche, die sich in sanften Schwüngen zu einem großen See senkte. Das Wasser glitzerte in der Sonne. Meret jagte über das Gras. Der Atem rasselte in ihrer Kehle.

»Haltet sie!« Jetzt waren es mehrere Stimmen, die durcheinander schrien.

Da bewegten sich zwei dunkle Umrisse auf dem Wasser in der Nähe des Ufers. Das waren Köpfe! Sie hörte Keuchen und stampfende Schritte dicht hinter sich.

»Majestät!«, kreischte Meret. »In Amuns Namen! Ich bitte dich! Ich . . .«

Da war der Rasen zu Ende. Ihr Fuß traf auf eine steinerne Brüstung. Sie machte noch einen Satz und versank im Wasser. Sie ging unter wie ein Stein, und weil ihr Mund offen stand und sie aus lauter Atemnot weiterkeuchte, schluckte sie sofort so viel Wasser, dass sie fast erstickte. Sie strampelte mit Armen und Beinen, in dem fürchterlichen Gefühl, dass Brust und Kopf gleich zerbersten würden. Dann spürte sie einen schmerzhaften Zug an ihren Haaren, eine Hand an ihrem Shenti, sie wurde in die Höhe gerissen und dann drückte etwas hart gegen ihren Bauch und etwas Schweres schlug zwischen ihre Schulterblätter.
Es war eine Hand, eine sehr große, sehr kräftige Hand und Meret kam sich vor wie eins der Wäschestücke, die sie früher geprügelt hatte. Ein Schwall Wasser schoss aus ihrem Mund. Sie würgte und hustete und auf einmal konnte sie wieder atmen. Luft! Sie würde nicht ersticken! Sie öffnete die Augen und sah ihre Füße und direkt darunter das Wasser. Sie drehte den Kopf zur Seite und dann nach oben. Sie hing über einem ausgestreckten Arm wie ein gefaltetes Hemd.
Sie hustete weiter, aber es kam kein Wasser mehr. Das Luftholen brannte bis tief in die Rippen hinunter. Und der fremde Arm drückte hart gegen ihren Bauch. Diese Lage war ausgesprochen unbequem. Und das Klopfen tat weh. Sie zappelte. Sie wurde auf die Füße gestellt. Jemand hielt sie bei den Schultern. Sie wischte sich das Wasser aus den Augen und blinzelte.
Der Mann vor ihr war sehr groß. Das Wasser perlte von seiner goldenen Haut. Die Haare, die durch die Nässe

so rot wie reife Kastanien wirkten, flossen über seine mächtigen Schultern. Die großen dunklen Augen hatten einen metallischen blauen Schimmer und sahen jetzt, als er den Kopf etwas bewegte, fast grün aus. Die Nase bog sich wie bei einem Adler. Der Mund war groß und voll und gebieterisch.

Meret wusste, dass sie auf die Knie fallen und ihr Gesicht auf den Boden richten musste, aber erstens hielt er sie fest und zweitens konnte sie einfach die Augen nicht von ihm wenden. Sie hatte noch nie etwas so Schönes und Ehrfurchtgebietendes und Majestätisches gesehen. Wenn ein Gott auf die Erde herabstiege, so würde er sicher diese Gestalt wählen.

Er betrachtete sie lange und eindringlich. Und dann ging ein Lächeln über sein Gesicht und Meret wusste auf einmal, was alle Geschöpfe empfanden, wenn die Barke des Re am Horizont erschien und ihre lebensspendenden Strahlen die Dunkelheit vertrieben. Die Tränen stiegen ihr in die Augen und liefen ihr übers Gesicht.

»Du bist die Tochter von Mai.« Er lachte jetzt. »Als ich deine Mutter das letzte Mal sah, musste ich sie auch aus dem Wasser ziehen. Fast vierzehn Jahre ist das her. Ich habe die beiden nie vergessen. Mai und Nechbet. Wo sind sie?«

»Majestät!«, krächzte Meret und merkte, dass Atmenkönnen nicht gleichbedeutend war mit Reden. Niemand würde sie so verstehen.

»Nein. Warte.«

Er hob die Hand und sie sah, dass ihr Geschrei und das

der Soldaten eine Menge Leute angelockt hatte. Außer der Prinzessin Anch–iri und Ken standen Soldaten und Diener und sogar Höflinge und vornehme Damen in einem dichten Kreis um sie herum. Pharao winkte nur und mehrere Dienerinnen näherten sich mit Tüchern und Getränken, zwei verschwanden eilig. Pharao und die Prinzessin wurden in blütenweiße, gefältelte Gewänder gehüllt. Meret fühlte weiches Leinen auf ihrer Haut, einen Becher an ihren Lippen. Sie schluckte etwas Süßes, Kühles und das Brennen in der Kehle ließ nach.

»Die Bewachung des Palastes scheint nicht perfekt zu sein. Wer hat das Mädchen gefunden?«

Ken trat zögernd vor und warf sich zu Boden.

»Wo?«

Ken hob den Kopf. »In der Sykomore über dem Treffpunkt.«

»Hm. Was brachte dich auf den Gedanken?«

»Wenn ich in feindlichem Gelände wäre, Majestät, und ein Versteck und vielleicht auch einen Standpunkt für – für gewisse Vorhaben brauchte, dann würde ich diesen Baum wählen.«

»Was für ein Unsinn«, murrte Anch-iri. »Hier ist kein feindliches Gelände. Pharao hat überhaupt keine Feinde.«

Ramses beachtete sie nicht, sondern musterte den jungen Soldaten. »Hm. Sehr scharfsinnig. Du dachtest natürlich eher an einen Attentäter, nicht?« Er wartete keine Antwort ab. »Wie heißt du?«

»Ken, Majestät. Im dritten Jahr bei den Bogenschützen in der vierten Kompanie.«

»Hm.« Ramses dreht sich zu Meret. »Du kamst durch das Haupttor?«
»Du sagst es, Majestät,« flüsterte sie.
»Hauptmann!« Kens Hauptmann trat vor und warf sich zu Boden. »Wer hat Dienst am Haupttor?«
»Hauptmann Zahotep, Majestät.«
»Wird strafversetzt in die Kaserne. Leutnant Ken übernimmt seinen Posten. Abtreten.«
Die beiden sprangen auf und traten zurück. An der dunkelroten Welle, die über Kens Gesicht lief und seinem breiten Lächeln, erkannte Meret, dass das wohl eine Beförderung bedeutete. Sie fühlte sich erleichtert. Jetzt hatte er jedenfalls keinen Grund mehr, schlecht von ihr zu denken. Allerdings schien Pharao ziemlich erbost über das Eindringen in den Palast zu sein. Ob er sie etwa bestrafen würde? Aber sie hatte doch den Ohrring!
»Wo sind deine Eltern?« Jetzt war sie an der Reihe.
»Sie sind tot.« Meret versuchte vergebens das Zittern in ihrer Stimme zu unterdrücken. »Deshalb bin ich ja hier. Wir wissen uns einfach keinen Rat mehr, Majestät. Vater hat nur einen Sarg, kein Grab. Und Mutter verliert vielleicht auch ihr Grab. Wir wollten dich um Hilfe bitten, aber man hat uns nicht zu dir gelassen.«
»Wer ist wir? Ist Tua bei dir? So heißt sie doch, nicht?«
»Tua ist auch tot.« Meret schluckte. Jetzt bloß nicht weinen! »Und sie hat auch kein Grab, bloß einen Sarg. Wir wollten uns als Sklaven verkaufen, aber da hat Sinufer uns den Ohrring in unseren Amuletten gezeigt.« Sie zog die Binse aus der Amulettkugel. »Aber niemand

kennt den Befehl für die Träger von Binse und Biene und jetzt ist Antef verhaftet und Sinufer auch und nur du kannst uns helfen, Majestät.«

Er hob ihre Hand hoch und nickte. »Das ist mein Ohrring. Aber wo ist die Biene?«

»Bei Antef, Majestät. Er ist mein Zwillingsbruder.«

Seine Brauen gingen in die Höhe. »Ein Zwilling? Wie absolut ungewöhnlich! Aber ich erinnere mich, dass ich deinen Eltern damals sagte, dass sie mehr Tapferkeit und Klugheit, Mut und Weisheit hätten als für ein Kind nötig ist.«

Das wusste er noch! Und er hatte das Gesicht ihres Vaters in ihrem erkannt! Was musste er für ein Gedächtnis haben! Seine Augen gingen über sie weg und er schien in Erinnerung verloren. Die Prinzessin bewegte ungeduldig die Schultern, wagte aber nicht ihn zu stören, sondern schoss Meret einen giftigen Blick zu. Der Kreis der Umstehenden öffnete sich und ließ zwei Dienerinnen durch, die hauchdünne Gewänder und eine Schmuckschatulle trugen.

»Majestät!« Anch-iris Zwitscherstimme klang aus der Nähe tatsächlich ein bisschen nach Elster. »Das Mädchen kann jetzt umgekleidet und geschmückt werden, um dein Auge nicht weiter zu beleidigen. Vielleicht können wir inzwischen zu unserem Treffpunkt gehen und das Spiel beginnen, auf das ich mich so gefreut habe.«

»Sie beleidigt mein Auge nicht. Ganz im Gegenteil! Sie erinnert mich an einen Tag, an dem ich von Kopf bis Fuß mit Lehm und Blut beschmiert war und mich trotz-

dem sehr wohl gefühlt habe. Wieso ist dein Bruder verhaftet?«
»Wir waren gestern auf dem Marktplatz, Majestät, und Antef hat einen Bären besänftigt, der sich losgerissen hatte.«
»Bei meinem Vater Amun! Das wart ihr? Ganz Theben spricht von nichts anderem. Ihr seid tatsächlich die wahren Kinder eurer Eltern. Aber wieso ist das ein Grund für eine Verhaftung?«
Meret spürte, wie ihr das Blut ins Gesicht stieg. Wenn sie das gerettete Mädchen erwähnte und den Ring mit dem königlichen Wappen – was würde dann mit Prinzessin Shesu und Prinz Ineni geschehen? Sie warf einen scheuen Blick in das gebieterische Gesicht. Die beiden würden bestimmt bestraft werden. Sie senkte die Augen.
»Ich – ich fürchte, das kann ich nicht sagen.«
An dem entsetzten Luftholen der Umstehenden und am zufriedenen Glucksen der Prinzessin merkte Meret, dass diese Antwort wohl eine Ungeheuerlichkeit war. Ihr Gesicht brannte wie Feuer. Einen Augenblick lang war es still.
»Sieh mich an, Mädchen.«
Sie hob zögernd den Kopf. Pharao lächelte sie an.
»Wie heißt du?«
»Meret.« Sie erwiderte zögernd sein Lächeln. Man konnte ihm einfach nicht widerstehen.
»Du kannst mir alles sagen, Meret.«
»Ja, Majestät. Da – da war ein kleines Mädchen.« Sie musste den Vorgang irgendwie umschreiben. »Sie war

ausgerutscht und hingefallen und Antef hat den Bären von ihr weggelockt. Dann hat ihr B. . . b. . . – dann hat sie ihm einen Ring gegeben als Dank. Einen sehr kostbaren Ring, fürchte ich, denn die Priester haben geglaubt, Antef hätte ihn gestohlen, und haben ihn verhaftet.«

Die durchdringenden Augen sahen sie an und Meret kam sich vor wie eine Papyrusseite, die man gegen die Sonne hält.

»Hm. Und das konntest du mir nicht sagen?« Er strich sich die Haare aus der Stirn, die in der Sonne getrocknet waren und wie eine feurige Wolke um seinen Kopf standen. Ein Diener näherte sich, mit einem goldenen Tablett in der Hand, und ging vor ihm auf die Knie. Pharao nahm das dargebotene Diadem und setzte es auf. Über seinen Brauen wölbte sich die goldene Kobra, das Zeichen der Königswürde.

»Du wolltest mit mir spielen, meine Blume? Dann lass uns jetzt gehen.« Er streckte der Prinzessin die Hand entgegen und blickte einen Herrn in goldbestaubter Perücke und breitem Goldkragen an. »Ich erwarte Prinzessin Shesu unter der Sykomore. Und du kommst auch mit, Meret. Die anderen folgen.«

Prinzessin Anch-iri schob schmollend die Unterlippe vor. Majestät schien heute keinen Wert zu legen auf traute Zweisamkeit.

Auf dem Rasenstück musste sich Meret hinter die Sykomore stellen, der Hofstaat blieb hinter der Hecke. Der Herrscher und seine Nebenfrau ließen sich am Brettspiel nieder. Nach einiger Zeit kam Shesu herangehüpft, nackt bis auf eine Kette aus Türkisen um den Hals und passend dazu gefärbten Sandalen. Sie verneigte sich graziös und lehnte sich dann vertrauensvoll gegen das Knie ihres Vaters. Er spielte mit ihrer Kinderlocke, die mit einer goldenen Schnur umwunden war.

»Ich hatte Sehnsucht nach dir, mein Zwerg. Ich habe heute so viele kluge Reden anhören müssen, dass ich müde bin. Erzähl mir etwas Interessantes, das mich ablenkt.«

Sie zögerte, dann sah sie ihn schelmisch an.

»Ich wüsste schon etwas. Etwas sehr Interessantes. Aber du musst mir vorher etwas versprechen.«

Er runzelte die Stirn. »Muss ich das?«

»Entschuldige bitte. Ich wollte sagen: Würde Deine Majestät in ihrer überaus großen Güte mir wohl eine Bitte gewähren?«

»Das klingt schon besser. Also gut.«

Sie streichelte seine Hand. »Auch zwei Bitten?«

»Du bist eine Schmeichelkatze. Ich hätte dich Mayet nennen sollen.«

Sie kicherte entzückt. »Mayet? Das gefällt mir. Du kannst mich immer Kätzchen nennen. Erfüllst du mir dann auch die zweite Bitte? Sie sind beide ganz leicht.«

»Und sie lauten?«

»Dass du nicht böse wirst mit mir. Und dass du mir ein Geschenk für jemand gibst.«

Ramses hob sie auf sein Knie. »Das hört sich tatsächlich leicht an. Also, wie geht deine Geschichte?«

Shesu machte ihr süßestes Gesicht. »Ich bin doch immer bloß hier im Palast und war noch nie in der Stadt und ...

»Was soll das heißen?«, fuhr Anch-iri dazwischen. »Du fährst ständig mit mir zum Tempel.«

Shesu schlug die Augen gen Himmel, warf ihrer Mutter einen schrägen Blick zu und konzentrierte sich dann auf ihren Vater. »Das meine ich nicht. Ich meine richtig in der Stadt, also ohne Diener und ohne Sänfte und überhaupt – einfach alleine.«

Anch-iri stieß ein entrüstetes Zischen aus, aber Ramses nickte. »Das verstehe ich sehr gut.«

»Wirklich?« Sie strahlte ihn an. »Also hab ich Ineni so lange bearbeitet, bis er mich mitgenommen hat. Wir haben auch extra ganz einfache Sachen angezogen und haben eine ganz alte Kutsche genommen und niemand hat etwas gemerkt, wirklich nicht. Und es war alles ganz wunderbar, besonders der Markt und die Karawane, wirklich ganz wunderbar.«

Sie krauste die Stirn und blickte mit halb geschlossenen Augen gegen die Hecke, als ob sie die Szene dort vor sich sähe. »Aber da beschimpft Ineni ein Mädchen. Und sie sagt, dass er riecht wie ein Sumpfbiber und schubst ihn weg, gerade gegen den Bärenführer und der ohrfeigt ihn und Ineni verprügelt ihn und auf einmal liegt der Bärenführer da wie tot. Und der Bär, der richtet sich auf.«

Sie schauderte und Ramses legte den Arm um ihre Schultern. Anch-iri war sehr blass geworden und presste die Hände auf den Mund.

»Alle schreien und rennen weg und ich auch, aber da

rutsche ich aus und kann mich nicht bewegen und der Bär steht über mir, so schrecklich groß, noch größer als du, Majestät, sein Kopf geht bis in den Himmel. Und er sieht mich an, ganz starr, und da weiß ich, er will mich fressen. Da ruft jemand, ich soll so tun, als ob ich schlafe, und bald ist alles vorbei und ich mache die Augen zu und liege ganz still. Und dann zieht das Mädchen – das Sumpfbiber-Mädchen meine ich – mich hoch und bringt mich weg. Da sitzt ein Junge auf dem Platz und lockt den Bären mit Honig und lässt ihn sogar seinen Arm abschlecken. Kannst du dir das vorstellen, Majestät? Ein Bär an deinem Arm?«

»Nein, das kann ich nicht«, sagte Ramses ernst. »Das muss ein sehr tapferer Junge sein.«

»Ja, das finde ich auch. Er ist der Bruder von dem Mädchen, das mich geholt hat. Aber weißt du, was sie zu mir gesagt hat? Das rätst du nie!«

»Dann sag es mir, Kätzchen.«

Shesu richtete sich auf und sagte feierlich: »Du bist das tapferste Mädchen, das ich kenne. Du bist so tapfer wie ein Löwenjäger. Dein Vater wird stolz auf dich sein.«

Ramses zog sie an sich und vergrub einen Augenblick sein Gesicht an ihrer Schulter.

»Bist du stolz auf mich, Majestät?«

»Ja! Sehr!«

»Und du bist mir auch bestimmt nicht böse? Und ich darf ein Geschenk haben für das Mädchen?«

»Natürlich. Was du willst.«

»Ich möchte ihr etwas ganz, ganz Schönes schenken. Ich habe ihr schon meinen Ring gegeben, aber ich hatte

nur einen kleinen an und Inenis war auch ziemlich dünn und ich finde, das ist einfach zu wenig.«
»Ja, das finde ich auch. Inenis Ring war sicher für den Bruder, nicht?«, erkundigte sich Ramses beiläufig. Shesu nickte. »Am besten fragst du sie selbst, was sie sich wünscht. Weißt du denn, wie sie heißt?«
»Oh, ja! Meret. Aber wie soll ich sie finden?«
»Ruf sie einfach.«
Sie sah ihn zweifelnd an, ob er sich wohl lustig machte, aber als er bekräftigend nickte und ihr zuzwinkerte, rutschte sie von seinem Knie und sah sich aufgeregt um.
»Meret?«
Wie auf ein Kommando schoben sich alle Höflinge und Hofdamen aus ihren Verstecken hinter den Hecken und Büschen. Man hatte jedes Wort von Shesus Bericht gehört und die folgende Szene wollte man mit eigenen Augen sehen. Ganz Theben sprach von dem Ereignis auf dem Marktplatz und die königlichen Diener hatten die Neuigkeit auch im Palast verbreitet. Aber niemand hatte gewusst, wer das kleine Mädchen war. Die Lieblingstochter des Pharaos in Todesgefahr! Und von zwei Unbekannten gerettet! Wenn das Mädchen hinter der Sykomore wirklich die Retterin war, dann würde sie mit Lobgold überhäuft werden.
»Meret?«
Meret trat hinter dem Baumstamm hervor. Shesu stieß einen Schrei aus.
»Das ist sie!« Sie stürzte auf Meret zu. »Wie kommst du hierher? Oh, das ist wunderbar! Jetzt kann ich dir etwas

schenken.« Sie nahm Meret bei der Hand und zog sie hinter sich her. »Das ist sie, Majestät! Was darf ich ihr schenken?«
»Alles, was du willst. Alles, was sie will.«
Shesu tanzte um Meret herum. »Hast du's gehört? Was wünschst du dir?«
»Dass mein Bruder aus dem Gefängnis kommt.«
»Das ist kein Wunsch, das ist eine Selbstverständlichkeit«, sagte Pharao. »Das Missverständnis wird sofort aufgeklärt werden.«
Meret fühlte alle Blicke auf sich gerichtet. Sie schloss die Augen. Dies war der Augenblick, auf den sie gewartet hatten, Antef und sie. Sie stand vor Pharao und durfte einen Wunsch äußern. Sie öffnete die Augen und holte tief Luft.
»Ich wünsche mir eine Felsenhöhle in der Stadt der Toten, groß genug für drei Särge. Und ein Schiff, das den Sarkophag meiner Mutter aus Memphis holt. Dann könnten sie alle drei zusammen sein und wir könnten ihnen immer Bier und Brot bringen.«
»Werdet ihr denn nicht nach Hause zurückkehren?«, fragte Ramses erstaunt.
»Wir haben kein Zuhause mehr, Majestät. Die zweite Frau meines Vaters hat uns enterbt.«
In Pharaos Augen kam ein gefährliches Funkeln. »Möchtest du das Gut wiederhaben?«
Meret überlegte. Wie oft hatte sie sich ausgemalt, dass sie sich an ihrer Stiefmutter rächen würde! Das Beweisstück, der Papyrus mit den Briefen, war in Batas Haus verborgen. Sie kannte es auswendig. Jetzt könnte

sie es Pharao vortragen und Ipuia würde bestraft werden.
»Ich glaube, ich würde lieber in Theben bleiben«, sagte sie schließlich. »Und Antef sicher auch. Das Leben hier ist viel interessanter als das Leben auf dem Land.« Sie stellte sich das Gut vor, ohne Vater, ohne Tua, bloß mit Ipuia und Min-nacht. Nein, das war keine verlockende Aussicht.
Ramses stand auf und hob beide Hände. Die goldene Kobra über seinen Brauen funkelte. »Mai und Nechbet und Tua werden ein Grab bekommen, so prächtig, als ob sie ein Leben lang bei Hof gedient hätten, als Dank für ihre Verdienste um Pharao.«
Meret fiel auf die Knie. »Ich danke dir, Majestät.« Sie hatte das Gefühl, als ob ein Gewicht so schwer wie zwei Körbe mit nasser Wäsche von ihren Schultern rutschen würde.
Ramses lächelte sie an. »Du hörst mir nicht zu, Meret. Ich sagte: als Dank für ihre Verdienste. Und du sollst eine Belohnung erhalten für deine Verdienste. Wir warten auf deinen Wunsch.«
»Oh, ich – ich –« Ihre Gedanken schossen wie Huij und Tuij in alle Richtungen. Schmuck? Gold? Schöne Kleider? Im Grunde machte sie sich gar nicht so viel daraus. Dann fiel ihr doch etwas ein. »Vielleicht könnte Sinufer die letzte Prüfung nachholen. Dann könnte er sich in Theben niederlassen und Antef als Gehilfen anstellen und brauchte keine Angst mehr zu haben, dass man ihn verhaftet.«
Sie merkte, dass die Höflinge die Köpfe zusammen-

steckten und tuschelten, aber als sie einen schnellen Blick in die Runde warf, lag ein Lächeln auf allen Gesichtern.

Pharao sah sie nachdenklich an. »Du erinnerst mich sehr an deine Eltern. Möchtest du denn gar nichts für dich?«

Meret dachte nach. »Oh doch, das möchte ich schon. Ein Stück Land am Fluss, da, wo die Blumenfelder sind, das hätte ich gern. Dann könnten wir uns dort ein kleines Haus bauen, Antef und Sinufer und ich. Die beiden würden Kranke heilen und ich würde Kränze machen und Gestecke, denn die Meisterin sagt, ich hätte eine Begabung dafür, und sie hat noch nie so viele Bestellungen bekommen, wie seitdem ich da bin. Und eines Tages bin ich vielleicht so gut, dass ich den Blumenschmuck für die königliche Tafel machen kann, denn ich . . .«

Verwirrt brach sie ab, denn all die vornehmen Damen und Herren hatten zu lachen begonnen. Aber es war kein verächtliches Lachen, das sah sie sofort, es war Rührung darin und Überraschung. Ramses hob seine Tochter hoch und flüsterte mit ihr. Shesu quietschte begeistert und warf sich auf Meret.

»Ich darf dich fragen, ob du bei mir bleiben willst. Und du darfst alle Blumen im Palastgarten haben.«

Noch am selben Abend fuhren zwei Kutschen durch das Haupttor des Palastes. In der einen stand ein sehr schlecht gelaunter Prinz Ineni, der es als unter seiner Würde ansah, einen simplen Burschen vom Land aus dem Tempelgefängnis zu holen, in der anderen Leutnant Ken, der sehr gespannt war auf Merets Bruder und auf den Wanderarzt.

Aber Prinz und Leutnant kamen alleine wieder zurück. Dem Wächter, der sie zum Haus des Gewahrsams geführt hatte, waren fast die Augen aus dem Kopf gesprungen, als er die Tür geöffnet und den Raum leer gefunden hatte.

»Aber ich habe sie selbst gebunden! Vom Kopf bis zu den Füßen und mit neuen Stricken. Erstklassige Ware, gedreht aus Hanf, nicht so ein Binsengelump. Und ihr habt gesehen, dass die Türe verschlossen war, nicht wahr? Ich musste den Riegel zurückschieben!«

Er holte sogar eine Fackel und leuchtete in die Ecken, aber die beiden Gefangenen waren und blieben verschwunden.

Kapitel 14

Der Wächter knallte einen Krug mit Wasser und zwei kleine Brote für Sinufer und Antef auf den Boden. »Damit müsst ihr morgen auskommen. Ich habe keine Zeit, mich um euch zu kümmern. Jedes Eckchen ist voll von Gesandtschaften aus allen Tempeln Ägyptens. Ich weiß seit Tagen nicht, wo mir der Kopf steht.«

Er prüfte, ob die Stricke noch fest saßen, mit denen sie vom Hals bis zu den Knöcheln zusammengeschnürt und an den Mauerring gefesselt waren, ging hinaus und schob den Riegel vor. Antef hätte ihm am liebsten hinterhergespuckt, aber sein Mund war zu trocken.

»Du bist doch so gelehrt, Sinufer. Ist heute vielleicht einer von den schwarzen Tagen, wo man am besten gar nicht aus dem Haus geht, weil man doch nur Pech hat?«

Wie erleichtert waren sie gewesen, als sie mit dem Geschenk des Prinzen zum Tempel gelaufen waren. Aber der Ring, von dem sie sich Sinufers Befreiung erhofft hatten, hatte jetzt Antef selbst ins Gefängnis gebracht.

»Pech? Du redest von Pech? Du hast noch vor ein paar Stunden einem leibhaftigen Bären die Hand in die Schnauze gesteckt! Ich an deiner Stelle wäre froh, dass ich noch am Leben bin!«

Sinufer schüttelte den Kopf, als Antef mit seinen gefesselten Händen nach dem Krug griff. »Warte lieber noch. Wenn Huij und Tuij nicht kommen, muss das Wasser morgen für den ganzen Tag reichen.«

»Sie kommen ganz bestimmt. Es dauert eben nur seine Zeit. Meret musste ja erst nach Hause laufen und vielleicht waren sie nicht da. Dann muss sie noch zurück zum Tempel. Und leicht zu finden sind wir auch nicht.«

Der Wächter hatte Antef nach seiner Verhaftung an mehreren Tempeln und Vorhallen und Säulengängen und Gebäuden und Gartenanlagen vorbeigeführt, bis in die hinterste Ecke des riesigen Tempelgeländes. Dort stand neben Wirtschaftsgebäuden und Stallungen das Haus des Gewahrsams. Er hatte ihn in einen dunklen kleinen Raum gebracht, wo Sinufer an einen Mauerring gefesselt auf der Erde lag. Die einzige Lichtquelle waren die Luken unter der Decke.

Antef leckte sich über die trockenen Lippen. Die Hitze stand in dem engen Raum, die Luft war zum Schneiden. Aber er ließ den Krug stehen. Er konnte tatsächlich nicht sagen, wann Huij und Tuij erscheinen würden. Sinufer hatte Recht, sie mussten sparsam mit dem Wasser umgehen. Die Fensterluken färbten sich schon rötlich durch den Schein der untergehenden Sonne, doch kein kühler Hauch kam herein.

»Wenn die beiden wirklich kommen und der Wächter morgen nicht nach uns sieht, dann haben wir einen Tag Vorsprung – oder wahrscheinlich sogar noch mehr, denn am ersten Festtag geht niemand auf Suche und am zweiten sind alle betrunken. Übermorgen beginnen die Feierlichkeiten und dann kümmert sich keiner mehr um zwei entlaufene Gefangene.« Sinufer bewegte mühsam Finger und Zehen. Der Strick war sehr eng geschnürt und das Blut begann sich zu stauen. »Wären wir bloß schon fort! Ich glaube, ich werde nie mehr nach Theben zurückkommen. Und ich glaube, für euch wird es woanders auch leichter sein, Pharao zu sprechen als ausgerechnet hier in seinem Palast. Er ist ja viel auf Reisen, da müsst ihr versuchen zu ihm zu kommen. Unterwegs wird er sicher nicht so bewacht wie hier in Theben.«

Sie hockten in der schwülen Dunkelheit, gepeinigt von Bremsen und Mücken und krabbelndem Ungeziefer, das sie nicht abwehren konnten. In regelmäßigen Abständen pfiff Antef die ersten Töne von *Genieße den Tag* und nach einer Zeit, die ihnen endlos vorkam, ertönte tatsächlich leises Trappeln und Schnaufen.

»Amun sei Dank!« Sinufer versuchte auf die Füße zu kommen. »Du kannst wirklich stolz sein auf die beiden. Hoffentlich begreifen sie tatsächlich, dass sie die Stricke durchbeißen sollen.«

»Na klar. Nagen tun sie am allerliebsten.«

Sobald ihre Hände frei waren, konnten sie die Knoten an den Füßen lösen und sich aus den langen Seilen wickeln. Viel schwieriger war der nächste Schritt. Antef warf die aneinander geknoteten Seile durch die Fensterluke und forderte die Schleichkatzen auf ihm das draußen hängende Ende zurückzubringen. Nach mehreren Versuchen gelang es ihm endlich, Tuij samt Seil durch eine andere Öffnung zurückzulocken, sodass der Strick sich um einen Ziegelpfeiler zwischen den

Luken schlang. Antef knotete die beiden Enden zusammen und drehte daraus ein doppeltes Seil mit Stützknoten für die Füße, an dem er bis zu den Luken emporklettern wollte.
Dann band er sich das zweite Seil um den Bauch, gab Sinufer ein Ende in die Hand und hangelte sich empor. Oben steckte er erst den Kopf durch die Öffnung und schaute hinaus. Soweit er sehen konnte, war alles menschenleer. Der Himmel im Westen war noch rot.
»Es ist bloß gut, dass ich nicht dick bin, sonst käme ich hier nicht durch«, rief Antef nach unten. »Halt mich bloß gut fest, es ist viel zu hoch zum Springen.«
Er schob sich durch die enge Maueröffnung, bis er gestreckt hing und nur noch die Finger um das Fenstersims krallte. Dann ließ er los. Das Seil um seinen Bauch straffte sich und schnitt schmerzhaft in die Haut, aber es hielt. Langsam rutschte er an der Mauer entlang nach unten.
»Lass los!«, rief er und zog das Seil nach draußen. Er schlich bis an die Hausecke, vergewisserte sich, dass kein Mensch zu sehen war, rannte ins Gefängnis und schob den Riegel zurück. Sinufer bestand darauf, keinen Krümel in ihrer Zelle zurückzulassen und sogar die zerbissenen Seilstücke mitzunehmen.
»Der Wächter wird glauben, dass wir durch einen Zauber verschwunden sind, und dann wird er nicht wagen uns zu suchen, selbst falls er eher in die Zelle kommt.«
Als sie vor das Gefängnis traten, hielt Sinufer Antef zurück. »Warte! Dein Haar ist zu auffällig. Es leuchtet richtig in der Dämmerung. Wir werden dir eine Perü-

cke machen, so viel Zeit müssen wir uns einfach noch lassen. Aber dann werden wir so schnell wie möglich verschwinden.«

Sie dröselten ein Seilstück auseinander und knüpften viele einzelne Hanffäden daran. Als Antef sich das Gebilde über den Kopf stülpte und unter dem Kinn festband, hätte Sinufer fast gelacht. Aber immerhin war von den Haaren nichts mehr zu sehen. Die beiden drückten sich an den Wänden entlang, wobei sie jeden Schatten ausnutzten und immer wieder stehen blieben und horchten.

Auf einmal hob Sinufer die Hand und zog Antef schnell hinter eine Säule. Schritte näherten sich, dann bogen zwei Männer um die Ecke, ein großer, breiter und ein kleiner, dünner. Der große trug eine Kerze in der Hand und leuchtete dem kleinen, als ob er den Weg kennen würde und der andere nicht. Sie kamen näher. Der Lichtschein fiel auf das Gesicht des dünnen und Sinufer fuhr derartig zusammen, dass Antef erschrak.

»Niemand darf uns zusammen sehen«, sagte der große gerade. »Soweit ich weiß, ist das Haus des Gewahrsams leer, dort wird uns niemand suchen.«

Sinufer machte Antef ein Zeichen und sie schlichen hinter den beiden her, mit Huij und Tuij auf den Fersen. Antef wunderte sich. Es war doch Sinufer gewesen, der so schnell wie möglich hatte verschwinden wollen. Und jetzt ging er freiwillig zurück zum Gefängnis? Sie blieben vor dem Eingang stehen. Von drinnen kam das Geräusch von knirschenden Riegeln und klappernden Türen.

»Du siehst, jede Zelle ist leer. Hier können wir ungestört reden. Aber wir müssen uns beeilen. Ich werde im Empfangssaal erwartet. Komm hier herein.«

»Lösch lieber die Kerze. Man könnte den Lichtschein durch die Luken sehen.« Eine hohe, heisere Stimme. Das musste der dünne sein. Antef merkte, dass Sinufer wieder zusammenfuhr. Wie sonderbar. Er war doch sonst die Ruhe selbst.

»Wie du willst. Also nur das Wichtigste: Wir kennen uns nicht. Du wirst mir morgen als Vorsteher des Tempels von Assiut vorgestellt werden, ab da beschränkt sich unser offizieller Kontakt auf das Übliche, falls nötig, werden wir andere Wege finden, uns zu sprechen. Ich habe inzwischen mehr Priester auf unsere Seite gebracht, als ich zu hoffen gewagt hätte. Dass Pharao eine neue Hauptstadt baut, hat vielen die Augen geöffnet. Du hast Recht gehabt. Er verlässt Amuns heilige Stadt Theben und zieht nach Avaris, wo einst die verfluchten Hyksos herrschten. Er nennt die Stadt zwar Piramesse und baut sie neu, aber er will damit Amun und seine Priester in ihrer Macht beschneiden.

Du hast gute Vorarbeit geleistet. Am günstigsten scheint mir der Zeitpunkt, wenn die Barken mit den Gottheiten zu Wasser gelassen werden. Dann sind alle Augen auf sie gerichtet, sogar die der Palastwache. Ich könnte zusätzlich noch einen Unfall vortäuschen lassen, vielleicht ein Schwanken und drohendes Kentern der Barke, dann werden nicht einmal die Leibwächter auf Pharao achten. Das gibt dir mehrere Minuten und mehr brauchst du nicht.«

Was sollte das heißen? Die beiden sprachen offensichtlich von dem Festzug der Götterstatuen auf dem Nil. In Antef begann ein schrecklicher Verdacht aufzusteigen. Wenn die Leibwächter nicht auf Pharao achteten, dann – Aber – aber das war nicht möglich! Das konnte man nicht einmal denken! Das bedeutete den Untergang für das ganze Land und seine Menschen. Entsetzt sah er Sinufer an – und Sinufer zitterte. Antef klammerte sich unwillkürlich an ihm fest. Dann war sein Verdacht also richtig? Man wollte Pharao ermorden?

»Ich fände es besser, wenn Amun uns durch ein Wunder helfen würde, noch bevor die Barken auf dem Wasser sind. Dann kann nicht der geringste Verdacht auf uns fallen.« Jetzt sprach der Dünne wieder. »Es gibt allerdings noch eine dritte Möglichkeit. Ich habe einen Verbündeten in der Palastwache gefunden. Pharao hat die Angewohnheit, alle Diener wegzuschicken, wenn er ein Stelldichein mit einer seiner Gemahlinnen hat. Hauptmann Zahotep wäre bereit bei einem angeblichen letzten Kontrollgang Gift in den königlichen Wein zu schütten. Ich werde mich morgen mit ihm im Palast treffen und ihm genaue Anweisungen zukommen lassen. Vielleicht auch schon das Gift.«

Antef sah das steinerne Gesicht mit der pulsierenden Narbe vor sich. Zahotep – ein Königsmörder!

»Gut. Diese Möglichkeit bleibt uns, falls übermorgen etwas danebengeht. Was ist über die Nachfolge beschlossen worden?«

»Wir haben drei fast gleichaltrige Prinzen zur Auswahl. Am geeignetsten scheint uns Prinz Ineni. Er ist der Sohn der Nebenfrau Anch-iri und wird uns deshalb am dankbarsten sein«, sagte die heisere Stimme.

»Hm. Das ist zwar ein gutes Argument.« Der andere klang nicht überzeugt. »Aber wie willst du die Ansprüche der beiden anderen entkräften? Sie sind immerhin die Söhne der Ersten und Zweiten Großen Gemahlin.«

»Der eine ist ein tollkühner Jäger. Wie du weißt, ist es lebensgefährlich, sich mit Löwen anzulegen. Wir werden für einen besonders blutrünstigen sorgen. Der Sohn des Großen Tuthmosis ist schließlich auch bei einem Jagdunfall umgekommen. Und der zweite Prinz brennt auf einen Feldzug. Den wird er bald haben, denn der Fürst von Amurru und der Stadthalter von Kaddesh werden unruhig. Der Prinz wird die Bogenschützen trainieren und dabei wird es leider einen Unfall geben.«

»Nun gut. Dann wäre alles geklärt.«

Schon knarrte eine Tür. Sinufer gab Antef einen Stoß und zeigte auf Huij und Tuij.

»Sitz!«, flüsterte Antef. »Platz!« Er rannte mit Sinufer um die Hausecke. Falls die beiden Verschwörer ein Geräusch hörten, würden sie das den Tieren zuschreiben. Sie stolperten auch prompt über die Schleichkatzen, beruhigten sich aber, als sie die Tiere erkannten. Antef verstand: »Ausgezeichnete Rattenjäger . . . leider auch Liebhaber von Geflügel.« Und dann war der Platz vor dem Gefängnis wieder menschenleer.

Antef lehnte sich gegen die Mauer. Er fühlte sich so schwach, als ob seine Beine ihn nicht mehr tragen wollten.

»Bei Amun! Wer war das?«
Sinufer zitterte immer noch. »Ich glaube, ich habe einen Geist gesehen.«
Diese Worte brachten etwas in Antef zum Klingen. Er durchforschte seine Erinnerung. Er hatte den Satz schon einmal gehört. Er hatte ihn sich eingeprägt und er hatte lange darüber gegrübelt, wie über einige andere Worte auch, aber dann hatten die Wochen am Schaduf und die Fahrt nach Theben und Tuas Tod und das Leben mit Sinufer einen Schleier darüber gelegt.
»Ich glaube, ich habe einen Geist gesehen«, wiederholte er halb laut. »Jetzt weiß ich es wieder. Das hat mein Vater gesagt, als er hier in diesem Tempel beten wollte. Und wenig später war er tot. Warum schaust du mich so an?«
Sinufer fuhr sich mit der Zunge über die Lippen. Sein Mund war plötzlich ausgetrocknet, obwohl sie doch eben erst den Krug geleert hatten. »Was hat dein Vater sonst noch gesagt?«
Der Schleier hob sich von Antefs Erinnerung. »Dass er nicht beten will, sondern in die Herberge geht, um nachzudenken. Als der Verwalter später gekommen ist, hat mein Vater mit einem kleinen, dicken Soldaten am Tisch gesessen und ist auf einmal aufgesprungen und hat ihm den Mantel von den Schultern gerissen. Dann ist er zu Boden gestürzt, mit ganz schrecklichen Krämpfen, und hat gewimmert und gestöhnt. Und dann war er tot. Ein böser Geist hat ihn umgebracht.«
Sinufer strich nachdenklich über seinen kahlen Schädel. »Es könnte auch Gift gewesen sein. Ein sehr starkes

Gift. Aber so wie du die Wirkung beschreibst, kann er es nicht schon im Tempel bekommen haben, sondern erst in der Herberge. Aber was hat er gesagt?«
»Da! Der Stern!« Antef hatte auf einmal wieder Nefer-rehus Stimme im Ohr, wie er Ipuia von der Fahrt nach Theben berichtet hatte. Meret hatte neben ihm auf dem Dach gelegen und sie hatten beide gezittert wie Papyrus im Wind. War das wirklich erst ein halbes Jahr her? »Das hat er gesagt, als er den Mantel weggezogen hat. Und dann nur noch ein paar Worte: ›Der Geier wird wieder . . .‹ Mehr hat er nicht herausgebracht.«
»Der Geier? Tatsächlich? So habe ich ihn auch genannt.« Sinufer schauderte. »Ich habe ihn sofort erkannt. Auch seine Stimme. So hell und heiser wie eine schlecht gebohrte Flöte. Und er hat eine Narbe auf der Schulter, die geformt ist wie ein Stern. Es passt alles zusammen. Er hat mir gesagt: ›Amun tötete die Frau im Kindbett und den Mann durch meine Hand.‹ Er muss deinen Vater vergiftet haben, unmittelbar bevor der Soldat und der Verwalter gekommen sind.«
»Aber wer ist er? Woher kennst du ihn?«
Im Licht des Mondes und zahlloser Sterne sah Sinufer noch faltiger und eingefallener aus als sonst. »Ich weiß nicht, wie er heißt. Aber ich kenne ihn. Oh ja, ich kenne ihn. Er hat mich vor ein paar Wochen zu zehn Jahren in den Steinbrüchen verurteilt. Aber das ist nicht das Schlimmste. Er ist der Priester, der euch und Tua verflucht hat, weil eure Eltern Ramses gerettet haben. Es war ein Fluch, der Tod und Verderben bringt. Bei euch hat er keine Wirkung gezeigt. Aber Tua ist tot.«

Seine Stimme versagte. Er konnte nicht mehr weitersprechen. Er fühlte wieder den rot glühenden Zorn, der ihn ergriffen hatte, als er, die sterbende Tua im Arm, im ersten Sonnenlicht den Geier über der Wüste gesehen hatte. Bei allen Göttern Ägyptens hatte er damals geschworen, dass er den Priester finden und bestrafen würde. Und jetzt hatten die Götter ihm den Verbrecher fast vor die Füße geworfen und er brauchte nur zuzupacken.

Antef streichelte schüchtern seinen zitternden Arm. »Es hat etwas zu bedeuten, dass er hier ist, nicht? Er will Pharao ermorden.«

Sinufer nickte nur.

»Aber wie will er das machen? Der andere hat gesagt: ›Das gibt dir mehrere Minuten und mehr brauchst du nicht.‹ Was kann er damit gemeint haben?«

»Ich weiß es nicht. Aber ich werde keine Ruhe geben, ehe ich nicht herausgefunden habe, was er plant.« Sinufer ballte die Fäuste. »Ich will ihn hängen sehen. Er soll aufgeknüpft werden an der höchsten Zinne der Stadtmauer wie ein gemeiner Grabräuber. Und vorher werde ich ihn verfluchen. Ich werde seinen Namen auslöschen und sein *ka* und damit wird nicht nur sein Körper, sondern auch sein Geist der Verwesung anheim fallen.«

Antef zog unwillkürlich den Kopf zwischen die Schultern. Noch nie hatte er den nachsichtigen, freundlichen Sinufer derartig rachsüchtig reden hören. »Aber wenn die 42 Götter ihn prüfen und wenn seine Seele gewogen wird von Gott Anubis, dann wird er ohnehin in die

Verdammnis geschickt wegen seiner Missetaten, oder nicht?«
Sinufer versuchte sich zu beruhigen. »Ja, du hast Recht. Die Götter werden ihn strafen. Wir brauchen ihn nur zu entlarven. Lass uns nachdenken. Wir müssen jetzt sehr vorsichtig sein. Wenn er mich entdeckt, wird er mich töten, weil ich seine Pläne kenne. Und dich wahrscheinlich auch, denn er vergisst seine Rache nicht. Draußen in der Stadt, bei Bata und Meret, wärest du sicherer als hier im Tempel. Willst du nicht lieber verschwinden?«
Aber Antef schüttelte den Kopf. »Ich bleibe bei dir. Zu zweit sind wir stärker.«
Sinufer betrachtete besorgt den halben Mond, der sich rötlich verfärbt hatte. Rot war Seths Farbe und bedeutete Krieg oder Blut oder Unglück. Aber das wird nicht uns treffen, sondern den Verbrecher, dachte er grimmig.
Sie verließen ihr Versteck hinter dem Gefängnis und huschten durch mehrere menschenleere Höfe bis zu einem großen Gebäude, vor dem ein eifriges Kommen und Gehen herrschte. Sinufer und Antef hielten sich im Schatten der Vorhalle. Niemand, der sie kannte, durfte sie sehen. Schließlich hielt Sinufer einen jungen Tempeldiener an.
»Ich bin Bata, ein Priester des Chnum aus des Gottes Heiligem Haus in Schenachen. Würdest du mich zu meinem alten Freund Inteb führen?«
Der Junge sah erschöpft aus. Seit Tagen trafen aus ganz Ägypten Priester und ihre Diener ein und mussten ver-

sorgt werden. Er hatte es längst aufgegeben, sich Namen und Gesichter zu merken.

»Dein Wunsch ist mir Befehl«, murmelte er und lief vor ihnen her. Sie hielten sich dicht hinter ihm. Im Gefolge eines Tempeldieners zu sein musste ihnen in aller Augen etwas Unverfängliches verleihen. Er führte sie in Intebs Kammer und leierte die Anmeldung herunter. Intebs Brauen gingen in die Höhe, als er im Licht der Öllampe auf seinem Tisch den Wanderarzt erkannte, aber der Name seines alten Freundes hielt ihn davon ab, eine Bemerkung zu machen.

»Möge Re dir leuchten«, sagte er gemessen und winkte den Tempeldiener beiseite. Der verschwand und Inteb sah seine Besucher mit einer Mischung aus Spannung und Unsicherheit an.

»Wieso bist du nicht mehr im Haus des Gewahrsams?«

»Die Götter kennen meine Unschuld. Sie erhörten meine Gebete und schenkten mir die Freiheit«, sagte Sinufer fromm.

»Hm. Taten sie das?« Inteb wiegte zweifelnd den Kopf. Vom Umfang her hätte er ein Bruder von Bata sein können, allerdings noch besser genährt. Seine Haut spannte sich prall und glänzend wie eine braun gebratene Gänsekeule, während Batas Bauch noch immer in Falten hing, trotz der reichlichen Mahlzeiten der letzten Wochen. Jetzt hob er die Lampe, um Antef besser sehen zu können.

»Heb diesen sonderbaren Kopfputz hoch, Junge. Aha. Dein Gesicht kam mir gleich bekannt vor. Ich habe heute Nachmittag gesehen, wie auch du ins Haus des Gewahrsams geschickt wurdest.«

»Inteb! Bei deiner Freundschaft zu Bata, höre mich an, ich bitte dich«, sagte Sinufer eindringlich. »Du selbst hast Bata erzählt, dass etwas Unheimliches vorgeht in diesem Tempel und dass du das Gefühl hast, dass jemand etwas Böses plant.«
Intebs Finger fuhr an die Lippen. »Psst! Sprich leise.« Er watschelte zum Eingang und schaute nach draußen, aber offensichtlich war der Gang leer, denn er kam zurück und sah Sinufer erwartungsvoll an. »Also gut. Was willst du mir sagen?«
Sinufer flüsterte hastig seinen Bericht. Inteb stand reglos da, versteinert von den Bildern der kommenden Schrecken. Das Land würde untergehen, führerlos und ungeschützt, ohne den Mächtigen Stier auf dem Thron, der den Winden das Wehen befahl und dem Korn das Sprießen, der die Götter besänftigte und seinem ganzen Volk den Lebensatem einhauchte.
»Was erwartest du von mir?«, fragte er schließlich.
»Kannst du feststellen, wer der Geierköpfige ist und wer der andere? Er darf mich nicht sehen, denn er würde mich sofort erkennen und Antef auch. Kannst du uns irgendwo verstecken in dieser Nacht? Und morgen eine Möglichkeit finden, wie wir hier bleiben können, ohne erkannt zu werden?«
»Du verlangst Unmögliches, Sinufer. Das kann ich nicht.« Inteb ließ sich schwer auf seinen Schemel sinken. Dabei stieß er mit dem Ellbogen gegen den Tisch und eine Papyrusrolle fiel auf den Boden. Er bückte sich und legte sie behutsam wieder auf die Platte. »Ich habe geahnt, dass eine unerfüllbare Aufgabe auf mich

zukommt. Deshalb sitze ich noch hier und studiere die alten Traumrollen. Denn ich hatte einen sonderbaren Traum letzte Nacht, einen sehr sonderbaren Traum, bei Osiris! Und ich kann ihn nicht deuten.«

»Vielleicht können wir dir helfen«, sagte Sinufer leise. Seine Stimme klang gleichmütig, aber Antef, der ihn besser kannte als Inteb, hörte ihr die Verzweiflung an. Wenn der Priester ihnen nicht half, konnten sie nur so schnell wie möglich vom Tempelgelände fliehen oder sie würden morgen wieder im Gefängnis sein.

»Ich weiß nicht recht. Nun ja, warum eigentlich nicht?« Inteb hatte sich fast den ganzen Tag mit den Papyri beschäftigt, in denen die Traumdeutungen vergangener Epochen gesammelt waren, doch er hatte keine Lösung gefunden. Dass ausgerechnet Sinufer ihm helfen würde, kam ihm unwahrscheinlich vor.

»Es war nur ein kurzer Traum«, begann er zögernd. »Es kam ein Fuchs in meine Kammer, der trug einen goldenen Ring in seinem Maul und ließ ihn vor mir fallen. Ich wollte mich bücken und ihn aufheben, aber ich konnte es nicht. Ich konnte mich einfach nicht rühren, dabei merkte ich, dass es ungeheuer wichtig war, den Ring zu haben. Nach einiger Zeit nahm der Fuchs den Ring wieder auf und lief mit ihm davon. Und ich wusste auf einmal, dass etwas Furchtbares passieren würde, weil ich den Ring nicht hatte, aber bewegen konnte ich mich immer noch nicht.«

Inteb seufzte. »Ich habe fast den ganzen Tag in der Bibliothek gesessen und die Traumbücher studiert, aber ich habe keine befriedigende Deutung gefunden. Ich

habe mir sogar noch einige Rollen mitgenommen, aber die Zusammenstellung von Fuchs und Ring und Lähmung kommt einfach nirgendwo vor.«
Er sah Sinufer an, ohne viel Hoffnung, aber doch erwartungsvoll.
»Ein Fuchs mit einem Ring, der zu einem Priester kommt?« Sinufer schüttelte ratlos den Kopf. »Du weißt besser als ich, dass der Fuchs für Klugheit stehen kann, aber auch für Schnelligkeit oder für Heimtücke und der Ring für Reichtum oder Ausgewogenheit oder Ewigkeit, aber wie soll man das in Bezug setzen zu deiner Person und deiner Lähmung?«
»Ich weiß, wie«, sagte Antef, der still neben dem Tisch gestanden hatte.
»Du – du weißt, wie?«, stotterte Inteb.
Antef zog seine Perücke aus Seilresten vom Kopf und ließ sich auf alle viere nieder. »Sieh mich an! Sehe ich nicht aus wie ein Fuchs?«
Inteb betrachtete das dreieckige Gesicht, die schrägen gelben Augen, das flammende Haar. »Doch! Ja, das tust du.«
»Ich habe einen goldenen Ring verschluckt, damit er nicht in falsche Hände kam, und diesen Ring verspreche ich dir, wenn du uns hilfst.«
»Du hast – was hast du? Ich habe doch selbst gesehen, wie du ihn in die Luft geworfen hast! Ich habe sogar selbst den Boden abgesucht, nachdem die Wächter ihn nicht gefunden hatten.«
»Ihr konntet ihn nicht finden. Ich habe nur so getan, als ob ich werfen würde, aber ich habe ihn verschluckt.

Wenn du mir einen Teller mit rohen Zwiebeln spendierst, kann ich es dir morgen beweisen.«

»Aber nur wenn du nicht in Lähmung verfällst, sondern wenn du uns hilfst«, setzte Sinufer hinzu. »Sonst kommen wir entweder ins Gefängnis oder wir müssen fliehen und in beiden Fällen ist der Ring für dich verloren. Aber wenn du dir etwas einfallen lässt, dann bekommst du den Ring und dann wird auch das Furchtbare nicht eintreten, vor dem du dich im Traum gefürchtet hast.«

Diese Worte versetzten Inteb in einen Wirbel von Geschäftigkeit. Wenig später hatte er in Erfahrung gebracht, dass der Geierköpfige einer der Oberpriester im Amun-Tempel von Assiut war und Hapuseneb hieß und dass er nicht im großen Schlafsaal des Gästehauses schlief wie die meisten fremden Priester, sondern in einem eigenen Raum neben dem Oberpriester Zau. Soweit Inteb wusste, gehörte der zwar nicht zur Schar der Tuschler und Spionierer, aber er war der direkte Untergebene des Schatzmeisters und der war ganz sicher irgendwie an den Unruhen beteiligt.

»Außerdem habe ich euch zwei Plätze im Schlafsaal des Gästehauses besorgt.« Inteb war sichtlich stolz auf sich. »Dort wimmelt es von Fremden und ihr fallt nicht auf. Morgen früh wartet ihr dort, bis ich euch abhole. Bis dahin habe ich auch das Versteck für den Tag geklärt. Ich habe schon eine Idee.«

Er besorgte ihnen noch einen Imbiss in Form von Bier und Brot und vielen rohen Zwiebeln und brachte sie dann höchstpersönlich in den Schlafsaal, aber erst nachdem er Antef die verräterischen Haare geschoren hatte. Im Tempelbezirk waren schließlich alle männlichen Wesen kahl und Antef wäre selbst mit schwarzen Haaren aufgefallen.

Intebs rundes Gesicht glänzte vor Zufriedenheit, als er die beiden am nächsten Morgen durch die Tempelanlage führte, denn Antefs goldener Ring war bereits in seinem Besitz. Das Versteck, das er sich ausgedacht hatte, war tatsächlich einmalig, wie Sinufer ihm voller Bewunderung versicherte. Zum Opet-Fest gehörten nämlich auch Theaterspiele, bei denen maskierte Priester die Heiligen Geschichten darstellten, und da Inteb mit dem Regisseur des Isis-Spiels befreundet war, hatte er seinen Schutzbefohlenen dort eine Teilnahme verschafft.

Die Haupt- und Nebenrollen waren natürlich längst besetzt und einstudiert. Aber da die Geschichte von Isis und Horus hauptsächlich im Schilf spielte, kam es dem Regisseur auf zwei Binsen mehr oder weniger nicht an und er hatte zugestimmt Intebs Freunde aus dem Chnum-Tempel in seine Schauspiel-Truppe aufzunehmen. Das Kostüm bestand aus einem engen grünen Gewand, das den Körper vom Scheitel bis zur Sohle wie eine Röhre umschloss, mit Schlitzen für Augen, Nase und Mund. Dazu gehörte eine Kopfbedeckung, die aussah wie ein Binsenkolben. Als Sinufer und Antef die Kostüme angezogen hatten, stießen beide einen Seufzer der Erleichterung aus. Jetzt waren sie so gut wie unsichtbar.

Auf dem großen Hof vor der Tempelschule herrschten ein Lärm und ein Gedränge wie auf einem Jahrmarkt. Am Tag vor dem Opet-Fest fand die Generalprobe für alle beteiligten Künstler statt. Tempelsängerinnen, Tempeltänzerinnen, Tempelmusikanten mit Trommeln, Trompeten, Hörnern, Sistren und Flöten, alle Priester-Schauspieler der Heiligen Geschichten hatten sich versammelt und zeigten den Zeremonienmeistern ihre morgigen Darbietungen.

Als die drei den Hof betraten, war gerade das Gastmahl des Seth an der Reihe, bei dem er seinen Bruder Osiris in den hölzernen Sarkophag gelockt hatte. Die Schauspieler standen auf fahrbaren Podesten, die morgen den Festzug begleiten würden, jetzt aber im Hof verteilt waren. Antef hätte gerne zugeschaut, aber Inteb zog ihn zu dem Podest seines Freundes und der schob die beiden an den seitlichen Rand, wo sich noch viele andere Schilfhalme und Papyrusstauden drängten. Alle warteten auf ihren Auftritt und unterhielten sich leise miteinander.

»Seht euch mal den Fremden da an neben dem Oberpriester Zau. Der Kleine, Magere, der gerade auf unser Podest zukommt. Den hätten wir eher haben müssen, der hätte Isis in der Gestalt des Geiers auch ohne Maske spielen können.«

»Du bist wohl nicht recht bei Verstand! Er sieht zwar aus wie ein Geier, aber er ist viel zu alt und hässlich. Isis war jung und hübsch und außerdem ein Geierweibchen.«

Antef drängte sich näher an Sinufer. Wer da auf ihr Podest zukam, neben einem großen, dünnen Priester in einem Leopardenfell, das war der Geierkopf. Und er blieb tatsächlich vor ihnen stehen. Antef musste sich sehr nachdrücklich daran erinnern, dass er in einer Verkleidung steckte, die nur seine Füße sehen ließ, trotzdem hätte er sich am liebsten hinter Sinufer versteckt. Im hellen Sonnenlicht sah das Geiergesicht zwar nicht mehr so unheimlich aus wie gestern Abend im flackernden Kerzenschein, aber fast noch grausamer und gefährlicher.

»Dies ist der Oberpriester Hapuseneb aus Assiut«, stellte Zau seinen Begleiter dem Regisseur vor. »Ich habe ihm in Aussicht gestellt, dass du vielleicht noch ein Plätzchen in deiner Truppe für ihn hast.«

»Aber selbstverständlich. Das heißt, wenn er mit einer Papyrusstaude zufrieden ist.«

»Unter der Bedingung, dass ich in der ersten Reihe stehe«, sagte Hapuseneb anmaßend. »Ich möchte eine gute Aussicht auf die Festlichkeiten haben.«

Er erhielt ein grünes Kostüm und eine Papyrusknospe als Kopfbedeckung und stellte sich tatsächlich auf den besten Eckplatz in der ersten Reihe. Antef und Sinufer standen dicht hinter ihm. Aber würde das morgen auch so sein? Und wie sollten sie ihn erkennen? Er sah so aus wie alle anderen Schilfdarsteller auch. Die hohe Kopfbedeckung ließ ihn größer wirken, das grüne Gewand verdeckte seine krummen Schultern und langen Arme. Aber über seine Knöchel schlängelten sich dicke blaue Adern wie knotige Schnüre. Antef bückte sich und tat so, als ob er seine Fußsohle nach einem Dorn

absuchen müsste, dabei musterte er die Knöchel der anderen, alle weiß und glatt geschoren und straff. Die Adern waren ein Erkennungsmerkmal.
Als endlich ihre Truppe an der Reihe war und ein Priester in der Maske der Isis den toten Osiris beweinte und den kleinen Horus (in Form einer wächsernen Puppe) im Schilf versteckte, tauchten plötzlich Huij und Tuij auf und sprangen auf das Podest.
»Zwei Schleichkatzen! Wie wunderbar!« Der Regisseur klatschte begeistert in die Hände. »Sie scheinen gezähmt zu sein. Ob wir sie wohl dazu bringen könnten, mitzuspielen? Dann wäre die Illusion eines Schilfdickichts perfekt.«
»Mir scheint, du vergisst, wo du morgen sein wirst.« Die heisere Stimme klang kalt, fast drohend. Das war der Geierkopf. »Du nimmst morgen an der Prozession zu Ehren des Allerhöchsten teil. Dabei geht es nicht um Illusionen, sondern um Gottesdienst. Du würdest die Götter beleidigen mit deinem Vorhaben.«
Man sah dem Regisseur an, dass er sich über den überheblichen Ton ärgerte, aber dass er einem religiösen Argument nicht widersprechen wollte. Er fing an mit den Händen zu wedeln und »Ksch, ksch!« zu machen, aber Huij und Tuij kümmerten sich nicht darum, denn sie hatten inzwischen Antef entdeckt und umstrichen seine Knöchel.
»Hilfe!«, schrie Antef. »Sie sind an meinen Füßen. Sie wollen mich bestimmt beißen.«
Er sprang vom Podest und tat so, als ob er vor den beiden davonlief, die ihm dicht auf den Fersen blieben.

Erst jenseits der Hofmauer, wo ihn die Schauspieler nicht sehen konnten, hockte er sich hin und streichelte sie und brachte sie dann in die Gartenanlagen, wo sie auf ihn warten würden. Die Probe der Truppe war schon vorbei, als er zurückkam, denn er begegnete dem Geierkopf, der seine Kopfbedeckung abgenommen hatte und offensichtlich in Eile war, denn er ging fast im Laufschritt und drängte jeden zur Seite, der ihm in den Weg kam. Antef entdeckte einen Schilfkolben dicht hinter ihm, der versuchte mit ihm Schritt zu halten. Ein knochiger Arm streckte sich aus dem Ärmelschlitz und winkte ihm zu.

»Er hat noch einmal gesagt, dass die beiden Schleichkatzen auf keinen Fall an dem heiligen Spiel mitwirken dürfen«, sagte Sinufer, während sie den Geierkopf verfolgten. »Er hat etwas gegen sie.«

»Aber warum bloß?«

»Es gibt einen Grund«, sagte Sinufer langsam. »Und du kennst ihn auch.«

Antef krauste die Stirn. Schleichkatzen waren Raubtiere und fraßen so ziemlich alles, was sie erjagen konnten, Hasen, Ratten, Mäuse, Rohrsänger, Hühner, Gänse, Enten und deren Eier. Aber gerühmt und geradezu verehrt wurden sie wegen ihres Mutes gegenüber Krokodilen und Giftschlangen. Sogar mit einer ausgewachsenen Kobra sollten sie es aufnehmen.

Antef schluckte. »Du meinst – eine Schlange?«

Sinufer nickte. »Ob Gift im Wein oder Gift durch Schlangenbiss – das Ergebnis ist dasselbe. Der Geierkopf will offensichtlich seine eigene Haut retten, sonst

würde er sich mit einer Waffe auf Pharao stürzen. Mit Gift hat er eine Möglichkeit, davonzukommen.«
Antef hatte Huij und Tuij noch nie mit einem Reptil gesehen, aber er kannte die Geschichten von Schlangenkämpfen. Der Gärtner Glutbauch hatte sogar behauptet, dass Schleichkatzen einem Krokodil, das sich gerade die Zähne von den kleinen Sumpfvögeln reinigen ließ, in den offenen Rachen kröchen und sein Herz zerrissen. Ob Huij und Tuij auch so mutig waren? Ob sie wirklich mit einer Schlange kämpfen würden?
Auf einem großen Hof, der von einem Säulengang umgeben war, sahen sie im Schatten einer Säule Inteb sitzen, der zwei hüfthohe Körbe mit Äpfeln vor sich stehen hatte. Direkt gegenüber verschwand der Geierkopf in einer Kammer. Sie stellten sich neben Inteb.
»Er hat doch gesagt, dass er heute Hauptmann Zahotep im Palast treffen will«, flüsterte Antef. »Wahrscheinlich hat er es deshalb so eilig.«
»Ihr könnt ihn nicht verfolgen. Ihr seid doch ein bisschen auffällig in euren Kostümen. Wartet lieber in meiner Kammer auf mich.« Inteb polierte einen Apfel mit einem Tuch, bis er glänzte, und legte ihn in einen dritten und leeren Korb. »Ich bin hier noch stundenlang mit den Äpfeln für die Opfertische beschäftigt. Und ich habe die Tür neben Zau genau im Auge. Wenn der Kerl kommt, bleibe ich ihm auf den Fersen.«
Sinufer und Antef machten noch einige Einwände, ließen sich aber schließlich überzeugen. Kaum waren die beiden verschwunden, als ein kleiner, dickbäuchiger Soldat in der Tür erschien und eilig den Säulengang he-

runterkam. Inteb wunderte sich. Der Dicke musste in Hapusenebs Kammer auf diesen gewartet haben, und zwar schon eine geraume Zeit, denn seit Inteb vor seinen Äpfeln saß, war niemand hineingegangen.
Der Soldat ging dicht an den Körben vorbei. Trotz seines dicken Bauches waren seine Arme und Beine mager. Er ging rasch, wobei er einen Fuß nachzog, mit gesenktem Kopf, wie in Gedanken versunken. Inteb sah nur wenig von seinem Gesicht, denn er trug eine sehr aufwändige Perücke, deren dichte Fransen bis zu den Augenbrauen reichten. Die Augenbrauen waren auch sehr dicht und schwarz und Mund und Kinn wurden von einem ebenfalls sehr dichten schwarzen Spitzbart verdeckt, wie ihn die assyrischen Händler trugen.
Inteb polierte weiter seine Äpfel und hielt die Tür im Auge, aber niemand erschien. Als der erste Korb geleert war, beschlich den Priester trotz seiner Geduld eine leichte Unruhe. Wie lange saß er hier wohl schon? Er schaute zu dem Sonnenstab in der Mitte des Hofes hinüber. Sein Schatten war ein beträchtliches Stück weitergewandert. Wenn Hapuseneb tatsächlich einen Mordanschlag auf Pharao plante, dann würde er jetzt doch wohl keinen ausgedehnten Mittagsschlaf halten? Inteb kippte den leeren Korb um, verteilte ein paar Äpfel auf dem Boden und ließ einige in den Säulengang rollen, die beiden letzten auf die Tür zu. Denen gab er dann einen Tritt, dass sie ins Zimmer rollten. Die Türen standen während der heißen Jahreszeit immer offen, damit wenigstens ein leichter Durchzug entstand.
»Entschuldige die Störung«, rief Inteb in das Zimmer

und bückte sich nach dem einen Apfel. »Mein Korb ist umgefallen und ich muss die Äpfel wieder einsammeln.«
Es kam keine Antwort. Inteb richtete sich auf und blickte sich um. Das Zimmer war leer. Außer einer gemauerten Schlafbank, Tisch, Stuhl und ein paar Binsenkörben verschiedener Größe befand sich nichts darin, und ganz sicher kein Mensch. Inteb hob den anderen Apfel auf, vergewisserte sich, dass es keinen zweiten Ausgang gab – was er ohnehin wusste, denn die meisten Priesterkammern waren nach demselben Muster gebaut, nur die Oberpriester besaßen zwei oder sogar mehrere Räume – und ging zu seinen Körben zurück. Sonderbar! Höchst sonderbar! Er hatte mit eigenen Augen Hapuseneb hinein- und den fremden Soldaten herausgehen sehen und er war bereit bei Amuns Namen zu schwören, dass außerdem kein Mensch den Raum betreten oder verlassen hatte. Er spürte ein unangenehmes Prickeln zwischen den Schulterblättern, so als ob ihn verborgene Augen beobachten würden. Er war wie alle Priester in vielen Zauberkünsten erfahren, aber das Herbeizaubern eines anderen Menschen und die Fähigkeit, sich unsichtbar zu machen, überstiegen seine Möglichkeiten bei weitem. Nur die größten und mächtigsten Zauberer waren dazu fähig. Ob dieser Hapuseneb zu ihnen gehörte? Ob er es deshalb wagen konnte, sich an der geheiligten Person des Pharaos zu vergreifen?
Inteb setzte sich auf seinen Schemel und nahm den nächsten Korb in Angriff. Er fühlte eine unerklärliche

Scheu davor, mit Sinufer über seine Beobachtungen und Befürchtungen zu sprechen.
Als er mit dem zweiten Korb fast fertig war, erschien auf einmal der Soldat wieder und ging stracks in Hapusenebs Kammer. Inteb polierte immer noch den einen Apfel, obwohl er längst blank wie ein Spiegel war, und ließ die Blicke nicht von der Tür. Und tatsächlich tauchte nach einiger Zeit der geierköpfige Priester auf, ging quer über den Hof und verschwand hinter den Säulen.
Tief in Gedanken versunken, beendete Inteb seine Arbeit, beauftragte zwei Tempeldiener die Apfelkörbe zu den Opfertischen zu bringen und ging in seine Kammer. Sinufer und Antef hatten die grünen Kostüme ausgezogen, es war einfach zu heiß darunter, trugen aber noch die Kopfbedeckungen, die ihnen ein sehr verändertes Aussehen gaben. Schweigend hörten sie Intebs Bericht an.
»Ich muss gestehen, dass ich mich fürchte«, sagte er zum Schluss. »Dieser Mann muss ein großer, mächtiger Zauberer sein. Mit unseren schwachen Kräften können wir nichts gegen ihn ausrichten. Er wird uns zerquetschen wie Ungeziefer, wenn wir uns ihm entgegenstellen. Es ist besser, wir gehen ihm aus dem Weg.«
»Er kann nicht so groß und mächtig sein, wie du glaubst!« Sinufer klang so, als ob er sich selbst überzeugen wollte. »Sein Fluch gegen die Zwillinge ist fehlgeschlagen. Und wenn er Seth brauchte als Helfer, dann besitzt er nicht die Zauberkraft, zu verschwinden. Oder sich zu verwandeln. Sich zu verwandeln«, wiederholte er langsam, während er Antef anstarrte, als ob er ihn

noch nie gesehen hätte. Plötzlich schlug er sich mit der Hand vor die Stirn, dass sein Binsenhut herunterfiel. »Ich Strohkopf! Ich Sohn eines Esels! Ein Kheft hat mich mit Blindheit geschlagen! Wie konnte ich nur so dumm sein?« Er streifte Antef das Kostüm über. »Wen siehst du jetzt vor dir, Inteb? Den Wüstenfuchs, den du gestern gesehen hast? Den Arztgehilfen, dessen Verhaftung du erlebt hast? Oh nein, du siehst eine Theaterbinse. Wen hast du eben gesehen? Einen kleinen Soldaten mit dickem Bauch und schwarzem Bart. Denk dir die Uniform weg samt falschem Bauch und falschem Bart und Perücke, dann hast du einen kleinen, dürren Priester.«

»Du – du meinst, Hapu. . . Hapuseneb hat sich verkleidet?«, stotterte Inteb.

Antef riss sich das Kostüm herunter. »Dann stimmt es, dass er meinen Vater ermordet hat! Er war der kleine, dicke Soldat, der ihm Gift in den Wein geschüttet hat. Und an seinem Körper ist auch die Narbe. ›Da! Der Stern! Er lebt noch!‹ Damit meinte Vater gar nicht einen Mann, der schnell verschwunden war, sondern seinen Mörder, der noch bei ihm saß.«

Sinufer nickte. »Und es war Gift. Auch damals schon Gift.«

Er erzählte Inteb von dem Vorfall bei der Probe und der Priester stimmte ihren Befürchtungen zu. Sie überlegten, dass die Schlange wahrscheinlich schon in Hapusenebs Kammer verborgen war, wenn sie am nächsten Morgen zum Einsatz kommen sollte, und ob man den Priester nicht einfach samt dem mörderischen Tier entdecken und verhaften könnte.

Aber wie sollten sie das bewerkstelligen, ohne sich zu erkennen zu geben – mit der Gefahr, wieder ins Gefängnis zu kommen? Sie sahen schließlich ein, dass sofortiges Handeln zwecklos sein würde. Hapuseneb würde die Schlange als ein heiliges Tier und als Geschenk für Amun bezeichnen und niemand würde ihm das Gegenteil beweisen können. Außerdem wären die Verschwörer dann gewarnt. Man konnte nichts anderes tun, als abzuwarten, was der morgige Tag bringen würde.

Im Schutz der Dunkelheit ging Antef später in den Tempelgarten und pfiff nach Huij und Tuij. Sie hatten sich schon einen Schlafplatz im Schilfgestrüpp um den Teich gesucht, wo sie eine Wasserrattenfamilie aus ihrem Bau vertrieben hatten, kamen aber herbeigetrottet und bezogen bereitwillig den mit Stroh gepolsterten Apfelkorb, der in Intebs Kammer auf sie wartete. Antef ahnte nichts davon, dass kurz zuvor zwei Abgesandte des königlichen Palastes im Tempel erschienen waren, um die beiden Gefangenen aus dem Haus des Gewahrsams zu befreien. Er rollte sich neben dem Apfelkorb auf dem Fußboden zusammen. Das hatte er während seiner Zeit am Schaduf auch nicht für möglich gehalten, dass er einmal für die Übung in kargem Leben dankbar sein würde!

Sinufer ahnte ebenfalls nichts von den königlichen Abgesandten. Er kniete vor dem steinernen Ohr Amuns an der Tempelmauer und flehte ihn und alle Götter um Hilfe an für den morgigen Tag.

Kapitel 15

Als das erste Perlgrau den Himmel färbte, war bereits ganz Theben auf den Beinen. Sogar die Säuglinge waren unterwegs, auf den Rücken ihrer Mütter festgebunden, und die Kleinkinder auf den Schultern der Väter. Selbst die Kranken, soweit sie nicht im Begriff waren, ihre Dreitausend Jahre zu beginnen, hatten sich hochgerappelt und einen Platz gesichert, denn ein Blick auf die drei Heiligen Barken und auf Pharao, der tatsächlich zu Fuß und nicht in einer Sänfte oder Kutsche seinem Vater Amun folgen würde, wirkte besser als jede Medizin.

Auf dem hoch gehenden Nil kämpften hunderte von Barken und Fährschiffen gegen die Strömung, um die Bewohner des westlichen Ufers zu den Tempeln zu bringen. Denn auf der Westseite befand sich ja nicht nur die Palaststadt, umgeben von den Residenzen der Adeligen, sondern auch die Stadt der Toten, die bevölkert war von Steinmetzen und Goldschmieden, Glasmachern und Zimmerleuten, Bildhauern, Malern, Töpfern, Sargmachern und ihren Familien, alle im Dienste der Verstorbenen.

Aber heute wurde nicht gearbeitet, heute war der höchste Festtag des Jahres und von nah und fern strömten die Leute herbei, drängten sich wie die Fische im Netz in den Vorhöfen der Tempel von Luxor und Karnak, wo der Festzug beginnen und enden würde, an den Anlegestellen für die goldenen Barken von Amun, dem Allerhöchsten, seiner Gattin Mut und ihrem Sohn Chons und für den Hofstaat Pharaos. Sie säumten auch die lange Uferstraße, auf der man die Götterschiffe emportreideln würde.

Die Barke des Re war noch unter dem Horizont verborgen, aber rote Wolkenfahnen wehten ihr schon voraus, als die Tore des Palastes geöffnet wurden und die königliche Prozession in edelsteinbunten Sänften zum Nil schwankte. Als die erste Barke abstieß, blieben alle anderen Schiffe am Ufer und machten dem königlichen Schiffszug Platz. Sobald die letzte Barke den königlichen Kai verlassen hatte, gab der Ausguck auf dem Pylon des Tempels ein Zeichen und im großen Hof begann eine Trommel zu dröhnen.

Die ehernen Tore des Tempels schwangen auf, Amuns Priesterschaft ergoss sich wie ein weißer Strom durch die Mauern über die gepflasterte Straße zur Anlegestelle, um die königlichen Barken zu erwarten. Priesterinnen tanzten am Ufer, streuten Blumen und drehten sich wirbelnd, bis ihre Gewänder sich wie durchsichtige Nebel um sie bauschten, Sängerinnen vermischten ihre durchdringenden Stimmen mit dem Dröhnen der Trommel, die Priester murmelten im Chor Gebete.

Antef war schon lange vor den ersten Trommelschlägen erwacht. An Feiertagen wuschen und rasierten sich die Priester nicht nur wie üblich morgens und abends, sondern auch nachts und vor jeder heiligen Zeremonie, dem Vorbereiten der Opfergaben und dem Auffüllen der Lampen und dem Weinmischen zum Trankopfer. Es herrschte eine ständige, lautlose Geschäftigkeit, die Antef immer nervöser machte. Er war froh, als Inteb endlich erschien und ihm half den Apfelkorb zu einem der Opfertische zu tragen, die schon mit Bergen von Blumen und Früchten beladen waren.

Hinter dem Podest der Theatergruppe, das jetzt mit Papyrus- und Binsenbüscheln verkleidet war, setzten sie den Korb kurz ab. Inteb lief einem angeblich davonrollenden Apfel nach, Antef hob Huij und Tuij heraus und band sie unter dem Podest mit ihren Leinen fest.

»Sitz! Platz! Rührt euch nicht!«, flüsterte er beschwörend und die beiden rollten sich gehorsam zusammen und legten die Schnauze auf die Pfoten.

Inteb und Antef brachten die wenigen Äpfel auf den Opfertisch und trugen den Korb zurück in die Vorratsräume. Offenbar waren alle mit eigenen Vorbereitungen beschäftigt, niemand schien sie beobachtet zu haben. Antef beeilte sich in sein Kostüm zu kommen, er wollte als Erster auf dem Podest sein, um die Ankunft des Geierkopfes beobachten zu können. Nur Sinufer war vor ihm da, aber bald erschienen auch die anderen und nahmen ihre Plätze ein. Ein paar Minuten lang herrschte ein solches Gedränge, dass sie von ihrem Platz in der vorderen Ecke geschoben wurden. Plötzlich hörte die Trommel auf zu schlagen, ein schmetternder Trompetenstoß ertönte und alles erstarrte.

Im Haupttor erschien Pharao und schwebte auf strau-

ßenfedernbekrönter Sänfte über den Köpfen, verschleiert von Weihrauch, gefolgt von den Tragsesseln der Ersten und der Zweiten Großen Gemahlin, hinter denen königliche Nachkommen und Verwandte und Würdenträger und Minister und Hofbeamte und Vertreter aller Streitkräfte schritten – alles in allem ein Zug von hunderten. Draußen standen die Menschen wie eine Mauer und jubelten und schrien sich die Hälse wund. Aber ihre Segenswünsche und Anrufungen verstand Antef nicht, er hörte nur ein brausendes Stimmengewirr, das übertönt wurde von den Trommlern und Zinkenisten, die dem Zug folgten.
Zur selben Zeit formierte sich im Inneren des Tempels ein zweiter Zug. Im Kerngehäuse aller Räume, dem Allerheiligsten im Innersten Tempel, war das Standbild des Gottes verborgen, das an diesem Morgen in eine verschleierte Kapelle auf der Goldenen Barke gehoben wurde. Vierundzwanzig Priester stemmten die Barke auf Tragestangen in die Höhe und trugen sie, umwölkt von dichten Weihrauchschwaden, durch Hallen, Höfe und Vorhöfe bis in den vordersten Tempelhof, wo Pharao inmitten seines Hofstaates, umgeben von den Hundertschaften der Priester, seinen göttlichen Vater erwartete.
Als die Goldene Barke erschien, fielen alle auf die Knie. Adelige, Hofbeamte, Propheten, Priester, Soldaten, Diener streckten die Hände aus, inbrünstig, von Schauern der Ehrfurcht und Wonne erfüllt. Der Allerhöchste war unter ihnen und erfüllte alles mit dem Duft seiner Gegenwart! Die Priester begannen einen

mächtigen Bittgesang, begleitet von Tamburinen und Trompeten:

»Erwache in Frieden, du, der du rein bist, in Frieden!
Erwache in Frieden, du Horus aus dem Osten, in Frieden!
Erwache in Frieden, du Seele aus dem Osten, in Frieden!«

Nur Pharao kniete nicht, sondern erhob sich von seiner Sänfte und schritt der goldenen Barke entgegen. In diesem Augenblick vergaß Antef, der zusammen mit allen anderen auf die Knie gefallen war und die Hände erhoben hatte, alle seine Vorsätze. Er hatte sich fest vorgenommen sich in die erste Reihe vorzuarbeiten, dort Hapuseneb ausfindig zu machen und ihn nicht aus den Augen zu lassen. Aber Pharaos Anblick vertrieb jeden anderen Gedanken aus seinem Kopf. Der Herrscher trug die rot-weiße Doppelkrone von Unter- und Oberägypten, den Reif mit Kobra- und Geierkopf über der Stirne, den goldenen Bart am Kinn, in den Händen Krummstab und Geißel, einen plissierten, knielangen Schurz um die Hüften und Goldsandalen an den Füßen.

Dies war kein Mensch! So strahlend und majestätisch und erhaben konnte kein Mensch sein. Dies war der Gute Gott, der lebende Sohn Amuns, der Horus auf dem Thron. Und Antef wusste auf einmal, ohne darüber nachzudenken, dass kein Sterblicher je wagen würde die Hand gegen diese Göttergestalt zu erheben.

Überirdisch und wunderbar glitt die goldene Barke Amuns über den Weihrauchwolken dahin, Pharao ent-

gegen. Doch auf einmal hielt sie an und schwankte. Eine Woge des Entsetzens rollte mit spürbarer Gewalt über den Hof. Der Gesang brach ab, die Instrumente schwiegen. Antef fühlte, dass ein Schauer über seinen Körper lief und dass seine erhobenen Arme zitterten. Amun setzte seinen Weg zu seinem Sohn nicht fort? Er wollte ihn nicht treffen? Die Menschen stöhnten auf, als sich die Barke mit einem Ruck wieder in Bewegung setzte und die Träger mit zornigem Zucken und Stoßen in eine andere Richtung zu treiben schien.
Ein zitternder Priester im Tor flüsterte es den Draußenstehenden zu. Wie eine zurücklaufende Welle verebbte der Lärm auf dem riesigen Platz vor dem Tempel und fassungslose Stille machte sich breit. Der Allerhöchste wollte seinen Sohn nicht begrüßen? Das war das schwärzeste Omen, das man sich vorstellen konnte! Und wenn er das nicht wollte, würde er dann am Ende auch nicht herauskommen aus seinem Tempel und sich seinen wartenden Kindern zeigen und den steigenden Nil mit seiner Gegenwart ehren und befruchten? Die Menschen standen wie Statuen, von lähmender Furcht ergriffen.
Auf dem Tempelhof hielt die Barke wieder an und zuckte so stark, als ob sie den Trägern von den Schultern springen wollte. Dann schoss sie ein Stück nach links. Alle Zuschauer, die sie auf sich zukommen sahen, stoben in panischer Furcht auseinander, um dem Gott auszuweichen, doch er hatte schon kehrtgemacht und eine andere Richtung genommen. Auch dort rannten die Menschen davon, versuchten zu den Toren zu

kommen, pressten sich gegen die Mauern. Der Einzige, der sich nicht regte, war Pharao.
Die Zickzackfahrt der Barke dauerte nur wenige Minuten, aber sie genügte, um die Mitte des Tempelhofes leer zu fegen. Nichts war zu hören außer dem Keuchen der hastenden, geängstigten Menschen und dem entsetzten Flüstern der Wartenden draußen auf dem Platz vor dem Tempel, das kaum lauter klang als ein Windesrauschen. Und in diese angsterfüllte Stille hinein dröhnte plötzlich eine Stimme wie ein Tempelhorn:
»Ich befehle der Barke stille zu stehen.«
Alle Blicke lösten sich von dem goldenen Götterschiff und wandten sich der einsamen Gestalt auf dem Platz zu. Pharao hatte gesprochen! Noch wagte niemand aufzuatmen, aber der Bann war gebrochen. Pharao hatte einen Befehl erteilt und er würde jetzt beide Arme heben samt Krummstab und Geißel und Amun würde sich besinnen und seine Fahrt fortsetzen, so wie es seit Jahrtausenden üblich war, erst zur Begrüßung seines Sohnes und dann über den Nil zu seinem Tempel in Karnak.
Aber Pharao hob die Hände nicht, sondern stand reglos. Stattdessen ertönte ein Schrei, ein Schrei von einer Frau, aber er hätte auch von einer armen Verstorbenen sein können, die in der Unterwelt von den Teufeln gemartert wird und in höchster Qual heult. Es klang schauerlich. Und da kam wieder die Tempelhorn-Stimme:
»Ich verbiete jeden Laut. Ich verbiete jede Bewegung!«
Erst als der Schrei abbrach, kam Antef zu Bewusstsein,

dass auch Worte dazu gehört hatten: »Da! Direkt vor ihm!«
Und da sah er, was in diesem Moment auch alle anderen sahen und mit zitterndem Atemholen bestätigten. Zu Pharaos Füßen, nur wenige Ellen entfernt, hatte sich eine riesenhafte Kobra aus einem umgestürzten Korb geschlängelt. Als der Schrei ertönte, richtete sie sich auf und blähte ihren Schild. Die Schuppen ihres Schwanzes leuchteten wie dunkles Gold gegen die roten Steine des Bodens. Sie hatten fast die gleiche Farbe wie die Haut des Herrschers und hoben sich kaum von seinen nackten Beinen ab. Der ovale, geblähte Schild und der eiförmige Kopf der Schlange wiegten sich vor seinem leuchtend weißen Shenti.
Mit Schaudern fühlte sich Antef auf einmal in den Stall von Schwarz-wie-die-Nacht zurückversetzt, als eine Faust ihn aus der wohltuenden Geborgenheit von Schatten und goldenem Dämmerlicht in die Todesangst des Erstickens gestoßen hatte. Genauso schrecklich war jetzt dieser Einbruch von tödlicher Gefahr in den Vorhof des Tempels. Die Gewissheit von göttlicher Unangreifbarkeit zerbrach. Pharao war nicht von einer unüberwindbaren Mauer umgeben, die jeden Attentäter fern hielt. Auch er war der Macht des Bösen preisgegeben.
Einige Herzschläge lang fühlte Antef sich gelähmt vom allgemeinen Entsetzen. Dann begann, fast ohne sein Zutun, sein Verstand wieder zu funktionieren. Er wusste, dass sie den Mordanschlag vorausgesehen hatten, er wusste, dass sie Vorkehrungen getroffen hatten,

er wusste, dass Huij und Tuij unter dem Podest warteten. Was hatte Pharao gesagt? ›Ich verbiete jede Bewegung!‹?
Aber Antef musste sich bewegen. Er musste die Schleichkatzen loslassen und auf die Uräusschlange hetzen! Er ging in die Knie und kroch zwischen den Beinen der erstarrten Papyrus- und Schilfstauden auf den hinteren Rand des Podestes zu. Als er sich auf den Boden gleiten ließ, plumpste eine grüne Gestalt auf seine Füße und riss sich Binsenhut und Kostüm vom Körper.
»Ich hab ihn noch laufen sehen«, flüsterte Sinufer außer sich. »Er ist gerannt wie ein Hase, als alle auf die Barke starrten. Er ist bestimmt schon zum Tor hinaus. Der Kheft ist mir entwischt.«
Er schüttelte die Fäuste, aber das sah Antef schon nicht mehr. Er krabbelte auf allen vieren zu Huij und Tuij, zerrte die Leinen von den Podeststangen und band die beiden los. Sie sahen ihn erwartungsvoll an. Er kroch vor ihnen her, schob den Binsenvorhang auseinander, der vom Podest herunterhing, und sah hinaus. Hell und leer dehnte sich der Platz. Und dort stand Pharao reglos vor der Uräusschlange.
»Da! Fass!«, sagte Antef eindringlich. »Schlange! Fass!«
Die beiden schoben die Schnauzen durch die Binsen und witterten, rührten sich aber nicht. Wie alle Schleichkatzen waren sie sehr vorsichtig und hatten eine ausgesprochene Abneigung gegen eine große Fläche ohne Versteckmöglichkeiten. Und das Wort Schlange kannten sie nicht.

Antef zerrte sich den Binsenhut vom Kopf, knäulte ihn zu einem Ball zusammen und schleuderte ihn auf den Platz, soweit er konnte.
»Fass!«, befahl er.
Huij und Tuij rannten, waren gleichzeitig bei dem grünen Stoffknäuel und balgten sich darum. Der Uräus wandte den Kopf und zischte laut. Es war ein Grauen erregendes Geräusch. Und in der Totenstille des Platzes drang es bis in jeden Winkel. Antef war sicher, dass in diesem Augenblick alle Körper derselbe Schauder überlief.
Die Schleichkatzen stellten die Ohren auf und ließen ihre Beute fahren. Sie witterten und schlichen langsam weiter, die Bäuche fast auf dem Boden. Sie blieben dicht nebeneinander. Plötzlich stellten sie sich auf die Hinterpfoten, die Schnauzen weit vorgestreckt, mit den breiten, kräftigen Schwänzen das Gleichgewicht haltend. Die Schlange zischte wieder. Sie würde Huij und Tuij töten, das wusste Antef auf einmal. Die Köpfe der drei Tiere befanden sich fast auf einer Höhe. Der Abstand zwischen ihnen mochte zehn bis fünfzehn Ellen betragen.
»Ich will nicht, dass der Uräus getötet wird!« Das war die Tempelhorn-Stimme. »Er ist das Wappentier von Unterägypten. Die Götter haben ihn eingesetzt zu Pharaos Schutz. Ich trage ihn über meiner Stirne.«
Antef traute seinen Ohren nicht. Der Uräus am königlichen Diadem war erstens so groß wie eine Hand und zweitens aus Gold. Das Exemplar aus dem Korb war bestimmt mindestens fünf Ellen lang und außerdem le-

bendig. Von abscheulicher Lebendigkeit. Und es besaß zwei gebogene Giftzähne im Oberkiefer, deren Biss unweigerlich den Tod brachte.
»Ruft die Katzen zurück!«, befahl Pharao.
Antef spitzte die Lippen und pfiff, aber es kam kein Ton heraus. Sein Mund war ausgetrocknet vor Angst. Er versuchte es noch einmal. Eine zarte Tonfolge schwebte über den Platz: *Genieße den Tag*. Huij und Tuij zuckten nicht einmal mit den Ohren. Aber viele Zuhörer fuhren unwillkürlich zusammen. Was für ein unpassendes Lied!
Antef sammelte alle Spucke im Mund, die er nur produzieren konnte, und befeuchtete seine Lippen. *Genieße den Tag*. Das mussten sie hören! Es klang laut und durchdringend. Die Schleichkatzen bewegten kurz die Köpfe in seine Richtung, starrten aber gleich wieder den Uräus an. Offensichtlich war ihr Jagdeifer erwacht. Doch es kam noch eine Reaktion. Eine Stimme rief, halb schluchzend:
»Majestät! Das ist mein Bruder Antef!«
Meret? Wie kam Meret auf den Tempelhof? Und wieso wagte sie Pharao anzusprechen? Ehe Antef diese Gedanken zu Ende gedacht hatte, ertönte schon der Befehl:
»Antef? Komm heraus!«
Antef schob sich durch die Binsen, stellte sich auf die Füße und machte einen zögernden Schritt nach vorn.
»Hast du Leinen für deine Tiere?«
Antef hob die Hand und zeigte die Leinen.
»Dann komm langsam zu mir, in einem weiten Bogen. Und bring den grünen Ball mit.«

Mit wankenden Knien schlich Antef auf den Platz. Er war auch auf dem Markt allein gewesen und hunderte hatten ihn angestarrt. Aber hier waren es tausende – und einer von ihnen war Pharao.
Er bückte sich nach dem Ball und näherte sich langsam Huij und Tuij.
»Jetzt pfeif noch einmal.«
Antef pfiff, so laut er nur konnte. Diesmal ließen sich die beiden auf alle viere fallen und gingen zögernd rückwärts, wobei sie die Schlange nicht aus den Augen ließen. Die ließ sich etwas zurücksinken und hörte auf zu zischen, als sie sah, dass ihre Todfeinde den Rückzug antraten.
»Nimm die beiden an die Leine. Und dann wirf dem Uräus den Ball zu.«
Antef schlang sich die Leinen um den Fußknöchel, um die Hände freizuhaben, nahm den Schilfhut und warf mit aller Kraft. Der Ball flog auf die Kobra zu und fiel dicht vor ihr auf den Boden. Die Schlange hatte sich wieder aufgerichtet und zischend ihren Schild gebläht, als sie die Bewegung sah. Jetzt senkte sie den Kopf, stieß zu und verbiss sich in den Stoff. Dann reckte sie sich und biss noch einmal zu.
»Komm mit den Tieren zu mir. Aber bleib hinter mir.«
Antef tat, wie ihm befohlen wurde. Er dachte gar nicht daran, dass er sich eigentlich vor dem Herrscher zu Boden werfen musste. Die Befehle kamen so schnell und sicher, als ob Pharao überhaupt nicht nachdenken müsste.
»Gib mir die Leinen. Zieh dein Gewand aus.«

Antef streifte sich das Gewand über den Kopf und sah scheu zu Pharao hoch. Der sah ihn nicht an, sondern ließ die Kobra nicht aus den Augen. Antef schielte zu der Schlange hinüber. Einen unheimlichen Augenblick lang hatte er das Gefühl, dass die Augen des Herrschers und die des Uräus das gleiche metallische Glitzern, die gleiche starre Willenskraft zeigten.
»Leg dir die Leinen wieder um den Knöchel. Knote dein Gewand um meinen Krummstab.«
Antef sah, wie der blau-gelbe Stab sich ihm näherte, das königliche Zepter, aus Gold und Lapislazuli gefertigt, und mit zitternden Händen knotete er sein grünes Kostüm um die Krümmung.
»Gut. Jetzt tritt zwei Schritte zurück. Mit deinen Tieren.«
Pharao schob seine Geißel in den Gürtel, hob langsam den gestreckten linken Arm, bis sich der Krummstab seitlich von ihm in Schulterhöhe befand, und schob sich mit fast unmerklichen kleinen Schritten auf den Uräus zu, während er den Stab auf- und abbewegte. Die Kobra merkte die Bewegung, löste die Zähne aus dem grünen Stoff und richtete sich wieder auf, mit lautem Zischen, den Schild gebläht, die starren Augen auf den Stoffknoten an der Krümmung des Stabes gerichtet.
Oh, das war klug! Antef zitterte vor Angst und Bewunderung. Pharao war so klug wie ein Schlangenbeschwörer. Er lenkte die Schlange durch die Bewegung ab, sodass sie nicht merkte, dass er näher kam. Jetzt sauste der Krummstab nach unten, der Schlangenkopf

mit geöffnetem Maul hinterher. Antef sah deutlich die gebogenen Giftzähne, die sich in den Stoff bohrten.
»Jetzt schick deine Tiere vor. Lenk ihn ab.«
Antef ließ die Leinen locker, die Mungos glitten näher, der Uräus hob den Kopf und beobachtete seine Todfeinde. Pharao zog den Stab zurück und das Spiel begann von neuem. Als sich die Schlange zum dritten Mal in den Stoff verbiss, hatte sich Pharao fast unmittelbar neben sie geschoben. Seine Rechte schoss vor, packte die Kobra am Hals und hielt sie hoch. Sie hing reglos aus seiner Faust.
»Menna!«, schrie Ramses. »Komm her! Ich habe ihn!«
Ein hünenhafter Mann mit krausem dunkelbraunem Haar und Bart rannte auf den Platz und warf sich vor Pharao auf den Boden. »Wie Gott Seth bist du in deiner Kraft, wie Göttin Sachmet in deiner Tapferkeit. Wie Seth hast du die Schlange besiegt, die die Barke des Re bedrohte, und wie . . .«
»Schon gut. Nimm sie und bring sie in den Tempel der Schlangengöttin Meger.« Dann hob er seine Stimme, dass sie über den Hof schallte. »Der Erste Prophet Amuns erscheine vor Pharao.«
»Beim Barte des Ptah, Majestät. Ich selbst hätte es nicht besser machen können!«, murmelte Menna bewundernd, während er mit der Rechten den Hals des Uräus unmittelbar oberhalb von Pharaos Faust umschloss und ihm mit der Linken das grüne Kostüm ums Maul wand. Dann schob er ihn in den Korb und ließ den Hals erst in dem Moment los, als er den Deckel zuklappte.
»Sieh mich an, Antef!« Antef fiel auf die Knie und hob

den Blick. Pharao betrachtete ihn. »Du bist der Sohn von Nechbet.« Er lächelte ihn an und Antef war froh, dass er nicht stand, die Beine wären sonst unter ihm weggesackt. »Ich danke dir für deine Hilfe. Weißt du, wer der Verkleidete ist, der den Uräus gebracht hat?«
»Ja, Majestät.« Antef konnte nur flüstern. »Es ist der Oberpriester Hapuseneb aus Assiut. Er ist der Geierkopf von der Nilinsel, der dich ermorden wollte, als du Kronprinz wurdest. Er hat meinen Vater vergiftet und Tua verflucht. Sinufer wollte ihn fangen, aber er ist ihm entwischt.«
»Ihr seid sehr tapfer. Deine Schwester wartet schon auf dich im Hofstaat der Prinzessin Anch-iri. Ein Diener wird dich gleich zu ihr führen. Ah, Nebwenef, erhebe dich.« Seine freundliche Stimme verhärtete sich, wurde aber nicht lauter. Niemand außer Antef und dem Ersten Propheten Amuns hörte seine Worte. »Ich habe Befehle für dich. In deinem Tempel gibt es Verschwörer. Ich weiß, dass du unschuldig bist. Aber du wirst schon heute die Nachforschungen mit aller Strenge beginnen. Alle Träger der Barke werden sofort ins Gefängnis geführt und durch andere ersetzt. Gesucht und verhaftet wird der Oberpriester Hapuseneb aus Assiut. Und jetzt lasst uns das Fest fortsetzen. Ich möchte endlich meinen Vater Amun begrüßen und ihm Weihrauch spenden.«
Wie im Traum schritt Antef hinter dem Diener her. Erst als sie die Hand nach ihm ausstreckte, erkannte er, dass die junge Dame in durchsichtigem Königsleinen und Zopfperücke Meret war, geschmückt mit buntem Hals-

kragen und Goldreifen. Sie stand neben einem kleinen, ebenso reich gekleideten Mädchen, das lächelnd seine andere Hand nahm.

»Kennst du mich noch? Du hast mich vor dem Bären gerettet. Borgst du mir deine Katzen? Sie können Ineni beißen, wenn er mir Spinnen bringen will.«

Worterklärungen

Abydos: Stadt in Oberägypten

Alabaster: durchscheinender Gips

Amun: Götterkönig, Pharaos himmlischer Vater (mit Widderkopf)

Ankh: Lebens-Zeichen, Amulett in Knotenform

Anubis: Schützer der Gräber (mit Schakalkopf)

Assiut: Stadt in Oberägypten

Chamsin: Wüstenwind

Chnum: Gott der Schöpfung (in Widdergestalt)

Deben: ägyptische Münze

Echnaton: Pharao Amenophis IV, wollte alle Götter Ägyptens durch einen, nämlich Aton = Sonne ersetzen

Hapi: Nil(gott)

Hathor: Göttin der Lust, Schönheit, Musik

Horus: Gott des Königtums (in Falkengestalt)

Hyksos: asiatisches Wüstenvolk, regierte Ägypten von 1700–1550 v. C.

Isis: Göttin der Heilkraft, Frau von Osiris, Mutter von Horus

Kheft: böser Geist

Ma'at: Recht, Wahrheit (als Feder oder Frau mit Feder)

Opet-Fest: Neujahr, Tag des Nilhochwassers

Osiris: Gott des Totenreiches

Osiris-Gestalt: Mumie

Ptah: Gott des Handwerks (in Mumiengestalt)

Re: Sonne(ngott) (in Falkengestalt)

Sachmet: Göttin des Kriegs und Unglücks (mit Löwenkopf)

Schaduf: Schwingbrunnen mit Schöpfeimern

Seth: Gott des Chaos, Mörder von Osiris

Shenti: Lendentuch

Sobek: Gott der Gefräßigkeit (in Krokodilsgestalt)